KB071019

나는
김구다

치하포 1896, 청년 김구

이영열 장편소설

나는
김구다

치하포 1896, 청년 김구

"답셜야즁거 불수호란행 금일아행젹 수작후인졍
(踏雪野中去 不須胡亂行 今日我行跡 遂作後人程)"

눈 덮인 들판을 걸어갈 때에는, 발걸음을 어지럽게 하지마라
오늘 내가 걸어간 발자국은, 반드시 뒷사람의 이정표가 될 것이니.

문학공감

요즘 일본인 정치가들과 우리나라의 극우 논객들이 백범 김구선생을 폄훼하는 일이 많습니다. 일개 서생의 몸이지만 우리나라의 사실상 국부이신 백범을 무작정 헐뜯는 무리들에게 경종을 울리는 뜻으로 이 이야기를 쓰게 되었습니다.

청년기의 백범 선생은 을미왜변 때에 변을 당하신 명성황후의 복수를 하고자 치하포에서 변복한 왜인 쓰치다 조료(土田讓亮)를 척살하고 인천 경무청 옥에 갇힙니다. 이를 기특하게 보신 고종황제가 친히 사면령을 내리지만, 일본인들의 눈치를 보느라 석방되지 못하여 탈옥을 하고 삼남지방을 여행합니다.

백범 선생께서 삼남 각처를 여행한 후 마곡사의 행자승이 되고, 환속하여 해서지방의 유력한 교육자가 되기까지의 과정은 백범일지에 잘 기록되어 있습니다. 그 첫 번째가 '경기 오산의 김삼척 댁에 머물다'의 기사입니다.

위 기사에 연하여 현대의 한 '남산골샌님'이 발굴한 오산 일가의 기록을 빌리고 몇몇 가상인물들을 등장시켜서 국모보수의 성공과정을 그리는 것으로 백범의 진면목을 밝혀 보려 하였습니다.

오산 일가에 전한 '백범호종기'에 의하면 임정주석 백범은 준비된 지도자입니다. 이 이야기는 백범 선생이 지도자로서 준비되는 과정, 즉 청년기의 완성과정이라 할 수 있습니다. 구황실과 조선 조정에 실망한 이면세력의 힘을 하나로 결집시켜 일본 제국주의와 싸우는 초세간의 지도자, 백범의 젊은 시절 활약상인 것입니다.

이 과정을 보면서 이 땅의 주인으로서 자부심을 찾을 수 있다면 글을 쓴 사람으로서 더한 다행이 없겠습니다.

정유년(丁酉年) 오산(烏山)에서 과하객

그 헌책방에는 두 종류의 귀신이 산다. 책과 더불어 늙어버린 책귀신으로 자칭 딸각발이 남산골샌님인 책방주인이 하나이고, 샌님 평생의 동반자로 함께 늙고 있는 종이귀신이 또 하나다. 곰팡이 냄새가 진동하는 헌책방에는 오늘도 두 귀신이 만들어내는 이야기꺼리가 풍성하다.

―나는 종이귀신, 글자 위에서 춤을 춘다.

오후 늦게 서점 문을 닫고 외출했던 샌님이 자정을 넘겨 몸을 떨며 들어오고 있었다. 눈자위가 빨갛고 콧물을 훌쩍거리고 있는 품이 첫눈에 죽상이니 필시 종이귀신인 내가 출동할 일을 만든 듯싶다.

봉투에 무언가를 감추어 소주병과 함께 껴안고 들어오는데, 전작이 있는 품새로 단단히 심정 상하는 일이 있었던 것 같다. 어린아이의 투정처럼 위로를 바라는 심사가 눈에 보이니 도움을 주지 않을 수 없다.

"세상 참, 우연도 운명의 하나라지만, 이렇게……."

평생을 딸각발이 남산골샌님으로 살아온 샌님이 스스로 자랑하는 딸각발이의 의연함을 잃고 흐트러진 모습을 보일 때는 이치에 맞지 않는 일을 만났을 경우가 많다. 표정을 보아하니 기분 풀려고 찾은 술집에서 건수를 찾은 것 같은데 경과를 들어봐야 할 것 같다.

"김강오 옹의 손녀따님을 만났어. 김옹의 병이 중하여 방문이 허락되지 않으니 약속을 그르칠지 모른다 걱정하며 이걸 주지 뭔가. 5대조 되는 어른이 젊은 시절 백범선생을 만났을 때의 일을 전한 구전을 현대문으로 고쳐 기록한 것이라더군."

한참 만에 말을 흘리며 봉투를 놓는데, 원고 뭉치가 삐죽 보였다. 나는 그제야 사건의 경과를 짐작하고 장단을 맞추었다.

"역시 그 글이 효과가 있었군요."

여기서의 '그 글'이란 샌님이 지역신문의 서평 난에 올린 잡문으로 '일찍이 삼남을 유력하던 젊은 시절의 백범은 그 행로 중에 우리 고장에 머물러 애국인사들과 회포를 풀으셨다'는 내용인데, 백범일지 중의 다음과 같은 일절을 인용한 것이었다.

오산장(烏山場) 서(西)로 동명(洞名)은 망실(忘失)이나 김삼척(金三陟) 집이 있는데, 주옹(主翁)은 증경(曾徑) 삼척영장(三陟領將)을 지냈고 유자육인(有子六人)에 장자(長子) 모(某)가 인천항(仁川港)에서 상업을 하다가 실패한 관계로 인천옥(仁川獄)에서 월여(月餘)를 고생하는 동안 나를 몹시 사랑하고, 자기가 방면될 시에도 불인분수(不忍分手)

의 정의(情義)로 후일 상면을 뇌약(牢約)한 터이라. 그 집
에 찾아가서……

"인연이 있는 분이 읽어주기를 바랐는데, 역시 그때의 일을
전한 후손이 계셨던 거야."

샌님의 글을 보고 노신사 한 분으로부터 전화가 온 건 어제
의 일이었다.

"쓰신 글 중에 집안 조상(祖上)의 일례를 들어 사연을 만드신
부분이 있기에 읽어보았소. 그에 연하여 드릴 말씀이 있으니 방
문해 주시오."

샌님이 '백범선생과 우리 고장의 애국인사들'이라는 제목의
글을 쓴 이유는 요즘 부쩍 늘어난 일본 고위관리들의 헛소리
를 꾸짖기 위해서였다. 백범 김구선생을 테러리스트로 매도하
고 침략을 정당화하려는 일본인들과 그에 동조하는 일부 친일
파들의 행태에 분개해서였는데, 젊은 날의 백범이 삼남지방을
유력하던 도중 옥중 지기를 만나 회포를 풀었던 일화를 중심
으로 지역 출신 지사들의 애국혼을 자랑하는 내용이었다.

"몸이 불편해 직접 찾지 못하오. 백범 어른의 그 시절 행적에
의문이 있는 걸로 끝을 맺어 놓았던데, 설명할 게 있으니 시간
을 내보시오."

노신사는 간곡히 부탁을 했다. 아마도 샌님이 글의 마지막에
기술한 다음과 같은 내용이 심기를 어지럽혀드린 것 같았다.

일인들은 백범이 치하포에서 처단한 쓰치다 조료를 대마도의 일개 상인이라고 하였다. 백범은 선량한 상인을 살해한 폭도라는 것이다. 실제로 쓰치다를 일군 중위로 주장한 이는 살인을 한 백범뿐이어서, 이 시기의 백범의 행적은 지사로서의 생애 중 가장 불명확한 부분으로 꼽힌다.

다음 날 일찍 샌님이 노신사—김강오 옹(翁)이 입원해 있는 병원을 찾았을 때, 옹은 반겨 맞으며 이야기를 시작하였다.

"나는 김강오요. 선생이 쓴 글에 언급된 오산장(烏山場) 서쪽 일가의 주옹(主翁)이 내 고조부 되시오. 삼척 영장(三陟領將)을 지내신 그 어르신은 우리 문중 선조 중에 걸출한 분이셨소. 무예 십팔반에 고루 능하셨던 고조부께서는 유림의 추천을 받아 각 진(鎭)의 수장을 지내셨는데, 슬하에 여섯 형제를 두어 가문을 융성케 하시었소. 자제 중에 백범선생과 옥중 인연이 있는 분이 있어, 선생이 오산을 찾으신 이후 수행을 명하고 글을 남기셨는데……."

샌님은 김강오 옹의 이야기에 귀를 기울였다. 지방도시의 평범한 일상에 숨은 은자의 입에서 일세의 영웅 백범 김구의 청년시절 이야기가 흘러나오는 순간이었다.

차
례

시작에 앞서   4

프롤로그   6

치하포 1896   15

오산, 백범의 삼남(三南) 유력(遊歷)에 동행하다   27

강경포구에서 왜구를 치다   43

당산마을   61

백제서기(百濟書記)   91

적장(敵將)을 만나다   135

鄭仁果

張建相

金立

金龜

민국(民國)에의 길   159

열도 종횡   173

구(龜)의 시절   211

만남   227

그 해, 정미년(丁未年)   259

아! 안중근!   289

에필로그   306

참고문헌   316

黄海道ノモノニシテ閔妃事件ニ憤慨シ所謂國母

復仇騒擾ノ際日本將校(少尉トイフ)ヲ殺害シ兄閔

後者トシテ刑罰ヲ受ケタルコトアリ又寺内總督暗時

殺未遂事件ノ百二十余人中ノ一人トシテ歴今セラ

レ尚黄海道ニ於ケル金鴻亮ノ強盗事件ニモ関係

シ前後三四十數年監獄生活ヲ爲セシモノニテ性質

兇悪ニシテ露領方面ヲ放浪徘徊シ居タルカ大正八

年夏頃上海ニ来リ仮政府ノ警務局長トナリ上海

鮮人ニシテ他ニ秘密ヲ消ス疑ヒ有ル者ニ対シテハ兇

暴ナル手段ヲ以テ之ヲ脅嚇シ最モ警視廳ヨリ密

派セラレ居タル警部補鮮干甲ニ危害ヲ加ヘン

トシタルコトアリ其ノ他一二ノ者ニ對シテモ殆ント同様

ノ手段ヲ以テ舟迫シ爲シ秘密漏洩ノ防止ヲ計

リ居ルカ故ニ一部ノ鮮人ハ役ノ怪歴ト實隆ノ行爲

ヲ観テ頗ル怖ヲ抱キ居レリ

金　龜

年令 四十三、四才位

치하포 1896

고수는 검격(劍格)에 얽매이지 않는다. 저 검수의 방만함은 흐트러짐이 아니고 절도(節度)다. 대도에 비해 상대적으로 운용이 자유로운 소도의 장점을 살려 전격 기습을 주로 하는 발도술을 익혔을 게다. 저들은 원래 형식에 억매이지 않는 흐트러짐 속에서 한길 살인검의 극의를 추구하는 살수집단이라고 하지 않던가.

일개 야인의 검에 운율이 갖추어져 있다면……

나는 상대를 제대로 검을 익힌 무인으로 보았다.

"인정을 베푸시지요. 이미 타격을 입었습니다."

옆에서 이화정 군이 그렇게 거든다. 깊이를 볼 수 없는 자의 어둠은 내편에게까지 손해를 끼친다 했던가. 이군은 연무 때에도 열의가 없더니, 인정을 베풀 곳과 버릴 곳의 구별이 안 되는가보다. 한 차례 기습으로 쓰러트리기는 하였지만, 저 모습은 중상을 입은 자의 비틀거림이 아니다. 책상물림들의 고질적인 병폐 중에 송양(宋襄)의 인(仁)이 있다더니, 이화정군의 경우가 그러한 듯싶다.

놈이 몸을 일으키고 다시 세우는 동작에 흐트러짐이 보이지만 궤계(詭計)임이 틀림없다. 스승께서는 내 각희(脚戱)가 아직 익지 않았다고 하셨다.

"솟구쳐차기는 화려해 보이는 기술이지만, 동작이 커서 위력이 반감되는 공격법이다. 부득이한 경우가 아니면 보이지 않을 일이다."

몸을 띄운 공중 발떼기로 관자놀이를 노린 후려차기를 하였지만 솟구쳐차기의 변형 발기술에 불과했다. 놈은 급소를 피했고, 당연히 투력을 억제할 만한 타격을 주지 못한 게 확실하다.

"왜 이러십니까? 저는 해주 김희로상회의 말짜인데 무슨 실수라도……?"

역시 눈빛이 살아있다. 말솜씨하며…….

상회 명칭은 요즘 늘기 시작하는 신식 물건을 파는 도가의 것인데, 그에 소속된 보부상을 자칭하고 있지만, 상인의 그것으로는 너무 다듬어져 있다.

조선말에 대한 연구가 있었다는 증거. 안진사(安進士) 태훈공(泰勳公)의 전언이 틀림없는 듯하다.

"거년에 범궐을 한 왜인들 중 한 무리가 해서로 잠입했다는 소문입니다. 여가 확인하기로 공의 군을 작파한 이동엽 접주의 동학군에 변복한 왜인들이 함께하고 있다는데 각별 유의하십시오."

안공의 말씀을 전한 도유는 해주성 싸움에서 직접 왜인들이 집단으로 총포 놓는 모습을 보았다고 하였다.

"화승총은 닿을 수 없는 거리에서 총을 쏘아 오더이다. 후장식 신식 연발총이라는데, 한 자루면 화승총 백 자루를 당할 수 있다 하더이다."

어이없이 일패도지한 그 싸움에서 나는 일군을 이끈 사령원의 하나였다. 내 부대가 일선에 닿기 전에 패군의 소식이 들렸고, 휘하의 병원들을 살리기 위해 후퇴를 했다지만, 왜인들의 총구 앞에서 도망친 패장임은 변명할 여지가 없다.

"부신(符信)이 예 있으니 확인하시기를."

용의주도한 놈이다. 해주에 김희로상회가 있는지 없는지는 모르지만, 부신은 실물일 게 틀림없다. 패장의 몸으로 피신 중에 놈을 포착하여 추적해온 지 달포여, 오늘에야 기회를 잡았는데 어찌 속으랴.

다만 놈이 신분을 부정하고 있는 판이니 이쯤해서 명분을 밝혀놓지 않으면 안 된다. 여차 하면 보부상의 봇짐을 노리는 화적의 혐의를 받기 십상일 터, 정당한 대결임을 천명함은 무인의 정도가 아니던가.

"해서동학군 팔봉접주 김창수요. 해주성 서문 싸움에서 관군 속에 섞여 있던 당신을 보았소. 경군 차림으로 변복하고 있었지만 방포술이 남달라 도유를 여럿 상케 하기로 눈여겨보았던 터, 이미 왜인 중의 한 장수로 신분을 확인한 후이니 감추지 마시기를."

놈의 눈빛이 변하고 있다. 서툰 변명으로는 혐의를 벗지 못함을 깨달은 듯하다. 몸을 일으키는 동작에서 일순 전의 낭패한 모습은 사라지고 전의에 충실한 무사의 태도가 엿보인다.

"대일본제국 육군 중위 쓰치다 조료(土田讓亮), 상대해 드리겠소."

아주 낮은, 그러나 뜻이 정확히 전달되는 발성법으로 놈은 도전을 받아들였다. 주위의 모든 사람이 조선인이니 당연히 조심스러울 수밖에 없을 것이다. 다른 이를 자극하지 않고 당면의 적에게만 신분을 밝히는 용의주도함. 놈의 동작에는 시종여일 절도가 있다.

"왜인들의 검술은 신속무비, 잘 버려진 강검으로 단칼에 적의 목을 치오. 특히 그들 중 쾌검수의 발도술을 조심하시오."

해서의군의 참모였던 정덕현 정공이 그리 말했었다.

정공은 본래 훈련원 봉사였던 이로 구군(舊軍)의 무과 급제자라고 했다. 스승의 명으로 만나본 인사들 중에서 유일하게 왜검을 상대하여 전과를 얻은 이였다.

"거합도(居合道)라고 하더이다. 빼어치기를 비기로 하는데, 능숙한 자들은 칼이 칼집에서 나와 적을 베고 다시 제자리를 찾기를 일순에 하여 그 빠름이 비할 바가 없었소이다. 그 일파의 비술 중에 일부러 상대에게 타격을 입은 양 쓰러졌다가 일어나는 기세로 방심한 적을 치는 기법이 있다고 하여 대적할 기회를 찾았는데 진정한 고수는 보지 못했소이다. 평소 왼쪽부터 앉고 오른쪽부터 일어나도록 가르치는데, 왼 허리의 칼을 오른손으로 빼들기 좋은 자세를 취하기 위함이라고 하더이다. 왜인 검수들과 대결할 때는 모든 동작에 의미가 있다고 생각하시기를."

저 왜인은 올바로 배운 자이다. 몸을 일으키는 동작에서 이미 공세의 자세가 갖추어져 있다. 내 발 끝에 관자놀이를 맞아 쓰러진 듯 행동했지만, 그 또한 방심하여 간격 안으로 들어오기를 바란 허허실실의 전법일 터.

"신분을 밝혀주어 고맙소. 그대가 일본국 육군 장교라면 나 또한 조선국 해서의군 좌통령. 나라에서 주신 벼슬은 아니지만 일군을 거느리기에 부족하지 않았던 신분이니 좋은 대결이 될 게요."

예의를 갖추어 대적자세를 취한 순간, 놈의 칼이 바람을 갈랐다.

내 자세의 어디에 빈틈이 있었던가?

몸을 일으키며 빼어치기를 한 놈의 칼은 내 허리를 노려 빛을 뿌렸고, 나는 몸을 날려 뒤로 물러섰다.

간발의 차이로 내 허리를 스친 놈의 칼이 허공을 날았다. 내

오른손이 놈의 칼을 후려쳐 손에서 해방시켰던 것이다.

다음 순간, 놈은 몸을 던져 충돌해왔다. 저들 방식의 씨름에 몸통꺾기가 있다더니 완력 싸움으로 몰고 갈 모양이다. 체력에 자신이 있는 자들의 무지막지한 싸움법인데, 무기를 놓친 싸울아비로서는 당연한 공격법이었다.

물론 나로서는 껴안고 뒹구는 막된 싸움을 할 마음이 없었으므로 몸을 날려 옆으로 피했다.

목표물을 놓친 놈이 주춤하는 순간, 나는 미리 봐둔 마당가의 지게막대기를 잡아 놈의 몸통을 벼락처럼 후려쳤다. 묵직한 충격감이 손에 전달되고 놈이 쓰러질 듯 비틀댔다.

일격을 더하려고 다가서는데, 놈이 다시 자세를 잡고 몸을 던져 공격해왔다. 나는 지게막대기를 축으로 삼아 몸을 날리고는, 공중돌기의 기법으로 놈의 턱을 걷어찼다.

놈은 턱에 강한 타격을 받고 빙그르르 돌아 쓰러졌다. 나는 지게막대기를 들어 놈의 목에 겨누어 위협하며 소리쳤다.

"당신은 졌소. 이제 우리 땅에 온 이유와 그간 지은 죄를 고백할 차례요."

놈은 쓰러진 채로 나를 노려보며 입술을 질끈 깨물었다. 그리고 비웃음의 기색이 보인다고 생각한 순간, 놈의 입에서 핏줄기가 흘러 나왔다.

자살용 독약이라도 감추어두었다가 깨문 것인가?

예견치 못한 상황이었다. 나는 놈의 얼굴에서 생기가 사라지는 양을 속수무책으로 지켜보아야만 했다.

대결장인 주막의 마당은 구경꾼들이 절반 넘어 모여 있었다. 놈이 조선인의 모습으로 죽었으므로 오해받기 딱 좋은 상황이었다. 나는 놈의 몸을 뒤져서 일본인임을 나타내는 증명을 찾으려 하였다.

그런데 놈이 지닌 봇짐 속에서 증명 대신 뜻밖의 거액이 쏟아져 나왔다. 일개 평범한 상인이 아닌 증거는 되지만 돈은 증명서가 아니니 어찌하랴.

놈의 품속에서도 신분이 증명될 물건은 나오지 않았다. 스스로 말한 해주 김희로상회의 부신조차도 안 보였다. 놈은 최후까지 신분을 감추는데 성공한 것이다.

스승의 말씀에 의하면, 왜인의 밀정은 전문 인술(忍術)을 배워 타국의 실정을 염탐한다고 하였다. 놈은 인술을 체득한, 소위 닌자는 아닌 듯싶지만 적어도 그 아류쯤은 되는 듯 보였다. 이처럼 철저하게 변신할 수 있는 자들로 혐의를 둘 곳은 그들뿐인 것이다.

놈이 왜인인 것을 알아본 사람은 결국 나 혼자뿐. 나는 일본군 중위 쓰치다 조료를 죽였지만 대외적으로는 일개 상인을 때려죽인 폭도가 될 터이니, 대결 직전 큰소리로 상인 신분을 말하고 낮은 소리로 본래 신분을 말한 놈의 의도는 훌륭하게 이루어진 셈이다.

◇　◈　◇

힘겹게 이야기를 전한 김옹(金翁)이 숨을 깊게 들이쉬고 말을 이었다.

"젊었을 적 선친으로부터 전해들은 사연을 옮겨 놓았던 글 중 한 단락인데, 선생이 쓴 글과 부합하기로 내자를 시켜 가져 오도록 하였소."

김옹은 잡기장 노트에 만년필 글씨로 기록된 원고를 건네어 읽도록 한 후 감상을 물었다.

"어떻소? 당시의 기록으로 취할 만한 점이 있겠소?"

샌님은 치하포사건을 걸고 시비를 일으키는 극우주의자들에게 실망하고 있던 터라 극진히 예를 올려 노옹(老翁)의 수고에 감사의 마음을 전했다.

김옹(金翁)은 설명을 계속하여 답례에 대신했다.

"내 이미 병이 중해 내일을 기약할 수 없는 몸이오. 자식이 몇 있다하나 가문의 옛일에 흥미를 가질만한 그릇이 못되는 것도 사실, 이 부분 외의 기록은 선부께 말씀으로 전달받은 걸 잡기장에 옮겨 놓은 게 있으니 내일 다시 들러주시오."

치하포 사건 직후에 백범선생을 만난 동료의 기록이 있다?

당시에 백범은 인천의 경무청 옥에서 탈출한 후 추적을 피해 전국을 유력했다고 전해지지만, 손수 기록한 백범일지의 내용에 자세한 사정이 적혀있지 않아서 억측이 구구하던 터였다. 그러던 차에 확실한 증언을 얻게 되었으니, 샌님이 흥분하지 않았다면 오히려 이상한 일이었을 것이다.

그런데 샌님이 어설프게 취한 몸으로 좌불안석 갈피를 잡지 못하고 들썩거리고 있었던 진정한 이유는 그 사건에 이어진 김 옹 집안 처자의 방문 때문이었다.

"김초롱입니다. 할아버지께서 갑자기 용태가 더하여 중환자실로 들어가신 바람에 대신 찾아왔습니다. 이건 말씀하신 기록물입니다."

스물을 크게 넘지 않아 보이는 젊은 여인이라 했다. 다음 날을 기약했던 김강오 옹은 중태에 들고, 손녀딸 명색의 처자가 노트 뭉치를 들고 와서 할아버님 심부름 운운했으니 심사가 어지러운 건 샌님다운 일이었다.

"할아버지께서 드리기 전에 여쭤라고 하셨습니다. '백범이 삼남 유력을 한 진의를 아느냐?' 답이 시원치 않으면 '그 해답이 여기에 있다'고 말하라 하셨습니다."

샌님은 예기치 못한 질문에 변변한 답을 하지 못하여 초롱녀의 실망을 샀다. 입을 삐죽이며 일어난 초롱녀를 배웅한 샌님은 홀로 술집에 남아 밤늦게까지 잔을 기울였다.
잔뜩 취한 몸으로 돌아온 샌님은 눕자마자 잠들어버렸고, 샌님을 대신하여 책방의 터줏대감인 종이귀신은 밤을 새워 봉투 속 원고를 읽어 내려갔다.

—나는 종이귀신, 글자 위에서 춤을 춘다.

　읽는 도중에 간간히 터지는 종이귀신의 탄성은 기록의 중대
성을 대변하고 있었다.

오산, 백범의 삼남三南 유력遊歷에 동행하다

    오산장 인근 김삼척 댁을 나서면서 일행이 늘었다. 본래 걸음을 함께 했던 이화정 군은 안태훈 공의 명을 받고 미리 출발하여 지금쯤 삼남의 각처를 유행하고 있을 터, 홀로 원행을 나서는 선생의 여행길이 고적하겠다하여 김삼척 공이 아들을 부추겨 행장을 갖추게 했던 것이다.

    "불민한 자식입니다만, 제 앞가림을 할 만큼은 되니 거두어주시지요."

    자식을 추천하는 노옹의 말씀은 지극했고, 아들의 청은 간절했다.

    "아버님의 명이십니다. 모시게 해주십시오."

    오산은 부친이 삼척영장 시절 얻은 아들로 6형제의 맏이였다. 때문에 가문을 이을 책임이 있는 사람이었으므로 선생은 난감해 하였다.

    "나라에 위기가 있을 때 효도는 애국애민의 다음 순서라고 배웠습니다. 무인의 집안에 태어나서 진정 받들만한 상전을 찾았으니 이보다 더한 다행이 또 어디 있겠습니까. 저를 거두어

주십시오."

오산은 선생보다 반 배분은 연상인 30대 후반의 장년으로 이미 성가하여 처자식이 있는 몸이었다. 선생은 오산의 그러한 처지를 잘 아는지라 부드러운 언사로 달래려 들었다.

"형의 의리는 잘 알겠소. 다만 내 길이 쉽지 않을 듯하여 그게 걱정이오."

오산은 전날 인천의 경무청 옥중에 있을 때의 약속을 되새기며 뜻을 굽히려 하지 않았다.

"공의 도움이 없었다면 전날 옥중에 있을 때 이미 죽었을 몸이오. 그때에 약조하지 않았소? 우리가 요행히 살아나가게 되면 반드시 공의 수하가 되어 은혜를 갚겠다고."

국모보수(國母報讐)의 명분으로 일본인 간자를 처단하고 피체되어 옥에 있을 때, 선생의 행위를 의거로 본 전국의 인사들이 다투어 면회를 왔고 저마다 사식을 들여 먹이려 하였다. 선생은 들어온 음식들을 옥중에 있던 죄수들과 고루 나누었다. 관식이라는 제도가 없던 조선조의 옥중에서 그 같은 선행은 죄수들의 명줄을 이어주는 방책이 되었다.

오산은 중죄를 지은 것은 아니었으나 외부의 연고자와 연통을 하지 못해 굶주리고 있던 터였다. 기력을 잃고 있던 오산에게 선생의 밥 보시는 재생의 구명줄이었고, 옥중 생활 내내 폐를 끼친 오산이 선생을 은인으로 받들게 된 것은 가문의 가르침에 준한 당연한 결과였다.

"함께 어려움을 겪었던 처지, 더구나 춘부장의 깊은 후의를 입어 갚을 길이 없던 차이니, 삼가 뜻을 받들 수밖에 없겠소이다."
　선생의 승낙이 떨어지자, 오산은 희희낙락하여 선생의 봇짐
까지 도맡아 지고 앞장서서 걸었다.

　"큰일을 하실 분이다. 이 나라의 명운은 저 젊은이가 어떻게
성장하느냐에 따라 흥망이 갈릴 수 있으니, 정성을 다해 받들
도록 해라."

　오산은 선생의 스승 후조선생과 후견인 안태훈 진사가 사람
을 보내 소식을 전해왔을 때, 부친을 모시고 있던 차여서 선생
의 면목을 전해들을 수 있었다.

> 불일내로 그 아이가 귀향을 지날 것이오. 삼남의 계원들
> 과는 의논이 되어 있소. 우리가 인천 경무청에서 아이의
> 탈옥을 두호한 이유는 의기를 높이 산 탓, 비록 철부지
> 로 일개 왜놈 병졸을 상케 했으나 뜻만은 가상하니 도
> 움을 주기로 하였소. 더구나 해월신사 생전에 부탁받기
> 도 하여 해서의 계원들은 기대를 걸고 있으니 어여삐
> 여겨 보살펴주시오.

　동학군 최연소 접주로 해주성 전투에서 용맹을 떨쳤고, 치하
포에서는 일군 중위를 격투 끝에 눕혔다는 젊은 선생을 옥중
에서 처음 보았을 때부터 오산의 운명은 결정되어 있었다.
　'아버님의 말씀이 아니더라도 나는 저 젊은 선생의 손발이 되

어 같은 길을 걸었으리라.'

그렇게 다짐한 순간, 오산은 미래를 본 듯 가슴이 설레었다.

"여나 저나 모두 한세상 함께할 동무들이오. '천 냥 부담에 갓모 못 칠까'하는 말도 있으니, 서운하게 생각지들 마시오."

오산은 선생이 사식으로 들어온 밥상을 잡범들과 나누며 그렇게 말할 때 진인의 참 모습을 보았다고 생각했다. 잡곡밥 한 숟갈까지 고루 나누어 서운해 하는 이를 없게 하는 모습은 오산의 진정을 울렸고, 선생의 삼남유력에 종자를 자청하여 나서게 만든 직접적인 원인이 되었다.

"조선팔도의 대동계원들 뿐만 아니라, 우리 활빈도의 어른들도 그를 지켜보고 있다. 동학도의 해월신사로부터 전해진 말씀에 구국의 영수로 예언되어 있다고 하여."

부친 삼척 공은 그렇게 선생의 미래에 기대를 걸고 있는 큰 어른들의 말씀을 전하셨다.

"일본인들 중에도 이인은 있다. 젊은 선생의 미래를 짐작하고 능력이 자라기 전에 목숨을 끊어 놓으려는 못된 시도가 있다는 전언이니, 전력을 다해 지켜드리도록 해라."

오산은 시종 선생의 뒷전에서 보조를 맞추어 걸으며 생각을 이었다. 그의 집안은 본래 일본인들과 구원(舊怨)이 있었으므로,

선생의 출도에 호종함은 따로 목적이 있기도 하였다.

'300년 전 풀지 못한 매듭이 이제야 해원의 길로 들려는가?'

멀리 솔개 한 마리가 원을 그리며 날고 있는 게 보였다. 오산은 먹잇감이 될 무언가를 발견했다는 증거로 보았다.

'습격이 있을지도 모른다. 준비를 해야……'

오산은 품안에 손을 넣어 무기를 확인했다. 어느새 선생의 안색도 약간 굳어 있었다.

오산은 긴장 속에서도 큰 걱정은 하지 않았다. 이 젊은 선생은 필시 각희(脚戱)를 익힌 듯싶었다. 치하포에서의 일을 전한 동료의 말에 의하면 권각법이 달인의 경지에 있다 하였다. 자신의 가전무술과 함께라면 좋은 짝이 될 터, 어떤 적도 겁날 게 없을 듯했다.

보부상들이 다리쉬임을 하고 있는 듯 보였다. 밤나무와 갈참나무가 제멋대로 얽혀 숲을 이루고 있는 산허리로 관도가 지나갔다. 길이 구부러지는 곳에는 수원부와 진위현의 경계를 나타내는 경계석과 장승 몇이 나그네를 전송하고 있었는데, 나무그늘을 의지하여 쉼돌 몇 개가 놓여 있었다.

등짐장수 몇이 둘러앉아 땀을 식히고 있다가 아는 척하였다.

"거기 샌님네, 날도 더운데 담배 한 참 하고 가시오."

선생 일행이 다가서자 소금 지게를 세우고 곰방대를 빨던 등짐장수가 운을 떼었다. 말하는 품새가 예를 차리는 듯싶었지만 공손하지 못한 걸 보니 올바른 부상은 아니었다. 단발령이 내

려지고 신문물을 받아들였다 하나 선생은 막돌이 보부상 따위
가 먼저 말을 틀 만큼 허술한 차림새가 아니었는데, 사뭇 동료
를 만난 듯 거침이 없는 말투 아닌가.

오산은 '이제 어쩌나 보자'하고 선생의 뒤에 숨었다. 솜씨를
보고 싶었던 것이다. 치하포에서 선생이 일으킨 살변에 대해서
'일개 왜놈 상인을 죽인 망동일 뿐이다'라는 소문도 있던 터라,
오산은 자신이 심취한 이의 진면목이 궁금했다.

"허, 판을 벌리셨구려. 목을 축일만한 게 있겠소?"

나무그늘 밑에 참외 광주리를 내려놓은 아낙을 중심으로 보
부상들이 둘러앉아서 과일을 깎아 먹고 있었다. 오산은 선생
을 따라 자리를 잡고 앉았다. 혼자 외떨어져서 소금 지게를 받
치고 있는 보부상의 앞을 가로막는 자리잡기였다.

"한 조각 드시지요."

깎아 놓은 참외 한 조각을 작은 칼에 꿰어 아낙이 오산에게 내
밀었다. 오산은 선생께 먼저 드리라는 시늉으로 양보를 하였다.

아낙의 손이 선생에게 향했다. 선생이 미소로 받는 순간, 참
외조각이 칼끝에서 빠지고 아낙의 눈빛이 사납게 빛났다.

한 순간 번쩍이는 것이 스친다 싶더니, 아낙의 칼이 선생의
목을 노리고 찔러왔다. 짧은 칼이었지만 날카롭게 벼려진 칼날
이 충분히 위협적으로 보이는 상황이었다.

선생은 몸을 움직이지 않고 머리만 약간 옆으로 젖혀 피했
다. 칼날은 간발의 차이로 비켜갔다.

헛된 칼질로 낭패를 본 아낙은 내지른 칼날의 방향을 돌려서

선생의 목을 베려 하였다. 아낙의 그 기습은 일견 성공한 듯 보였다. 칼끝에 이물을 찌른 감각이 전해진 것이다.

"다치겠소이다. 맛이 좋은데, 하나 더 깎아주시오."

선생이 아낙에게 고즈넉이 말하고 있었다. 아낙의 팔이 힘없이 처졌다. 광주리 위로 떨어진 칼에는 깎이지 않은 참외가 하나 꿰어 있었다.

선생은 자세를 여전히 하고 목만 움직여서 아낙의 칼날을 피했고, 참외를 집어 칼날에 꿰어놓은 후, 손목의 맥문에 타격을 주어서 아낙을 제압한 것이다.

주위의 보부상 넷이 일제히 일어나서 선생의 등 뒤를 포위했다. 저마다 무기가 될 만한 것들을 손에 잡고 있었는데, 행동이 날렵하고 움직임에 소리가 나지 않았다.

보부상의 상징은 물미장과 패랭이였다. 패랭이는 장식의 색깔과 모양을 달리하여 소속된 임방과 신분을 표시했고, 물미장은 끝에 날카로운 쇠붙이로 만든 물미를 달아서 실용성을 보완한 팔각 용두의 호신용 무기였다.

평소 뱀을 쫓아 풀숲을 헤치거나 지게를 받칠 때 막대기로 사용하던 물미장이 보부상들의 손에 들려서 선생을 압박하며 밀려갔다.

호랑이를 만나도 물미장만 손에 들면 물러서지 않는다는 보부상 넷이 등을 노리고 다가가건만, 선생은 먹던 참외를 마저 삼킬 때까지 몸을 움직이지 않았다.

보부상들의 행동은 협공에 익숙한 듯 절도가 있었다. 선생이 몸을 돌려 대적자세를 갖춘 순간, 정면의 두 사람이 물미장의 끝을 나란히 하여 찔러 왔고, 좌우의 두 사람은 창술의 찌르기를 하듯 물미장을 내질러 선생의 가슴께를 위협했다.

좌우를 노림 받아 피할 공간을 빼앗긴 선생은 정면의 두 사람을 향해 껴안듯 대들었다. 창끝으로 변해 찔러온 물미장을 양쪽 겨드랑이 사이로 흘려보내고, 오히려 공격해오는 보부상들에게 맞부딪쳐 간 것이다.

충돌의 순간, 선생은 양쪽 팔꿈치로 보부상들의 허리에 타격을 주었다. 주춤하는 두 보부상의 사이로 빠져나간 선생은 쌍수도를 좌우로 휘둘러 두 사람의 목을 스치듯 쳤다.

목에 타격을 받은 보부상 둘이 쓰러질 듯 휘청거렸다. 선생은 두 사람의 등 뒤로 돌아가서 뒷목덜미를 잡아 세운 후 손바닥으로 등을 내리쳤다. 두 보부상은 입을 크게 벌려 비명을 내뱉으며 앞으로 꼬꾸라졌다.

잠깐 사이에 벌어진 활극에 놀란 좌우의 보부상은 공격할 기회를 놓치고 물미장을 들어 수비의 자세로 돌았다. 형세는 일순간에 공방이 바뀌어 있었다.

선생은 힐끗 오산을 돌아보며 눈짓을 했다. 마저 끝내자는 뜻으로 여긴 오산은 한 차례 냉소를 치며 자신이 가로막고 있던 등짐장수를 노려보았다. 그가 자리를 잡고 있는 위치로 보아 행수 급인 듯싶어 견제를 하고 있던 터였다.

오산의 짐작은 틀리지 않아서 선생의 솜씨를 본 행수는 곧 반항을 포기하고 항서를 썼다.

"무례를 저질렀습니다. 우리 행중의 아낙인데, 손끝이 매운 점은 있으나 사람을 상하게 한 적은 없으니 용서하시지요."

아낙의 기습에 대한 사과였다. 그에 이어진 보부상들의 공세에 대해서는 말하지 않는 품이 아낙을 제압한 선생의 솜씨라면 당연히 그쯤은 위협이 되지 못한다고 본 듯했다.

"무작정 행인을 해치려드는 무리라면 화적의 하나일 터, 올바른 사유를 말하지 않으면 마저 징치하여 관아로 끌고 가겠소이다."

선생이 위협의 말을 했다. 오산은 국외자인 양 지켜만 보고 있었지만, 행수인 듯싶은 보부상에게는 충분한 위협이 되고 있었다. 때문에 행동에 나서지 못한 보부상은 온화한 말로 무마하려 들었다.

"전일에 우리 행중의 대형 한 분이 인천 경무청 옥중에서 신세를 진 일이 있다고 하여 인사를 드린 것입니다. 조금 과했던 듯싶지만 우리 식의 예의가 원래 그러하니 그만 용서하시지요."

부상은 머리를 숙여 예를 갖추었다. 윗사람을 뵙는 듯 공손한 태도였다. 행수의 변화에 따라 주위의 보부상들도 모두 무기를 내던지고 함께 예를 갖추어 인사를 했다.

선생은 뜻밖의 반전에도 흔들리지 않고 곧 답례를 건넸다.

"인천 옥중에서 함께 고생했던 형제들과 인연이 있으시다면 한 식구인데 오히려 실례를 한 것은 이쪽이오. 용서하시오."

인천의 경무청 옥중에서 함께 고초를 겪었던 죄수는 들고나고 하여 예순 명을 훌쩍 넘었다. 선생은 특별히 편애를 하지

35

않았으므로 모두 형 아우로 지냈다. 때문에 보부상들은 그 중 누군가의 한패일 테지만 선생은 묻지 않았다. 상대가 스스로 밝히지 않으면 묻지 않는 게 법도였던 것이다.

"대형이 어른으로 모신 분이시니 저희에게도 윗분이십니다. 괜찮으시다면 맞춤한 술이 있으니 한잔 올리겠습니다."

미리 준비가 있었던 듯 말투가 자연스러웠다. 선생은 오산과 눈짓으로 상의하여 자리를 잡고 앉았다. 필시 할 말이 있는 듯 보였기 때문이었다.

아낙이 참외를 깎고 탁주동이를 열어 잔을 올렸다. 술이 한 순배씩 돌아간 후 행수로 보이는 보부상이 말했다.

"실은 드릴 물건이 있습니다. 대형으로부터의 전언도 있고 하여……."

보부상은 수하 부상에게 눈짓을 했다. 뒤쪽 숲속으로 들어간 수하가 한 쌍의 남녀를 끌고 왔다.

그들 역시 상인으로 보였다. 여인 쪽은 참외를 팔던 아낙과 행색이 온전히 같았고, 머리를 짧게 깎은 사내 쪽은 신식 당고바지를 입고 있었다.

"원래 이곳에서 선생을 기다린 패거리들입니다. 셋이 더 있었는데, 둘은 우리 형제들이 골로 보냈고 하나는 놓쳤습니다. 이건 저 아낙의 품에서 찾은 물건입니다."

보부상은 선생에게 단총을 하나 내밀었다. 여섯 개의 총알을 연속으로 쏠 수 있다는 신식무기였다.

"이거 큰 신세를 졌소이다."

선생은 단총을 받아들며 상황을 짐작해 보았다.

기습을 노린 매복이 있었는데 이들이 해결을 본 것일 터, 포로로 삼은 자들의 작전을 그대로 흉내 내어 자신의 일행을 시험해 본 듯했다.

선생은 과일을 파는 아낙이 칼이 아닌 단총을 불쑥 내밀어 겨누었을 때도 피할 수 있었을까 생각해 보고 잠깐 머리를 갸웃거렸다.

"애쓰셨소이다. 헌데 이들은?"

선생이 단총을 돌려주며 물었다. 이미 심문을 끝냈으리라 믿었기 때문이었다.

"부산포의 상회 쪽 사람들이었습니다. 이 남녀는 왜인인 듯싶어 붙잡아두었습니다."

임방과 상회가 교체되던 시기였다. 신구 문물의 충돌은 보부상의 세계도 마찬가지여서 전통의 임방은 일본산 신문물에 밀려 상권을 잃고 있었고, 나라의 권위에 호소하지 않을 수 없는 상황까지 몰려 있었다.

상회 명색의 일본 상권에 대항해서 전국의 보부상들이 황국협회를 조직한 게 두 해 전이었다. 이미 국난이 있을 때마다 선두에 서서 무력이 되었던 경험이 있는 보부상들은 곳곳에서 일본 상인들과 충돌을 일으켰다.

선생은 말없이 행수 되는 보부상의 손을 잡아 고마움을 대신했다. 옆에서 오산이 싱글거리고 있었다.

"대형의 말씀에, 강경포의 형제 중 하나가 선생의 힘을 빌릴 일이 있다고 하였습니다. 행로를 그리 잡으시지요."

선생의 이번 여행은 스승 후조선생의 명과 은인인 안태훈 진사의 충고를 받들어서 삼남의 문물을 배우는 것이 목적이었다. 특별히 예정한 곳이 있는 것도 아닌 터여서 보부상 일행과 헤어진 후 행수의 의견을 따라 경기와 충청도의 경계를 넘었다.

"그 사람들, 상인은 아닌 것 같던데, 활빈당이오?"

선생이 던지듯 물었다.

오산은 "추설이겠지요. 삼남은 그들의 영역인즉."하고 가볍게 답했고, 선생은 더 캐묻지 않았다. 전날의 옥중 동료 중에 짐작되는 사람이 있었던 것이다.

오산은 앞서 있던 상황을 되새겨 보았다.

자신이 견제했던 행수급 보부상은 추설의 소두목일 터였다. 조선의 활빈당은 삼남의 추설과 강원도 이북의 목단설로 대별되는데, 국초의 두문동72현에 뿌리를 둔다 하였다.

홍경래난의 세력 중에 활빈도의 기치를 내세운 무리가 있었다는 기록이 있었고, 정여립의 난에 대동계와 함께 혁명세력의 무력으로 동원될 계획 중에 있었다 하지만 기록을 남기지 않아 여전히 안개 속의 세력이라 하였다.

오산은 집안의 숨은 내력 덕에 예의 보부상 행수가 가진 물미장의 장식으로 그들임을 알았고, 때문에 선생에게 특별한 위험이 없으리라 생각하고 편히 관전할 수 있었다.

"그 왜인들, 사람을 상케 하지 않았으면 놓아주지 않겠소? 이미 도망한 자가 있다하니 사정이 알려졌을 터인즉."

보부상 패들과 헤어질 때 선생이 남긴 말이었다. 뜻밖의 권유에 모두들 의아한 표정이었는데, 선생을 유명하게 만든 치하포에서의 살변과는 너무나 다른 태도에 이유를 묻는 듯 보였다.

　"치하포에서의 일전은 그가 달인이었기에 살변이 되었소. 생사의 대결 아니면 승부를 가릴 수 없는 상황이라서……"

　선생이 일동의 뜻을 짐작하여 그렇게 말을 이었고, 행수는 불평 없이 왜인 남녀의 결박을 풀었다.

　"가서 전하시오. 치하포에서는 좋은 대결이었다고. 쓰치다 중위는 참 무인이었다고. 복수를 원하면 기다리겠노라고 김창수가 말하더라 하시오."

　왜인 남녀는 예를 차려 감사의 말을 남겼다. 특히 여인은 선생의 얼굴을 정면으로 보며 정확한 조선어로 후일을 약속했다.

　"의도와는 다르게 상황이 흘렀습니다만, 악의가 있었던 것은 아닙니다. 모시는 어른의 지시를 받은 후 다시 뵙겠습니다."

　여인은 흐트러짐이 없는 태도로 선생을 마주보았다. 선생은 여인의 말씨와 태도로 미루어 흔한 잡류 일본인은 아니리라 짐작하고 예의를 차려 전송했다.

　"사람의 길이니 어찌 만남에 사연이 없겠소. 다만 남의 나라의 정의를 존중하기를 바랄 뿐이니 윗분에게 그리 전하시오."

　일본인 포로를 놓아주는 동안 선생의 태도는 시종 진중했다. 오산과 보부상 패의 사람들은 감탄의 마음으로 선생의 뜻을 따랐다.

　"호신용으로 소지하심이……"

행수는 전리품으로 거둔 단총을 선생에게 권했다. 선생은 사양했다.

"무기에 의지해서 몸을 지켜야 할 만큼 절박한 상황에 내몰렸다면 이미 패한 싸움이라고 스승께 배웠소이다. 허니……"

생각보다 더 거인인지 모르겠다. 오산은 선생을 다시 보았다. 그는 진심으로 선생에게 경복하고 있었다.

강경포구에서 왜구를 치다

 강경포구는 충청도로부터 서울로 올라가는 조운선의 출발지로 조선조 초기부터 발달해 온 해운의 요지였다. 인천까지 정기항로가 뚫려 수시로 배가 오갔는데, 경강상인들의 독점상권이었던 무역로가 외세의 입김을 쐬기 시작한 지는 오래였다.
 선생과 오산은 외륜선이 접안하여 짐을 부리고 있는 부두에서 마중 나온 강경상인들을 만났다.
 "우리 도행수께서 선생 오시기를 학수고대 하고 계십니다."
 날렵한 차림새의 보부상이 말했다.
 강경 제일 물상객주의 객주인인 공종열은 인천 경무청 감옥에 있을 때의 동료로 선생에게 심복한 죄수들 중 하나였다. 본래 그는 밀무역 혐의로 잡혀서 모진 고문을 받고 사형수로 죽을 날만 기다리던 사람이었다. 선생은 음식을 먹여 기운을 차리게 하고 파옥 때에 데리고 나왔던 것이다.
 "저 증기선들은 일본의 비밀 군선입니다. 작은 쪽이 가네이마루(金井丸)인데 호위함으로 병력을 실고 있고, 큰 쪽은 상선을 가장한 수송선입니다. 청나라 군대와 싸울 때 군수물자를 실고 온 후 저렇게 우리 연안을 돌며 지세를 정탐하고 있습니다."

연락원으로 온 보부상은 자신의 이름을 김당쇠로 소개했다. 선생은 당쇠의 안내로 일본 증기선들을 살피며 공종열로부터 받은 전언을 되새겼다.

…하여 대형의 힘을 빌려 이 난관을 헤쳐 나가고 싶소이다.

선생은 공종열의 부탁을 들어줄 수 있는 방법을 연구하여 먼저 동학당의 표식이 된 민가를 찾았다. 공종열의 서신 중 한 문장이 특히 노염을 더하게 하고 의분을 일으켰던 것이다.

저들이 가장 많은 이익을 남기는 분야는 사람장사요. 조선 처자들이 팔려가고 있어요. 사실상의 해적, 왜구(倭寇)의 노략질이지요.

"지기금지원위대강 시천주조화정영세불망만사지(至氣今至願爲大降 侍天主造化定永世不忘萬事知)"

시천주는 처음 대하는 동학당 도유끼리 통하는 인사였다. 갑오년의 난리 이후 남접과 북접이 세력을 나누어 대립하고 있었지만, 본시 한 식구라 아랫사람끼리 뭉치는 힘은 전과 다름없었다.

해서지방 동학당의 최연소 접주였던 팔봉접주 김창수의 이름은 삼남의 동학당 중에도 널리 회자되고 있었으므로 통기를 하자 금세 많은 도유가 영접을 나왔다.

선생은 동학당의 강경지역 유사를 만나 생각을 전했다.

"지기금지원위대강 시천주조화정영세불망만사지(至氣今至願爲大降 侍天主造化定永世不忘萬事知)"

이미 공종열의 물상객주와 내통이 되어 있었던 듯 도유들은 시천주를 읊어 결의를 다진 후 곧 무기를 챙겨 흩어졌다.

그 저녁, 선생은 강경임방의 도행수 공종열의 집 마당에서 마중 나왔던 보부상 김당쇠를 치죄하였다.

"네 이놈! 어찌 은혜를 베푼 행수의 뜻을 저버리고 그의 여인을 탐했더냐? 짐승이라도 그러지는 못할 터, 내 동학당 해서 총접주의 신분과 대한의군 해서군 좌통령의 권위로 너를 징치하리라!"

결박된 채로 마당의 멍석 위에 널브러져 있는 당쇠는 멍석말이를 당해서 많은 매를 맞은 듯 온몸에 피칠갑을 하고 있었다.

"내 하늘을 대신하여 도를 행하는 동학당의 접주이기에 차마 너를 죽이지 못하겠구나. 도행수의 양해를 얻어 놓아줄 터인즉, 다시는 강경 바닥에 나타나지 말렷다!"

관솔불을 밝혀 대낮처럼 밝은 물상객주의 마당에는 보부상 식구들만 있는 게 아니었다. 인근 객주에 머물던 상인들과 상회 소속의 일본 상인들에다가 시천주를 외우는 동학당의 장한들까지 모여들어 물샐 틈이 없었다.

선생은 엄한 질책으로 당쇠의 죄상인 음행죄를 밝히고 매를 쳐서 징벌을 더한 후 놓아주라 하였다.

　상전으로 모시던 객주인 공종열의 첩실을 범한 죄는 죽음에 해당하는 중죄여서 풀어준다는 건 명목상 관대한 처분이었다. 허나 보부상의 세계는 행중에서 축출되는 것 역시 죽음만큼이나 중한 형벌이었다. 당쇠는 이후 어느 손에 횡사를 당할지 모르는 무적자가 된 것이었다.

　"어허! 저놈이 아직도 눈빛이 사납구나! 안 죽을 만큼만 매를 더 주어 고샅에 버려라!"

　선생은 모질게 형벌을 더한 후 안방으로 들어갔고, 당쇠는 동료였던 보부상들에게 끌려 문밖에 던져졌다.

　얼마나 지났을까, 누군가가 운신을 하지 못하는 당쇠를 등에 업고 어둠 속으로 사라졌다. 그 광경을 몰래 지켜보던 자가 객주인 공종열에게 알렸다.

　"그들이 데려갔습니다."

　오산이 선생에게 고했을 때는 자정을 넘긴 시각이었다.

　"행중 사람들은 이미 떠났습니다. 저도 준비를 하겠습니다."

　공종열이 날렵한 경장 차림으로 나서며 인사를 건넸다. 선생과 오산 역시 같은 차림을 하고서 공종열과 방향을 달리하여 길을 나섰는데, 무장을 갖춘 동학당 수십 명이 몸을 숨겨 뒤따랐다.

　"지기금지원위대강　시천주조화정영세불망만사지(至氣今至願爲大降 侍天主造化定永世不忘萬事知)"

동학당의 출동에는 언제나 시천주가 따랐다. 모든 사람이 스스로 깨달아 진리에 대한 신념을 갖기를 바라는 마음(一世之人各知不移者也)의 뜻이 있는 시천주는 그 자체로 천주를 깨닫는 의식(覺天主)이었다. 스물한 자의 짧은 자구만으로 충분히 인심을 뭉칠 수 있는 이유였다.

선두의 오산이 손을 들어 멈추라는 신호를 했다. 부둣가에 왜식 저택이 모여 있었다. 상회 명색으로 밀고 들어온 왜상들의 강경지역 근거지로, 정식 개항이 허가된 옥포보다도 더 많은 물산이 쌓여 있는 곳이었다.

강화도조약으로 인한 강제 개항 이후 조선팔도는 왜인들 세상이 된 터였다. 신문물을 무기삼아 밀려온 왜인들은 나라 전체를 게다짝으로 더럽혀서 뜻있는 이들의 의분을 불러 일으켰다.

1898년, 개항 22년이 지난 시점의 전국은 상권 전체가 왜인들의 입김이 닿지 않은 곳이 없었는데, 특히 강경은 더했다.

금강에 연하여 일찍부터 젓갈로 유명한 강경은 논산 일대의 너른 들에서 농사지은 쌀을 서울로 올려가던 경강상인의 출발지 중 하나였으므로 포구가 발달하였다. 정식 개항지에서 빠졌던 강경포구가 왜인들의 목표가 된 이유였는데, 강경은 왜상들의 배가 무시로 드나들어 밀무역의 온상이 되었다.

그 후 왜인들은 조선 반가의 고택을 사들여서 왜식장원(倭莊)을 지었다. 왜식 기와를 얹어 개조한 본채를 중심으로 창고를 겸한 바깥채들이 'ㄷ'자로 둘러싸고, 그 밖을 돌담이 보호하는 형식이었다. 을미년의 사변 이후 왜인들에 대한 감정이 극도로 나빠져 여러 곳에서 살변이 있었는데, 이런 유의 왜장이 조선의 주요 도시마다 설치되어 사실상의 성채가 되었다.

왜인들은, 곳곳에 총구멍이 뚫려서 방어에 최적의 상태를 갖춘 왜장 안에 둥지를 틀었는데, 그 왜상들의 횡포가 어찌나 심한지 조선 상인들의 공분을 사고도 남았다. 그리고 그 일이 당시 조선에 들어와 있던 왜상 2만여 명이 계림장업단(鷄林奬業團)이라는 단체를 만들고 스스로 무력을 갖추게 된 명분이 되었다.

청일전쟁을 승리로 이끈 왜국 정부는 주요 항만에 헌병 둔소를 두고 왜상을 보호했다. 조선의 보부상들도 황국협회를 만들고 정부의 힘을 빌려 대항하려 들었으므로 왜상과 조선의 보부상은 곳곳에서 충돌을 일으켰다.

보부상의 단결력은 조선 건국 초기부터 조정이 이용할 만하였다. 보부상들 역시 혈기 방장한 패거리들인지라 명분을 갖춘 싸움이라면 선봉서기를 마다하지 않았다. 갑오년의 동학당 봉기 때에는 경군에게 부축임을 받아 토벌전에 나서기도 했지만, 본시 보부상 패거리들은 동학당과 한 가족인 경우가 많았다.

선생은 동학당에 속한 사람으로 왜인과의 싸움에 직접적인 원인이 된 당사자의 하나였다. 그 밤에 동학당이 보부상 패와 더불어 왜상들의 근거지를 노리고 대거 출동한 이유였다.

오산이 먼저 담벼락을 뛰어넘어 저택 안으로 들어갔다. 남사당 출신의 동학당 몇이 오산을 뒤따라 담을 넘었다. 안으로부터 대문을 열어 당당히 정면 공격을 할 작정이었다.

뜻밖에 경비가 소홀하여 곧 대문이 열렸다. 습격군은 일제히 쇄도해 들어갔다.

동학당의 선두가 저택 안으로 들어선 순간, 마당을 중심으로 삼면을 감싸듯 세워진 본채와 별채의 문이 일제히 열리고 왜인들이 쏟아져 나왔다. 총과 왜도로 무장을 하고 대적자세를 갖춘 무사들이었다.

일찍 개항을 하여 근대화를 이룬 일본은 내전인 무진전쟁과 서남전쟁을 끝내고 소위 명치유신으로 부르는 혁명적인 개혁을 성공시켰다. 제국주의적 정치체제를 완비하고 근대식 군비를 갖춘 일본의 힘은 청나라와의 전쟁을 승리로 이끈 시점에서 아시아 최강이었다. 구시대를 마감하고 정체 변경을 이룬 일본 정계는 정한론 등의 논란을 일으켜 이웃나라를 침범할 명분을 쌓았는데, 이는 소위 폐번치현(廢藩置縣)으로 녹봉을 잃은 구체제 하의 무사들을 먹여 살릴 방책이기도 하였다. 따라서 조선에 들어와 있는 일본상인들 중에는 총칼의 사용에 익숙한 무사들이 많았고, 이는 그들 스스로 긍지를 갖고 있는 사실이었다.

"동학당 팔봉접주 김창수와 동료들이오. 갑오년의 구원을 풀고자 왔으니 나서시오."

선생은 오산과 더불어 선두에 섰다. 왜인들의 수뇌급도 앞으로 나섰다. 곧 수하의 왜인들과 동학당도 서로 무기를 겨누어 왜장 안은 긴박한 대치가 이루어졌다.

"직심영류(直心影流) 청도관 사범대리 쓰치다 겐지로(土田源次郎). 김창수와 대적하겠소."

선두의 수괴급 왜무사가 몇 마디 왜말로 외쳤다. 왜인들의 무리 중에 정확한 발음의 조선말로 통역을 하는 자가 있었다. 공종열의 첩실을 범한 죄인으로 멍석말이를 당해 강경임방을 떠났던 김당쇠였다. 당쇠는 몇 곳에 붕대를 감았을 뿐 멀쩡한 몸으로 선두의 왜무사를 호종하고 있었다.

"네놈이?"

오산이 외마디 소리를 질렀다. "네놈이 첩자였더냐?"의 의미였지만 더 묻지 않아도 당쇠는 술술 고백했다.

"흥! 잘난 동학당 나리들! 패거리의 위세를 빌려 이 당쇠를 잘도 두들겨 패셨지? 이제 그 답례를 하겠소!"

당쇠는 빠르게 말을 뱉은 후 쓰치다 겐지로를 자처한 왜무사에게 선생을 지적하여 싸움을 부추겼다.

"저 자가 치하포에서 일을 벌인 자입니다. 동학 패거리들의 두목이고요."

선생이 환도를 들고 앞으로 나섰고, 오산이 주의를 주었다.

"조심하십시오. 직심영류는 왜국의 고무술로 빠른 칼을 잘 씁니다."

당쇠의 왜무사에 대한 소개말이 이어졌다.

"가네이마루(金井丸)로 급거 일본국에서 오신 무사님들이오. 치하포에서의 일을 마무리 하겠다 하오."

가네이마루는 강경포구 앞바다에 정박하고 있는 두 척의 왜선 중 무장선의 이름이었다. 청국과의 전쟁 이후 일본국의 함대는 한층 더 현대화가 이루어졌는데, 가네이마루는 민간에서 징발되었다가 퇴역한 150톤급 증기선으로 전쟁 때는 주로 연안을 운행하며 군수물자를 실어 날랐었다.

"공은 도유들을 지휘해 주시오. 저 왜인이 특별히 치하포에서의 원한을 풀겠다 한즉 싸움을 마다할 수 없겠소."

그때쯤 왜장(倭莊)의 담벼락 위로 동학당의 총구가 빈틈없이 나타나 마당을 겨누었다. 왜인들도 저택 안 창문마다 사람을 배치하여 선생 일행을 향해 총구를 겨누고 있었다.

장 안은 일촉즉발의 형세였다. 왜인들의 대장격인 무사가 앞으로 나서서 도전장을 던졌다.

"치하포에서 죽은 쓰치다 겐스게는 일족의 아우였소. 그의 무술이 모자라 패한 싸움이었으니 원한을 품지는 않겠소. 다만 조선 무술의 달인이라 하니 싸움을 청할 뿐이오. 내 일찍이 조선에 온 후 아직 조선무사와의 싸움에서 패한 적이 없은즉 실망하는 일이 없었으면 하오."

당쇠의 통역이 이어졌고 선생은 환도를 빼들어 앞으로 나섰다.

"조선국 해서의군 좌통령 김창수요. 동학당의 소년대장 팔봉접주란 이 사람을 말함이니 대적하기에 부족하지 않을 것이오."

두 사람은 마당을 중심으로 칼을 빼들어 대적자세를 취했다. 선생은 칼에 익숙하지 않은 양 하단으로 힘없이 내리트린 자세였고, 쓰치다는 대상단으로 높이 쳐들어 내려칠 기세였다.

"시현류(示現流)!"

오산이 짧게 소리를 질렀다. 시현류의 일격 내려치기는 그 위세가 강하기로 일본 제일이라 하였다. 쓰치다는 직심영류의 빼어치기 기법을 대신하여 시현류의 일격필살 내려치기를 시도할 생각인 듯하였다.

오산은 이 싸움을 자신이 맡고 싶었다. 그의 조부가 지낸 벼슬인 삼척영장은 나라에서 준 무관으로서의 직책이기도 하였지만, 300년 전 임진란 때부터 대대로 이어온 집안 내력이기도 하였다.

오산의 집안은 "사쓰마의 일격 내려치기, 그를 압도할 무기(武技)를 닦아 이 원한을 풀라"하는 선대의 유지를 300년 동안 이어온 무가(武家)였다. 이제 싸움에 임하여 눈앞에 적의 특장인 시현류를 보자 오산은 격렬한 투지가 일었다.

그런데 왜무사의 칼끝이 파르르 떨렸다.

여차하면 나설 셈으로 칼자루를 잡고 있던 오산은 이상함을 느꼈다. 자신이 알고 있는 시현류가 아니었기 때문이다. '이건 다르다'라는 생각이 들자 오산은 선생에게 주의를 주려 했다.

대적 중인 두 사람은 이미 움직임을 시작하고 있었다. 거의 동시에 두 자루의 칼날이 빛을 뿌렸다. 쓰치다 겐고로의 내려치기가 선생의 머리를 노려 빛을 뿌렸고, 선생의 하단으로 처진 칼은 적의 가슴을 노리고 칼끝을 올려 찔러갔다.

오산이 염려하던 변화가 곧 이어졌다. 선생은 쓰치다의 내려친 칼을 움찔 움직여 피했는데, 선생이 비낀 순간 쓰치다의 소도가 빛을 뿌렸다.

시현류의 일격필살과는 다른 변화였다. 다행히 선생은 쓰치다의 칼날 간격을 훌쩍 벗어나서 대적자세를 견지하고 있었다.

오산은 안도의 한숨을 내쉬며 속으로 중얼거렸다.

'이 싸움, 이겼다!'

원래 쓰치다는 대소도를 나누어 차고 있었다. 이는 일본 무사들의 예법이었지만, 시현류 검사들은 일격필살로 대도를 내려 칠 뿐 제 이격을 노린 소도 공격을 구사하지 않았다. 쓰치다의 공격은 처음부터 내려치기가 실패를 할 것을 전제로 한 시현류의 흉내였을 뿐으로, 선생이 피한 순간 대도를 버리고 소도를 잡아 빼어치기를 구사했던 것이다.

피차 방어가 없이 공격뿐으로 한 차례의 교합이 끝난 후 대적자세로 돌아간 선생과 쓰치다는 침중한 안색으로 상대를 노려보았다.

잠시 후 쓰치다가 철커덕 소도를 떨어뜨리며 무너지듯 주저앉았다. 그의 가슴 심장 부위에서 피가 뿜어져 나오고 있었고, 입에서는 짧은 비명이 뱉어졌다.

"졌소. 훌륭한 솜씨, 고맙소."

쓰러지기 전 쓰치다는 그렇게 외마디 소리를 남겼으나 선생에게 전해지지는 못했다. 전투가 벌어졌기 때문이었다.

탕탕탕!

왜인들이 겨누고 있던 무라다총의 방아쇠를 당겨 선생 일행을 향해 사격을 가했다. 몸을 날린 오산은 선생을 쓰러뜨려서 총탄 세례를 피하도록 한 후 칼을 휘둘러 왜인들을 쳤다.

동학농민전쟁 때의 일본군은 무라다총을 개인용화기로 삼고 있었다. 우금치전투에서 일본군이 맥심기관총과 함께 사용하여 많은 동학당의 목숨을 빼앗은 무라다총은 당시로서는 최신 무기였으나 약점이 없는 것은 아니었다. 아직 연발식이 나오기 전이어서 한 발을 쏜 후 노리쇠를 후퇴시켜 다음 탄환을 자동 장전하는 식이었는데, 그 짧은 간격이 단점으로 작용하여 선생의 목숨을 구했다.

오산에 의해 땅에 누웠던 선생이 다시 몸을 일으켰을 때는 눈앞의 적들은 모두 쓰러진 후였다.

왜인들 속에 어울려 있던 당쇠가 왜인 중의 하나를 때려눕히고는 그의 칼을 빼앗아 다른 왜인들을 쳤고, 오산의 칼날이 정면의 왜무사 몇의 몸통을 갈랐다. 그리고 담벼락 너머로 총구를 겨누고 있던 동학당 동료들이 기다렸다는 듯 사격해서 나머지를 청산했던 것이다.

저택 안으로부터 잠복했던 왜인들이 칼을 들고 뛰쳐나오고 동학군이 잇달아 담을 넘어 오면서 전투가 절정에 달했다. 동학당은 일사분란하게 집단공격의 묘를 살려 왜인들을 쳤다.

갑오년의 난리를 치르며 많은 동학당이 죽었는데 일본군과의 싸움에서 가장 큰 희생이 있었다. 훈련받은 군대의 집단 공격에 익숙하지 못했던 동학 농민군은 곳곳에서 도륙을 당했고, 이는 살아남은 사람들에게 교훈이 되었다.

지하로 숨은 동학당은 일본군에 못지않은 훈련을 쌓았다. 동학당의 두뇌들은 오래지 않아 집단공격의 장점을 살린 전법을 개발해 냈다.

난리 후 동학당의 여당이 의병운동의 주력이 된 까닭은 숱한 희생을 치른 끝의 학습효과 덕분이었다. 지하로 잠적한 동학당은 전날에 비해 소수였지만 정예화 되고 집단전투 전술을 구사할 줄 알았다. 이 싸움은 그 실전 연습인 셈이었다.

　장수격인 쓰치다 겐고로를 비롯한 무사들이 쓰러진 후의 전투는 동학당의 일방적인 공세로 끝났다.

　"이쪽입니다. 여기에 갇혀 있습니다."

　당쇠의 안내로 본채 뒤편의 창고가 열렸다. 당쇠는 고육책을 써서 가네이마루의 무사들을 안심시켜 상륙토록 하고, 결정적인 순간에 본색을 드러내어 공훈을 세웠던 것이다.

　수십 명의 조선 처녀들이 총소리를 듣고 떨고 있다가 동학당의 안심시키는 말을 들으며 밖으로 나왔다. 하나같이 어리고 고운 처녀들뿐인지라 모두들 분노해 치를 떨었다.

　흥분을 감추지 못하고 일본인 무사들의 시신을 걷어차고 있는 동학당 중에서 지휘자인 선생만은 냉정을 지켜 명령을 내렸다.

　"총소리를 냈으니 곧 둔소의 왜병들이 올 것이오. 처자들을 공행수의 객주로 안내하여 보호를 부탁하고, 창고는 재물에 미련을 두지 말고 모두 불태우시오."

　선생은 불타는 왜장(倭莊)을 뒤로 하고 일단의 동학당을 나누어 포구를 향해 달렸다. 포구 밖 금강 연안에 정박하고 있는 가네이마루 등의 함선을 다음 목표로 한 행동이었다.

　강경포구는 훗날 군산항에 지위를 빼앗길 때까지 호남 유수의 항구였다. 금강 연안의 요소에 위치한 포구는 수심이 깊어 밀물과 썰물의 영향에 관계없이 300톤급의 증기선이 드나들 수 있었는데, 왜선은 멀리 바다로 연한 강 중앙에 닻을 내리고 있었다.

육지에서 불길이 오르는 것과 같은 시간, 두 척의 왜선에서도 전투가 벌어졌다. 온몸을 검게 칠하고 입에 칼을 물었을 뿐인 맨몸의 사내들 수십 명이 어둠을 보호막 삼아 왜선을 향해 헤엄쳐 다가가서 동시에 뱃전을 기어올랐다.

소리 없는 공격이었다. 주력이 될 무사들이 당쇠의 유인으로 상륙하여 배의 요소요소로 잠입해 들어갔다. 여자를 끼고 잠들어 있던 왜인들은 목을 겨누고 있는 칼날에 놀라 항복했고, 모두 결박이 되었다. 그들도 군인인지라 더러 반항을 하는 자도 있었지만 습격군은 잠재우는 방법을 제대로 알고 있었다. 목뒤의 급소에 칼자루로 일격을 당해 쓰러진 왜인들은 굴비두름 엮듯 한데 묶여 갑판에 뒹굴었다.

두 척의 왜선 모두를 장악한 사내들은 배를 수색했다. 무기가 가득 쌓여 있는 선창 안에서 사람들의 기척이 있었다.

사내들은 선창의 문을 열었다. 조선인 처녀들이 그곳에 갇힌 채로 오들오들 떨고 있었다. 그녀들은 온몸을 검게 칠한 맨몸의 사내들에 놀라 비명을 질렀다.

"아아악!"

"살려줘요!"

사내들은 곧 자신들의 차림새를 생각하고 몸을 돌려 물러났다. 누군가 불화살을 쏘아 신호를 올렸다. 사내들이 그 광경을 보고는 모두 강물로 뛰어들었다.

그때쯤 멀리서 황포돛대를 높게 올린 어선 몇 척이 달려오고 있었다. 선두의 배에서 구군(舊軍) 복색의 군관이 소리를 질러 엄포를 놓았다.

　"나라에서 금한 밀무역이 있다는 신고가 있었소! 배를 멈추시오!"

　대한제국의 해군은 진(陣)과 영(營) 체제였다. 나라의 기강이 흩어져 이름뿐인 벼슬자리이기는 하였지만 포구마다 진장(陣將)은 있었다. 관선을 갖추지 못한 진병으로 어선을 빌려 출동한 것이었으나 그 의기는 장했다.

　"배를 수색하라!"

　진병은 왜선에 올라 잔뜩 묶여 있는 왜인들과 두려움으로 선창 안에서 나오지 못하고 떨고 있는 조선처녀들을 발견했다.

　곧 처녀들이 육지로 옮겨졌다. 밀무역의 증거가 될 무기와 물자들도 속속 꺼내졌다.

　"여인들에게 해가 없겠소?"

　동녘이 밝아오고 있는 포구에 왜선에서의 소동을 보려고 많은 사람들이 몰려들었다. 왜적이 사람장사를 했다는 걸 알고 분개하는 양민들 속에 선생과 오산, 강경임방의 도행수 공종열도 있었다.

　"괜찮을 겁니다. 밀무역은 나라에서 금하고 있고, 더구나 사람을 납치하여 숨겨가려 한 죄는 아무리 저들이라도 시치미 뗄 수 없을 것입니다."

선생의 질문에 대한 공종열의 답변이었다. 오산이 말을 이었다.

"활빈당의 친구들이 참으로 잘 해주었습니다."

"선생이 적의 주력을 유인해 준 덕분이지요. 배에 남은 놈들은 술과 여자로 혼절 상태였다니까."

모두 말이 없었다. 이제부터 겪어야 할 수많은 싸움 중에서 한 번을 이겼을 뿐이다. 왜적은 전국의 항만을 점령한 지 오래였다. 그리고 이제 내륙의 도시들로 상권을 넓혀가고 있었다. 쓸개 빠진 벼슬아치들은 왜인들에게 줄을 대어 자리보존에 급급했고, 오로지 민중이 일어나 싸울 뿐이었다. 나라의 명운이 위태로운 상황에서 작은 승리에 만족하고 있을 수는 없었다.

선생은 공종열에게 작별을 고했다.

"스승으로부터의 전언이 있었소. 남도의 상황이 위태롭다 하오. 이만 작별해야겠소."

선생의 인사에 공종열은 극진히 예를 갖추어 답례를 했다.

"저도 수하들과 함께 잠시 피해 있을 생각입니다. 훗날 큰일을 하실 때 우리가 필요하시면 언제든지 불러 주십시오."

선생은 동녘이 벌겋게 물든 강경포구를 뒤로하고 길을 나섰다. 뒤를 따르는 그림자가 하나 더 늘어나 있었다. 오산과 더불어 호종인을 자청하고 나선 김당쇠였다. 당쇠가 갈 곳이 없다고 떼를 써서 따라나섰던 것이다.

"제 몸 하나는 지킬만한 아이요. 까닭이 있어 이름다운 이름도 받지 못한 아이이지만, 양인의 자제로 약간의 학문도 있고, 왜말도 소통할 만큼은 되니 거두어 주시오."

공종열이 응원의 말을 하였다. 선생도 이미 점찍고 있었기 때문에 당쇠는 일행에 잘 어울렸다.

아침 해가 산허리에 떠올라서 세 사람의 그림자를 길게 드리워주고 있었다. 오산이 혼잣말 같은 질문을 했고, 선생은 독백하듯 답을 해주었다.

"그 왜인의 검, 예사 솜씨가 아니던데 변화를 짐작하셨습니까?"

"내 스승께서는 우리 고유 무술 수박도와 본국검의 달인이셨을 뿐만 아니라, 중국의 무술들과 왜검의 각 유파까지 두루 섭렵한 분이셨소."

당산마을

길은 이 땅의 등뼈인 태백의 줄기로부터 갈라진 소백산맥의 험로로 접어들고 있었다. 영호남의 경계를 만들며 국토의 남부를 종단하는 소백산맥은 여수반도로 빠져 끝이 나는데, 추풍령 부근에서 갈라져 산지를 이루는 지리산은 예부터 명산으로 소문이 높았다.

선생 일행은 지리산 일대의 한 곳으로 소식을 전할 사람을 찾아가고 있었다.

당쇠가 솜씨를 자랑하여 팔매질로 꿩을 잡아 모닥불에 구워 점심상을 냈다. 장끼 두 마리로 소금 반찬 곁들여 얼요기를 하는 동안 오산은 내내 선생이 남긴 말을 생각하고 있었다.

"그 내려치기, 처음부터 버리는 검이었소. 내려치는 검에 제 이격은 없는 법, 검을 버림으로 방심을 부르고 본래 익힌 빼어치기로 기습을 시도할 속셈이었겠지만, 일격필살을 자랑하는 시현류 내려치기로는 호흡이 약했어요. 그는 치하포에서의 쓰치다보다 솜씨가 아래였을 거요. 스스로 그걸 인정하고 궤계를 쓴다는 게 내가 예측대로 피해주지 않고 옆으로 돌아 찔러 갔기 때문에 무너졌을 거요. 경쟁심 때문에 실력을 발휘하지 못한 게 아니라, 본래 하수였던 자가 공명심이 앞서 더욱 졸렬했던 것이오."

선생은 잠시 숨을 골라 생각할 시간을 가진 후 말을 이었다.

"이런 일이 가능하다는 건, 아마도 나는 저들에게 사실 이상으로 과대평가되고 있는 것 같은데, 이유를 모르겠으니······."

오산은 선생의 의문에 대한 해답을 갖고 있었다. 그 답은 오산이 선생에게서 찾고 있는 희망의 이유이기도 하였고, 아마도 조선의 모든 민족세력이 선생에게 걸고 있는 기대치이기도 할 터였다.

"무릇 나라란 흥망성쇠가 있기 마련이다. 조선조가 왕씨를 몰아내고 나라를 만든 지 500년, 이제 새나라가 설 때도 되었다. 정감록 패들이 주장하는 정도령의 나라든, 사이비 교주가 주장하는 후천개벽의 세상이든, 나라 안 세력들끼리의 다툼이라면 날이 가고 달이 가는 것을 기다리듯 지켜볼 뿐이다. 허나 외세가 침범했을 때의 경우는 다르다. 본시 우리 일족이 이 땅에 터 박고 살기 시작한 이유와 상치(相馳)되는 사건이 있을 때는, 감연히 개입하여 바로잡는 데 힘을 다해야 한다."

오산은 부친이 하셨던 말씀을 되새겨보았다. 아직 대를 잇지 못한 오산이지만, 김삼척 일가의 숨은 힘은 능히 사업을 도모

할 만하다고 알고 있었다.

"나라가 어지러울 때는 영웅이 나타나기 마련. 좋은 세상을 만들 적임이 나설 때 돕지 않음도 죄의 하나이니, 네 뜻에 닿는 사람이거든 힘을 다하도록 해라."

부친은 단 한 차례의 만남으로 선생을 높이셨다. 게다가 오산 역시 평생의 주인을 만났다고 생각하고 있었다. 선생은 약관의 나이임에도 두루 경지에 올라 있었고, 연륜을 넘는 어른스러움은 절로 고개를 숙이게 하였다. 소백산맥 줄기의 험로를 걸으며, 오산은 내내 일행의 후미로 돌아 선생을 평가했다.

산세가 완만해지며 더러 농지가 보이는 곳에 이르렀을 때, 먼 곳에서 총소리가 들려왔다.

타타탕!

규칙적인 연속 발사음, 일본군의 기관총 소리였다. 간간히 단발 소총의 발사음이 들렸고, 애교처럼 단총소리도 들렸다. 소대 병력 이상으로 보이는 일본군의 출동이었다.

갑오농민전쟁과 청일전쟁, 을미의병운동 후 이 땅에 주둔한 일본군은 러시아와의 협약에 의해 정규 보병 1개 대대와 헌병대, 전신대(電信隊) 등을 두고 있었다. 당사자인 조선의 의견은 들어보지도 않고 제멋대로 맺은 그 협약은 처음부터 지켜진 적이 없었다. 서울에 한국주차대사령부를 둔 일본군 병력의 수는 나날이 늘어났고, 전국 주요도시에 헌병 둔소가 빠르게 생겨났다. 당연한 듯이 이 땅의 민중들은 곳곳에서 척왜(斥倭)를 목표로 창의의 기치를 들었는데, 그 중 하나의 싸움이 벌어지고 있는 듯했다.

"의병입니다. 몰리고 있습니다. 도움을 주어야할 것 같습니다."

척후를 자처하고 재빨리 상황을 살피고 온 당쇠가 보고했다. 선생은 표정으로 응답을 했고, 세 사람은 제각기 흩어져서 일본군의 배후로 돌았다.

의병들을 몰아붙이고 있는 것은 기관총이었다. 일찍부터 개틀링포로 불리는 기관총을 수입해 쓰던 일본군은 그 무렵 소대 단위 이상의 병력은 최신식 맥심기관총을 필수장비로 하고 있었다. 갑오년의 농민전쟁 때에 수많은 농민군의 피를 흘리게 했던 맥심 기관총은 소백산맥의 평화를 깨뜨려 악명을 증명하고 있었다.

세 사람은 이심전심 일본군의 기관총을 목표로 삼면에서 압박해 들어갔다.

기습은 오산의 장기였다. 선조 대대로 이어온 삼척김씨 영장 일가의 무기(武技)는 왜나라의 고무술에 근거를 두고 있었다. 이제 적에게서 배운 기술이 적을 향해 되돌려질 차례였다.

일본군의 기관총대에는 사수와 보조사수 외에 탄약병과 경계병 등 통상 1개 분대의 병력이 도왔다.

중심이 되는 기관총 사수를 향해 한 뼘 크기의 짧은 화살이 소리 없이 날았다. 오산 일가 가전의 철제 탄궁은 50보 이내의 거리에서는 살상 능력이 충분했고, 달인이 쏘는 화살이 적의 목덜미 급소를 명중시키는 일은 신기한 일도 아니었다.

일본군 기관총대의 사수가 오산의 화살에 맞는 순간, 당쇠의 돌팔매가 연속으로 날아가서 병사들의 머리를 터트렸다.

뒤이어 뛰어든 선생이 칼을 휘둘러서 남은 병사들을 차례로 쓰러트렸다. 기관총좌를 점령한 선생은 총구를 돌려 일본군 병력을 향해 총탄의 비를 쏟아냈다.

한 화살로 기관총대를 침묵시켜 싸움의 전단을 연 오산은 지휘를 하는 일본군 장교를 향해 무기를 휘둘러 짓쳐들었다.

일본군 장교는 임관 때에 그들의 왕인 소위 천황으로부터 군도를 하사받는데 그걸 일생의 영예로 알았다. 모든 전장에서 가장 전근대적인 무기인 칼이 빠지지 않는 이유였다. 대위 계급의 일본군 지휘관은 군도를 들어 오산에 대적했다.

오산은 전통의 물미장을 짧게 만든 단창을 애용했다. 물미장은 보부상들이 뱀을 쫓기 위해 갖추고 다니는 수호봉으로 쓰기에 따라서 창과 봉의 장점을 아울러 살린 다목적 무기가 되었다.

오산은 물미의 날을 창끝 삼아 찔러 갔다. 뜻밖의 기습에 당황한 일군장교는 미처 대적자세도 갖추지 못하고 오산의 창날에 가슴이 뚫려 쓰러졌다.

오산은 장교가 떨어트린 군도를 집어 들고 일본군 병사들을 휩쓸어갔다. 단 한 칼도 허투루 휘둘러지는 일이 없는 깔끔한 공격이었다.

당쇠의 무기는 두 뼘 길이 정도 되는 잘 벼려진 단검이었다. 권각질을 보조로 하여서 단검을 휘두르는 당쇠의 활약도 오산에 못지않게 눈부신 것이었다.

삽시간에 총소리가 잦아들고 일본군이 쓰러졌다. 원군의 내방을 짐작한 듯 의병들의 총소리도 멈추었다. 몇 명의 일본군이 달아나는 뒤로 한 소리 단총이 승리를 자축하는 축포처럼 울리고, 호탕한 웃음소리가 이어졌다.

"하핫! 역시 와주었군 그래. 내 조금만 견디면 응원이 온다고 버티자 했지."

신문명의 세례를 듬뿍 받은 양복 차림의 중년신사가 풀숲 사이에서 몸을 일으켜 다가왔다. 오른손에 단총을 들었고, 왼손에 서양식 가방을 든 신사의 뒤를 의병들이 따랐다.

"독립협회에서 나온 서 모(某)야. 남들이 나를 박사로 부르니 당신도 그렇게 불러. 당신은 나와 한 스승에게서 나온 두 갈래 뿌리이니 사제로 부르겠네."

서양식 악수로 인사를 나눈 후 박사를 자처한 신사가 선생에게 말했다. 오산은 선생의 학문이 해주의 후조(後凋) 고능선(高能善)선생에게서 나왔다는 것을 알고 있었지만 무예의 근거를 몰랐는데, 박사의 언급으로 뿌리를 안 것 같은 느낌이었다.

이름을 흐려 자신을 서모(某)로 소개한 박사는 갑신정변의 실패로 미국으로 망명한 후 독학으로 학위를 따고 의사 노릇을 하다가 11년 만에 귀국하여 독립협회를 만든 주역임에 틀림없었다. 그를 비롯한 개화당은 한 분 괴물승려의 지도로 서양문물에 눈을 떴다는 소문이었다. 박사는 죽었다는 소문이 돌던 노스승에게서 뜻밖의 전갈을 받고 급히 달려왔다고 하였다.

"스승은 우리 중의 누구에게도 의발을 전하지 않으셨어. 내로라하는 선비들이었지만 눈에 차는 사람이 없었던 거지. 우리는 반쪽 제자였던 거야. 20여년 만에 소식을 전하여 적전 전인을 택하셨다기에 자청하여 임무를 맡았지. 확인을 해보려 나섰는데 직접 보니 과연 명불허전이야. 역시 스승님은 백락의 안목을 지니셨어."

박사는 선생의 무예 쪽 스승을 말하고 있었다. 해주의 후조 선생이 선생의 학문을 깨쳐 주신 분이라면, 박사가 말하는 스승은 선생의 인생 전반에 걸쳐 지혜를 가르쳐주신 분이었다.

"겨우 10여 명 의병으로 왜병의 기관포에 도전한 게 무모해 보이지? 사제가 시간 안에 올 줄 알고 시도한 일이야. 스승님은 범사에 실수가 없으셨거든. 그리고 말이야, 저 물건이 욕심났었어. 기관포의 위력은 알고 있겠지? 이제부터의 전투는 악전고투가 될 것 같은 느낌이라 저게 꼭 필요하다고 생각했지."

박사는 부상한 왜병을 모으게 한 후 상처를 치료하고 붕대를 감았다. 입은 쉴 새 없이 놀리고 있었지만 의사로서의 행동은 절도가 엄연했다.

"실은 이 전투, 내가 왜병을 부른 거야. 너희에게 치명적인 약점이 될 물건이 여기 있다! 욕심이 동하면 찾아가라! 우리도 전력을 다해 막겠다! 서씨 성의 모(某)가 독립협회를 대표해서 그걸 찾으러가고 있고, 유명한 팔봉접주 김창수가 돕기로 했다! 그렇게 소문을 짜하게 냈더니 과연 저 물건을 곁들여 대대단위 병력을 파견하더군. 저들은 척후를 겸한 선발대야. 우선 서전

을 이겨서 무기를 확보하지 않으면 싸움이 안 된다고 보고 도
발을 했지. 결과는 보다시피 승전이야."

박사의 치료를 받은 일본군 병사들은 손바닥 볼기를 맞고 쫓
겨 갔다. 박사는 한 사람씩 일군 병사를 치료할 때마다 왜말로
호통을 쳤다.

"당신들을 친 사람이 누군지 알아? 대한제국 대군주폐하
가 몸소 전통을 띄워 특별 사면을 내리신 조선동학군 해서의
군 팔봉접주 김창수야. 치하포에서의 일 알지? 당신네들의 검
호 중 하나가 대패를 하고 자결했지. 그때의 영웅이 이 분이거
든. 가거든 말이야, 김창수가 떴으니 이번 일에는 얼씬도 말라
고 해."

선생은 당쇠의 통역으로 박사가 말하는 뜻을 전해 들으며 도
무지 의도를 알 수 없는 그의 기행에 당황했다. 강경포에서의
왜인 낭인단과의 전투 때에도 선생은 터무니없이 부풀려 있는
자신의 위상을 발견하고 당혹해 했었다.

"사제는 말이야. 외모부터가 호랑이 상으로 스승과 한 쌍이
야. 일본의 어떤 세력은 스승을 암살하려고 낭사단을 보내곤
했지. 스승의 뒤에 숨은 어떤 힘을 두려워한 것이지. 그래서 스
승은 이승의 사람이 아닌 것으로 몸을 숨기고 때를 기다리며
당신을 키웠어. 왜 그러셨을까. 이제부터 벌일 왜적들과의 건곤
일척 승부에서 그 이유가 밝혀질 걸세."

박사는 선생과 오산, 당쇠를 소백산맥 줄기의 한 곳 화전민

마을로 안내한 후 작별을 고했다. 돌로 담을 쌓고 너와로 지붕을 올린 통나무집 30여 채가 모여 있는 마을 주위에서, 화전으로 일군 밭에 삼이 자라고 있었다.

"이곳이 을미년의 한을 풀 곳일세. 이 싸움, 역사에 기록되지 못할 전쟁이지만 반드시 승리해야 하네."

박사는 자신을 호종했던 의병들을 선생에게 소개하고 싸움을 돕도록 했다. 의병들은 뜻밖에 신식무기의 사용에 능숙했는데, 지휘관의 소개로 그 이유가 밝혀졌다.

"대한제국 원수부 친위대의 동료들입니다. 저는 참위 이 모(某)로 박 모(某) 정령님의 밀명을 받들어 박사님의 일을 돕고 있습니다. 명령을 내려 주십시오."

원수부는 대한제국의 선포 이후 황제의 고심에 의해 설치된 군부 최고기관이었다. 외세의 침략 위험이 나날이 고조되고 있는 현실에서 몇몇 뛰어난 정치가들은 군권의 강화야말로 나라의 독립을 위해 필요한 방법이라고 보고 원수부의 설치를 서둘렀다.

친위대는 대원수인 황제의 칙명을 받들어 원수부의 주축 군력이 될 예정으로 편성되었다. 러시아와의 전쟁을 전제로 한국주차사령부를 설치한 일제가 강하게 반발을 하여 유명무실하게 만들고 끝내 해산을 강요했다.

강제로 해산된 울분을 품고 전국으로 흩어진 친위대 병력은 을사늑약(乙巳勒約) 후 의병운동의 주축 세력이 되었다. 나라가 일제에 강제 병합된 후는 만주로 망명하여 독립운동의 주력이 되는

데, 이는 일찍이 나라 안에서 가장 충실한 젊은이들을 모아 훈련을 시켜놓은 선인들의 안목이 있었기에 가능한 일이었다.

머리를 짧게 잘랐을 뿐 흔한 나무꾼이나 농군과 다르지 않은 차림새로 분한 참위는 선생과 동년배로 보이는 기골이 장대한 사내로 상관을 대하듯 깍듯이 경례를 올렸다. 선생은 대한제국의 정규군까지 암중에 동원되었다는 사실에서 자신에게 맡겨진 일의 중요성을 다시 한 번 실감했다.

"형편이 이러하니 부득이 지휘를 맡겠소. 동지들과 더불어 행동해 주시오."

선생은 참위의 지휘를 받는 의병들에게 일본병들에게서 노획한 기관포를 비롯한 무기들을 거두어 무장토록 한 후 당쇠를 붙여 계책을 주었다. 의병들이 적소로 흩어진 후 마을이 보이는 산비탈에 숨은 선생과 오산은 박사가 남긴 이 싸움의 이유를 새기고 있었다.

"을미년의 왜변 때에 국모를 시해한 왜적의 주력은 도야마 미쓰루 휘하의 대륙낭인들이었지. 오카모토 류노스케(岡本柳之助)를 비롯한 몇이 표면적으로 드러난 지휘자들인데, 실은 진정한 원흉이 따로 있었네."

박사는 을미사변의 이면에 숨은 적괴의 정체를 설명하고 있었다.

"사사키(佐木)라는 성이 알려졌을 뿐, 이름도 확실치 않는 왜무사가 계획을 세우고 낭인을 동원한 직접 책임자였네. 일본공사관의 일개 서기였다는 정도로 알려졌을 뿐인 놈은, 소란을 일으키라는 정도의 가벼운 명령을 내린 도야마의 뜻을 확대 해석하여 범궐을 하고, 대한제국의 황후를 시해하는 사건을 일으켰네. 이번에 일본군 수비대 병력을 동원하여 이 마을을 점령할 꾀를 낸 인물도 아마 그 자일 걸세. 사사키가 이 작은 마을에 집착하는 이유를 밝히고 사람들을 구하는 것이 스승으로부터 내려진 사제의 임무네."

박사는 선생에게 계교를 물었고, 선생은 오산에게 조언을 구했다. 의견의 일치를 본 세 사람은 사람들을 단속한 후 상황의 변화를 기다렸다.

"저 마을 사람들은 임진년 난리 때 정착하여 300년을 살아왔는데 외부인에게 마음을 열지 않네. 매년 이맘때면 특별한 의식을 거행하는데 오늘이 그날일세."

박사가 남긴 말이었다. 선생과 오산은 조심스레 마을을 주시하고 있었다. 한 무리의 사람들을 설득하는 임무를 맡았으므로 행동에 제약이 있을 수밖에 없었다.

자정이 지난 시각, 마을 입구 당산나무 앞에서 의식이 시작되었다. 서너 아름이 족히 되어 보이는 거대한 고목 아래에 제단이 차려지고, 유사의 축문과 주문이 읊어진 후 귀면탈을 쓴 제주가 나타나서 춤을 추기 시작했다. 동학당의 시천주도 흠치교의 태을주도 아닌 웅얼거림이 적막을 깨트리는 가운데 간간히 북소리가 울리고 귀면탈을 쓴 제주가 칼춤을 추었다.

어디서나 볼 수 있는 당산제와는 분위기가 달랐다. 귀면탈의 칼춤은 뒤늦게 떠오른 그믐달의 희미한 빛 아래에서 스산한 칼빛을 뿌렸다.

새벽의 기운이 동녘에 보이는 축시가 지났을 무렵, 제관이 관복차림으로 나타나서 엄숙한 목소리로 축문을 읽었다. 제주의 칼춤만 여전할 뿐, 북소리도 주문 읊는 소리도 멈추었으므로 축문 읽는 소리는 그믐밤의 야경 속으로 음산하게 울려 퍼졌다.

> 포신지령복이 복원명신 진아강성 보호인생
>
> (酺神之靈伏以　伏願明神　鎭我彊城　保護人生)
>
> 비금자석 리민일동 징성묵축 증아수복
>
> (非今自昔　里民一同　徵誠黙祝　增我壽福)
>
> 흥아가색 번아환축 신명지이 유도필응
>
> (興我稼穡　蕃我豢畜　神明之理　有禱必應)

천지간 모든 귀신에게 엎드려 비오니, 바라건대 신은 능히 밝히소서.

나를 다스리고 마음을 다하여, 인생의 안녕을 기원하옵니다.

이제 옛 고사를 따라, 마을 사람 모두 여기에 모여 정성을 다해 신께 비오니, 우리 살림 나날이 나아지게 하소서.

농사철을 맞아 벼를 심고 거두니, 금년에도 많은 수확을 주소서.

부디 신께서 밝게 다스리사, 우리의 기도를 받아 주시옵기를.

흔한 풍년 기원 당산제로 흐르는 듯싶던 행사가 갑자기 변화를 보인 것은 축문이 끝날 무렵이었다. 축문의 내용이 변하고 있었던 것이다.

천년지구 왜왕 풍수길 멸살 (千年之仇 倭王 豊秀吉 滅殺)

그렇게 들렸다 싶은 순간 신바람을 내던 귀면탈 제주의 칼이 당산나무의 한 곳 갈라진 가지에 줄을 달아 매단 제웅의 머리를 쳤다.

도부수의 칼끝에 죄수의 목이 잘리는 것처럼 제웅의 목이 잘라져 떨어졌다. 동시에 마을 사람들 중 아낙들이 일제히 일어나서 당산나무를 중심으로 "강강술래"를 부르며 맴을 돌기 시작했다.

미리 준비가 있었던 듯 아낙들의 차림새는 전통한복으로 곱게 성장한 것이었다. 얼굴에 귀면을 쓰고 있어서 섬뜩한 느낌을 주고 있었지만, 임진란 때 왜적의 간담을 서늘하게 했다는 의병지계(疑兵之計)의 재현을 보는 듯 장관을 이루었다.

선생이 아차 싶었던 것은 그때였다. 아낙들의 강강술래에 시선이 빼앗긴 사이에 제례를 주도하던 유사와 축문을 읊던 제관, 칼춤을 추던 귀면탈의 제주가 종적을 감추고 보이지 않았던 것이다. 아낙들의 강강술래 소리에 사내들이 어허! 어허! 기합을 지르며 미리 준비한 장창 자루로 땅을 치고 있었는데, 그 소리가 요란하여 잠시 혼란이 된 사이에 생긴 변화였다.

"잠깐."

당황한 오산이 몸을 일으키려하자, 선생이 어깨를 잡아 눌렀다. 진작부터 주위에 숨어 있던 기운이 움직임을 시작했기 때문이었다. 풀숲과 바위그늘 뒤편에서 임진란 때의 무기와 갑주로 무장을 한 왜병들이 쏟아져 나와 칼을 휘두르기 시작했다.

마을 사람들의 장창과 왜병들의 칼이 서로의 목숨을 노리고 휘둘러졌다. 300년 전 임진년 난리의 재판처럼 살벌한 드잡이 판이 새벽의 기운 속에 펼쳐지고, 잠시 후 왜병들은 마을 사람들의 창끝에 눌려 항복했다.

임진란 때의 공훈을 재현한 듯싶은 제례가 의병으로 분한 마을사람들의 함성과 함께 승리로 끝날 무렵 해가 떠오르기 시작했다.

당산제 마당에 아침상이 차려져 한 바탕의 활극으로 시장했던 사람들이 제물로 장만했던 음식을 나누어 음복을 하고 있을 때였다. 갑자기 예상치 못한 변화가 일어났다.

타타탕!

요란한 총소리가 소백산맥 깊은 곳 화전민 마을의 정적을 깨트렸고, 마을사람 몇이 총탄을 맞고 쓰러졌다.

남은 사람들은 몸을 날려 무기를 들고 대적자세를 갖추었다. 이번에야말로 현대식 군장을 갖춘 왜병들이 쏟아져 나오며 무차별 사격을 했다.

왜병들은 군장을 갖춘 정규병이었다. 게다가 기습이었으므로 마을 사람들은 속수무책으로 살상을 당했다. 더러는 몸을 돌려 의식용 장창과 칼로 왜병들에게 대항했지만 적수가 될 수 없는 싸움이었다.

왜병들의 총칼은 마을 사람들의 피를 불렀다. 절반 넘는 사람들이 도망을 쳐서 목숨을 구했지만 미처 피하지 못한 사람들은 더러는 죽고 더러는 포박을 당해 수모를 겪었다.

"냉정해야 하네. 국모를 시해한 원흉을 잡기 위한 싸움임을 명심하게. 놈이 정체를 드러낼 때까지는, 섣불리 나서서는 안 되네."

박사가 남긴 계책 중 하나였다. 대궐을 범하여 국모를 시해한 원수를 갚기 위해서는 마을 사람 몇의 희생쯤은 감내해야한다는 논리인 것 같아서 오산은 마음에 꺼려졌다. 갑오년의 개혁 이후 반상의 차별이 없어졌다지만 아직 민초들의 목숨 값은 그뿐인가 싶기도 했다.

하지만 현재의 상황에서 일본군의 대병 앞에 몸을 드러내는 게 상책이 아닌 것만은 확실했으므로 분한 마음을 누르고 상황을 지켜보기로 했다.

왜병 장교가 마을사람 중의 노인을 골라 심문을 하는 듯 보였다. 왜병은 당산제의 도중에 목이 잘린 제웅의 몸에 붙은 '왜왕(倭王) 풍수길(豊秀吉)'의 종이를 뜯어다 보이며 노인을 마구 때렸다.

노인이 굽히지 않자 화가 난 일본군 장교가 권총을 빼어 노인의 머리를 쏘았다. 뇌수가 터진 노인이 힘없이 무너지고 숨어서 지켜보던 오산은 치를 떨며 장교의 얼굴을 기억해 두었다.

해가 중천에 오르자 왜병들은 마을사람들이 남긴 제물로 식사를 했다. 농가를 털어 술단지를 찾아낸 병사들이 잔을 기울이는 모습도 보였다. 기관총과 산포까지 갖춘 중무장의 중대 단위 왜병이 불시에 점거한 마을에서는 조선에 진출한 일본군의 악명을 높인 포로 참수와 여인 희롱이 어김없이 벌어졌고, 마을사람들의 비명이 끊임없이 이어졌다.

그 와중에 왜병들 중 한 무리가 전통왜복으로 바꿔 입고 칼을 차고 나섰다. 서양식 군복에 비해 사용이 불편한 와후쿠(和服)를 걸치고 게다(下駄)를 신고 나온 왜인들은 두령으로 보이는 기골이 장대한 왜무사를 호위하고 있었다.

화복 차림의 왜무사들은 포로로 잡은 마을사람들 중에서 가장 연장자를 끌어내어 기둥에 묶고 조선말로 심문하기 시작했다.

"당신이 촌장이라더군. 당신 마을 사람들, 눈빛들이 여느 조선인과 다르던데, 살리고 싶지 않나?"

"……"

"계속 지켜보고 있었는데, 별안간 사라졌더군. 그 자들은 어디에 있나?"

"……"

"그 물건은?"

"……"

"말을 않겠다? 좋은 방법이 아닐 텐데? 우리 일본무사들은 말이야, 사람들의 입을 열게 하는 방법을 여러 가지 알고 있지."

두령으로 보이는 왜인은 칼을 빼들어 노인의 목을 겨누었다.

촌장으로 불린 노인은 정기를 잃지 않은 눈으로 왜인을 노려볼 뿐 역시 입을 열지 않았다.

"마지막으로 묻겠다. 우리 부대의 선발대를 친 세력이 당신들인가?"

촌장이 여전히 입을 열지 않자 왜인은 자답을 했다.

"소대단위 중무장 병력이 당신들 따위 잡병에게 패했을 리 없지. 김창수라 했던가? 대한제국 황제의 밀사로 전국을 돌며 폭도들을 부추기는 자라 하던데, 이번 일도 그의 솜씨라 하였지. 김창수를 아나?"

촌장의 표정이 잠깐 밝게 변하며 왜인을 향해 비웃음을 보냈다. 왜인은 발끈하여 칼을 높이 들어 촌장의 목을 치려하였다. 촌장은 미동도 하지 않았다. 잠시 그 같은 대치가 이어진 후 왜인이 칼을 거두며 말했다.

"300년 전의 문록(文禄)·경장(慶長)의 역(役)에 관계된 원한이라면 역시 뭔가 있어. 당신은 무언가를 알고 있어 죽여주기를 청하고 있는 모양이지만 뜻대로 해줄 수 있나. 내 부하들 중에는 사람의 입을 열게 하는 방법을 수백 가지 이상 알고 있는 놈이 있으니 기대해도 좋을 것이야."

왜인의 말이 끝나는 것과 거의 동시에 총소리가 울렸다. 마을사람들의 반격이 시작된 것이었다. 구식 단발총의 단속적인 발사음에 이어 마을의 곳곳에서 창칼을 든 건장한 사내들이 뛰쳐나왔다.

곳곳에서 전투가 벌어졌다. 나뭇짐 속에서, 곡식 낟가리 속에서, 곳간 속에서 유령이 등장하듯 홀연 솟아나온 사내들은 창칼을 무기로 일본군의 총기와 싸웠다. 별다른 저항을 받지 않고 점령한 마을에서 승자의 권리를 마음껏 즐기고 있던 일본군은 돌연한 기습으로 우왕좌왕 헤매다가 칼을 맞고 쓰러졌다. 기습에 성공한 습격군은 갇혀 있던 마을사람들을 구해낸 후 함께 일본군을 공격했다.

그러나 마을사람들의 승세는 계속되지 못했다. 중대 단위의 일본군 병력을 상대하기에는 마을사람들의 숫자가 턱없이 적었고, 무기에 있어서는 더욱 비교가 될 수 없었다. 단발 화승총과 수제품 창칼이 전부인 마을사람들과 신식 무라다총으로 무장한 일본군과는 애당초 싸움이 될 수 없었다.

총격전에 이은 단병접전에서도 무기의 열세는 약점으로 작용하여 마을사람들은 차례로 쓰러졌다.

살아남은 마을사람의 일대가 마을 밖으로 향하는 길을 뚫고 탈출에 성공했다. 일본군 지휘관은 추격을 명령하고 군도를 쩔꺽거리며 선두에 나섰다.

일본군의 추격대가 마을사람들의 뒤를 쫓아 마을 밖 성황당을 지나 산길로 접어들었을 때였다. 갑자기 기관총의 연속 발사음이 터졌다.

당쇠가 이끄는 의병들이었다. 앞서 노획한 기관총을 요소에 배치한 십여 명의 의병집단이 마을사람들을 추격해 온 일본군을 노려 사격을 했다. 졸지에 복병을 만난 일본군은 무차별 발사되는 기관총탄의 위력 앞에 속수무책으로 쓰러졌다.

대한제국 친위대의 정규군이 변복한 의병들은 일본군에 못지않은 훈련을 쌓은 정병들이었고, 무기도 뒤떨어지지 않았다. 더구나 선두에 나서서 지휘하는 이 모(某) 참위의 자질은 일본군 지휘관에 비해 한결 뛰어났다. 당쇠와 이참위는 일본군을 포위하고 포충망 속의 곤충을 수확하듯 차례로 쓰러뜨렸다.

　선생과 오산은 또 다른 전선에서 전투를 치르고 있었다. 본래 화복 차림의 일본인 무사들은 마을사람들이 습격해오자 독자적인 집단이 되어 대적하고 있었는데, 혼란의 틈새에 마을사람 몇이 촌장을 구해가고 있는 양을 발견하고 몸을 숨겨 뒤를 쫓았다.

　마을사람들은 왜무사들이 뒤쫓고 있음을 모르고 촌장을 구하여 당산나무 쪽으로 달아났다. 왜무사들이 몸을 숨기고 마을 사람들을 뒤쫓고 있었고, 선생과 오산이 그 광경을 멀리서 훔쳐보고 있었다.

　당산나무 뒤로 돌아간 마을사람들이 홀연 자취를 감추었다. 뒤따르던 왜무사들은 어리둥절하여 주위를 살폈다. 당산나무 주위는 몸을 숨길 수 있는 무엇도 보이지 않는 평범한 장소였다.

　잠시 후, 촌장을 심문하던 왜무사가 나무 몸통을 주먹으로 때리며 귀를 대어 보았다. 나무 때리는 둔탁한 소리에 섞여 울림이 있는 듯 여음이 들렸다. 왜무사는 손짓으로 부하에게 명령을 내렸고, 왜무사 중의 하나가 나무 위로 올라갔다. 그리고 나무 아래에 있던 동료들을 손짓해 불렀다.

세 아름이 넘는 당산나무의 몸통 속에는 한 사람이 들어갈 만한 공동이 있었다. 가지와 이파리에 가려 보이지 않는 위치였고, 나무껍질로 막아놓아 흔적이 보이지 않았는데 용케 찾아낸 것이다.

왜무사들이 차례로 당산나무 안으로 사라졌다. 그때쯤 마을 밖에서는 당쇠와 이참위가 의병들을 이끌고 마을사람들을 도와서 반격에 성공하고 있었다. 기관총의 연속 발사음을 들으며 반격의 성공을 확신한 선생과 오산은 당산나무 위로 뛰어 올라갔다.

당산나무 위의 공동은 몸통을 관통하여 뿌리까지 뚫려 있는 듯 어두움뿐이었다. 촌장을 구해 사라진 마을사람들과 그들을 추적하던 왜무사들은 종적이 보이지 않았다. 선생과 오산은 주저하지 않고 공동 안으로 뛰어들었다.

자연이 만든 작품에 약간의 손질이 가해져 이루어진 동굴이었다. 굴은 당산나무의 뿌리가 넓게 펼쳐져 기둥을 이루고 있는 나무 밑 지하 속으로 미로처럼 이어졌다.

20여장이나 갔을까. 나무뿌리의 기둥이 끝나는 곳에서 바위와 바위 사이로 희미하게 빛이 보였다.

쇠와 쇠가 맞부딪치는 소리가 들려왔다. 고함소리와 비명소리도 들렸다. 선생과 오산은 빛이 비치는 곳을 향해 달려 동굴을 빠져 나왔다.

갑자기 별세계에 온 듯 세상이 밝아졌다. 관솔불이 타오르는 동굴 안은 인간세상의 풍경이 아닌 듯싶었다. 종유석과 석순이 장관인 동굴광장이 두 사람의 시야에 환영처럼 펼쳐져 있었다.

동굴광장의 중앙에는 태고의 신비를 자랑하듯 물이 가득 고인 동굴 호수가 있었는데, 지하수맥이 수백만 년에 걸쳐 만들어놓은 경이였다.

잠깐 경치에 미혹되어 주춤하던 선생과 오산은 곧 정신을 차렸다. 상황은 경치에 감탄하고 있을 때가 아니었다. 자연이 만들어 놓은 위대한 예술품을 인간들의 욕망과 피가 더럽히고 있었다.

당산제의 끝에 몸을 감춘 귀면탈의 제주와 제관, 유사가 촌장과 함께 마을사람들의 호위를 받으며 후퇴하는 중이었다. 이미 몇 사람의 피를 뿌린 왜무사들의 칼이 그들을 압박하며 몰아붙이고 있었다.

"김창수가 왔다. 우리가 상대하마!"

선생이 분노에 찬 목소리로 말했다. 오산이 왜말로 통역을 했고, 왜무사들의 일부가 몸을 돌려서 선생과 오산을 향해 대적자세를 취하고 다가왔다.

"내가 동학당 팔봉접주 김창수다. 귀공들 중에 사사키라는 이름을 쓰는 자가 있는가 묻고 싶다."

앞서 촌장을 심문하던 왜무사가 고개를 갸웃거리며 나섰다. 그는 조선말을 잘하여 직접 답변을 했다.

"우리 중에 사사키라는 성을 쓰는 사람은 많지. 나도 사사키인 건 맞는데, 어떤 사사키를 말하는지?"

선생의 눈빛이 불을 뿜듯 사납게 변했다. 치하포에서 일군 중위 쓰치다를 처형한 이래 국모보수는 선생의 일생일대 사명이 되어 있었다. 이제 그 원수가 눈앞에 있는 것이다.

"을미년에 범궐을 하고 이 땅의 국모를 시해한 자가 너더냐?"

맺힌 데가 있는 목소리였다. 황제의 특사로 생명을 구했지만, 왜인들의 눈치를 살피느라 정식으로 풀려나지 못하고, 옥에서 나오는 건 탈옥의 형식을 취할 수밖에 없었다.

황제께서 일개 사형수를 친히 전통까지 놓아 사면하신 이유가 무엇이겠는가. 원수를 갚아달라는 것 아니겠는가!

그렇게 생각하며 살아온 목숨이었다. 일국의 황후를 시해하고 황제를 핍박한 원흉을 도륙하는 것으로 다시 살아난 값을 치르겠다고 몇 번이나 다짐했는지 몰랐다.

선생은 칼을 뽑아들고 사사키의 앞으로 나섰다.

"사사키는 나서라. 조선의 칼 맛을 보여주마! 설마 힘없는 아낙들만을 상대로 칼을 휘두르는 하찮은 자는 아니겠지?"

사사키를 자처한 왜무사가 칼을 들어 대적자세를 취했다. 그는 한껏 비아냥거렸다.

"약함은 곧 유죄지. 서양 제국주의 나라들이 호시탐탐 틈을 노리고 있는 시대거늘, 힘이 없는 주제에 게으르기까지 한 조선을 깨우쳐주려 한 일이니 오히려 감사를 받아야 하지 않을까?"

일본의 일류 검사는 자신의 칼끝이 미치는 간격 안에 들어온 적을 철저히 응징한다. 내 칼의 간격 안에 적이 있다는 것은 적의 칼의 간격 안에 내가 있다고 생각하기 때문이다. 치지 않으면 죽는다. 누가 빨리 칼을 휘둘러 적의 숨통을 끊어놓느냐의 다툼인 것이다.

때문에 무작정 적에게 다가가는 선생의 행동은 오산의 염려를 불렀다.

"이 싸움, 제게 맡겨주십시오."

선생은 자신을 붙잡는 오산을 힐끗 돌아보았다. 순간, 오산이 말리는 뜻을 깨달았다.

자신은 냉정을 잃고 있었다. 적이 노리는 바가 그것인데 적의 칼 앞에서 스스로 무너지다니. 이 무슨 바보짓이란 말인가?

선생은 곧 본연의 눈빛을 회복했고, 오산은 잡았던 팔을 놓았다.

"조선국 해서의군 좌통령 팔봉접주 김창수란 바로 이 사람이오. 사사키 공은 나서시오."

해서의군 좌통령의 명칭을 공식적으로 인정한 이는 아무도 없었다. 선생이 스승의 명령으로 청나라의 형편을 살피러 갔던 을미년에 청국의 일개 지방군벌 서경장에 의해 주어진 명예직이기 때문이었다.

해서의군 좌통령 팔봉접주 김창수. 훗날 팔도의군도총섭 의암 유인석에 의해 추인되기는 하지만, 아직은 비공식적인 사칭에 불과했다. 그러나 그 이름은 치하포에서의 일전과 황제의 특별사면으로 조선 천지에 천둥처럼 울려 퍼지고 있었다.

"사사키요. 일본국 조정의 관록을 먹고 있어 선생의 명성은 익히 들었소. 동학당의 한 세력을 이끄셨다고?"

통기를 하고 나선 왜무사 역시 당당한 장부였다. 두 사람은 무기를 들어 적수에 대한 예를 갖추었다.

"고맙소. 이 김창수, 좋은 싸움이 되기를 바라오."

선생의 목소리는 평소의 침착함을 찾고 있었다. 공식 명칭을 내세우고 무기를 들 때의 선생은 명성에 부끄럽지 않은 대장부로 한 세력을 이끈 동학당의 접주였다.

청일전쟁 이후 조선의 인심은 청국을 우리 편으로 생각하고 있었다. 선생은 을미의병운동 때에 동지 김이연과 함께 창의의 기치를 들었을 때부터 해서의군 좌통령을 자처해 왔다. 선생에게 있어서 치하포에서의 왜군 중위 쓰치다 척살은 조선국 의군 대장의 공식적인 전쟁 중의 한 전과였던 것이다.

오산은 안심을 했다. 선생은 이길 것이다. 선생은 창졸간에 박사의 말을 새길 만큼 냉정을 회복한 것이다. 박사는 길을 나누어 떠나기 전에 엄히 부탁을 했었다.

"그 마을은 300년 전 임진란 때 풍신수길 직계의 문화재도둑단을 응징하던 사람들의 후예가 모여 사는 곳일세. 본래 조선 왕조와도 사이가 좋지 않아 척을 지고 살던 사람들인데, 수길이 보낸 왜군과 충돌을 일으켜 큰 희생을 치렀지. 왜란 이후 300여년이 지난 지금까지 그때에 왜적들이 노리던 물건을 지키고 있다는 소문이던데, 그들을 도와 물건을 지키고 핏줄을 같이하는 동료임을 인식시켜 밝은 세계로 끌어내도록 하시게."

박사는 마을사람들을 설득할 방법으로 은혜를 입히되, 은혜를 베푼 주체가 나라임을 인식시켜 오랜 은둔을 끝낼 명분을 주라 하였다.

아마도 마을사람들은 조선왕조의 창업 때에 멸망을 당한 전조(前朝)의 후예인 듯했다. 그들은 당산나무를 신수(神樹)로 모시고 이면의 어떤 신을 신수의 주인으로 높여 신앙의 대상으로 삼고 있을 터이니, 신의 현신이 될 영웅의 등장이야말로 그들의 오랜 한을 풀어줄 수 있는 동력이 될 것이라 했다. 박사는 마을사람들을 진심으로 심복토록 하라고 지시했는데, 적과 무기를 맞댄 긴박한 순간에 선생은 박사의 말을 떠올리고 자신의 이름을 외쳤던 것이다.

"소문은 들었소. 조선의 황제가 내린 밀조를 받들어 우리 일본국에 대항할 세력을 키우고 있다 하더군. 언젠가 만나 승부를 가리고 싶었던 터, 상대를 부탁하오."

사사키는 검을 들어 예의를 표시한 후 곧 공격을 시작했다. 그의 검은 쾌검이었으나 형식이 없었다. 순식간에 베고 찌르고 내리친 사사키의 공세에 허공이 불규칙하게 갈라졌고, 선생은 맞상대하지 않고 연신 몸을 물려 뒤로 피했다.

오산은 손에 땀이 찼다. 적은 선생이 상대하기 껄끄러운 검술을 구사하고 있었다. 일정한 형식이 없이 무차별한 공격의 연속인 잡류의 검법이야말로 전국시대를 거치며 완성된 왜무사들의 실전무술이었다. 대적 경험이 짧은 선생이 상대하기보다는 자신이 나섰어야 했다.

오산이 그렇게 생각하는 순간, 다른 왜무사들의 칼이 쳐들어왔다. 오산은 선생에 대한 관심을 거두고 응대해 들어갔다.

왜인들이 모두 예의를 갖춘 무사일 거라는 기대는 처음부터 갖지 않았다. 오히려 진정한 무사를 만나는 게 희소할 지경이 었는데, 깍듯이 예를 차려 공격해 오는 사사키를 만난 선생의 경우는 운이 좋은 방향으로 작용한 결과일 것이었다.

"흥! 너희 따위가?"

오산은 무작정 돌진해 오는 잡류 왜무사들을 상대로 한 차 례 비웃음을 준 후 애용하는 단창을 빼들었다.

오산의 특기는 날렵한 몸 움직임과 임기응변에 있었다. 적이 공격하고 칼을 거둘 때, 거두어지는 칼을 따라 창을 찌르는 기술은 오산 일가만이 행할 수 있는 독특한 무기(武技)였다.

베고 찌르고 내리치고, 무기를 연속적으로 휘둘러 공격을 계속한다는 것은 달인만이 할 수 있는 경지였다. 오산의 단창은 휘두름을 짧게 하여 공격을 끊이지 않았고, 공세에 사용한 칼을 일시 회수하는 적을 쫓아 틈새를 찌르는데 부족하지 않았다.

오산의 창이 왜무사들을 정리하는 사이에 선생도 승부를 결정짓고 있었다. 사사키의 검이 두 동강이 나 있었고, 선생의 칼은 사사키의 목덜미를 겨누고 있었다.

눈부시게 휘둘러대던 사사키의 칼빛 속에서 한 조각 틈새를 찾아낸 것인가. 오산은 승부가 결정되는 순간을 보지 못한 점이 못내 아쉬웠다.

"당신은 을미년의 사사키가 아닌 것 같소. 그는 어디 있소?"

사사키는 얼굴을 일그러트려 웃었다. 그렇게 느낀 순간, 몸을 내민 사사키는 선생이 겨누고 있는 칼날을 양손으로 힘주

어 잡아 자신의 목을 베려고 하였다. 선생이 재빨리 칼을 회수
하였으므로 깊은 상처는 만들어지지 않았지만, 패배를 죽음으
로 받아들이는 일본무사의 전형을 본 듯하여 선생은 적의 평
가를 다시 했다.

"무사는 상대를 욕보이지 않는다 했소. 죽게 해주시오."

사사키가 눈을 부라리며 말했다. 선생은 그의 팔을 비틀어서
결박하고 다시 물었다.

"이웃나라의 대궐을 범하고 국모를 시해한 게 무사도요? 설
마 아녀자인 궁녀들을 상대로 칼싸움을 한 건 아니시겠지?"

무사도(武士道)는 왜무사들에게 있어 정신적 지주다. 자존심
이 상한 사사키가 발끈하여 외쳤다.

"그 일은 무사들이 한 게 아니었어. 인술(忍術)을 배운 자들
을 동원한 정한론 패거리들의 망동이었지. 무력에 의한 조선
병탄을 주장하는 자들이니 방해가 된다고 생각했겠지. 그대도
방해물의 목록에 올라 있던데, 구태여 찾지 않아도 그때의 사
사키가 당신을 찾을 걸."

분노를 삭이며 한 바탕 외침을 발하던 사사키가 번쩍 고개를
들었다.

"아! 벌써 왔나?"

쿠쿵!

멀리서 대포소리가 들려왔다. 포성을 들었다고 생각한 순간
지진을 만난 듯 땅이 흔들렸다. 선생은 사사키를 오산에게 넘
기고 당산제의 제주 일행에게 피신을 권했다.

"보신 바와 같이 위험한 상황입니다. 우선 피하시지요."

귀면탈을 벗은 당산제의 제주는 외모가 반듯한 젊은 여인이었다. 여인은 무릎 위에 촌장의 머리를 올려 눕히고 눈물을 쏟았다. 제관을 맡았던 젊은 남자가 마을사람들을 대변하여 선생에게 말했다.

"아버님으로부터 말씀을 들었습니다. 은혜를 베푸셨다고. 허나 우리는 이곳을 벗어나지 못합니다. 단군성조께서 이곳에 계시고, 선조이신 온조대왕의 영위를 모신 곳도 이곳이어서 떠날 수 없습니다."

단군좌상을 모신 천성단이 그곳에 있었다. 고구려의 시조 동명성왕과 그의 아들인 백제국의 시조 온조대왕의 입상(立像)이 국조 단군을 모시고 좌우에 시립해 있었고, 그 아래 여섯 갈래의 가지가 달린 칠지도가 봉안되어 있었다. 그것도 세 자루씩이나.

'그래서 저들이…….'

선생은 부지중에 신음소리를 흘렸다.

백제서기 百濟書記

　대백제국은 일곱 제후국의 분봉왕들에게 하사하기 위해 칠지도(七枝刀)를 만들었다. 그 중 하나를 얻은 일본의 야마도 정권은 대를 이어 보물로 삼았는데, 일찍부터 태양의 나라를 자처해 왔던 일본이 백제국의 일개 제후국이었음을 증명할 또 다른 칠지도가 발견된 것이었다. 선생은 평소의 냉정을 잃고 얼굴빛이 붉게 상기되었다.

　오산은 오래 전에 읽은 역사서의 내용을 떠올렸다. 백제국은 칠지도 일곱 자루를 만들어서 대륙에 세워진 제후국에 한 자루를 하사했고, 일본의 야마도 정권을 왜왕으로 봉할 때 한 자루를 하사했다고 하였다.

　그렇게 공식적으로 전해졌음이 확인된 두 자루와 또 다른 어디인가의 제후국에 전해졌을 두 자루를 뺀 나머지 칠지도 세 자루가 여기에 있었다. 임진년의 난리 때에 풍신수길이 직할병을 보내어 혈안이 되어 찾던 이유는 소위 만세 일계라는 일본국 천황가의 치부를 감추고자 함이었던 것이다.

　대포소리가 더욱 가까워지고 간격이 짧아졌다. 지하인지라 그 울림의 여운이 묘해 오산을 초조하게 만들었다. 당쇠와 이 참위의 의병부대가 곤경을 겪고 있으리라 짐작되어 오산은 선생을 채근했다.

"속히 떠나야합니다. 이 동굴은 지표와 가까워서 포격을 받으면 무너질 염려가 있습니다."

선생은 당산마을의 제관을 비롯한 사람들을 둘러보았다. 아무도 떠날 기색이 보이지 않았다. 오히려 결박된 왜무사들의 안달이 심했다.

"본대가 온 것 같소. 주차군사령부는 이곳을 노리고 대대 병력을 출동시켰소."

사사키가 진심으로 염려된다는 듯이 말했다.

일본군의 대대병력은 통상 4개 중대 600명으로 편성된다. 허나 전시의 경우 병력이 대폭 강화되어 독자적인 작전을 수행할 수 있는 독립지대가 편성되기도 하였다. 예의 독립지대가 중화기부대의 원호를 받으며 당산마을을 공격하고 있었다.

앞서 마을을 점거했던 중대단위 병력의 일본군을 물리친 김당쇠와 이참위는 휘하의 의병들을 요소에 배치하여 적을 막았다. 방어전에는 마을사람들도 노획한 무기를 나누어 참전하였다.

조용하던 소백산맥 줄기의 당산마을은 총성과 포성이 요란한 격전장이 되었다. 총탄이 바위 뒤에 숨은 의병들을 노려 빗발치듯 쏟아지고, 포탄이 마을을 강타하여 인가를 불태웠다.

마을은 삼면이 가파르게 경사진 산으로 둘러싸인 형태였다. 양쪽 악산 사이 골짜기를 통해 외부와 연결되어 있었는데, 일본군은 정면의 골짜기 길을 통해 압박해 들어왔다. 의병들과 마을 사람들은 마을 입구 길목의 요소를 지키며 사격전을 벌였다.

　오산은 선생의 명을 받고 동굴을 나와 격전장을 찾았다. 앞서 적에게서 노획했던 기관총을 주축 화기로 삼아 방어전을 펼치고 있던 당쇠와 이참위가 오산을 맞았다.

　"독립협회의 박사님이 금낭지계를 남기셨다고 합니다. 선생의 다음 명령이 있을 때까지, 힘들겠지만 마을 안으로 적을 들이지 마세요. 이 마을이 지켜온 물건의 가치는 상상 이상으로 높은 것이었습니다."

　오산은 명을 전한 후 무라다총을 한 자루 나누어 받아 적을 향해 몇 발을 사격했다. 때마침 머리를 내민 일본군 병사가 총에 맞아 쓰러졌고, 오산은 그 틈을 타서 몸을 숨겨 숲속으로 사라졌다.

　"다녀오겠습니다. 좋은 소식을 가져올 때까지 마을을 부탁합니다."

　오산이 남긴 말이었다. 이참위가 경례를 올려 배웅했고, 당쇠는 다시 기관총을 잡았다.

　같은 시각 종유굴 안에서는 피신을 권하는 선생의 설득에 당산제의 제관이었던 사내가 최후의 조건을 내놓고 있었다.

　"아버님의 말씀을 전하겠습니다. 저 왜인들을 제물로 주십시오. 원수의 목을 제단에 올리도록 해주시면, 선생의 뜻에 따르 겠다고 하십니다."

사내는 사사키를 지적하여 제물로 달라고 청하고 있었다. 사 사키를 비롯한 왜인 포로들은 결박되어 동굴호수 옆에 뒹굴고 있었는데, 조선말을 알아들은 몇이 움찔거리며 사색이 되었다.

선생의 안색 역시 침중해졌다. 선생은 나직이, 그러나 일말의 주저도 없이 말했다.

"안 됩니다. 저들은 당당한 전투 끝에 포로가 된 자들입니 다. 우리에게는 목숨을 취할 권리가 없습니다."

선생의 말에 촌장이 직접 답하고 나섰다. 앞서 마을을 점거 당했을 때 왜인들에게 구타를 당해 부상이 심한 촌장은, 힘없 는, 그러나 또렷한 언사로 물었다.

"아니 된다? 묘한 논리로군. 선생은 치하포에서 변복한 왜인 을 치지 않았소?"

선생의 얼굴은 더욱 어두워졌다. 좋은 적은 좋은 친구와 통 한다고 했다. 치하포에서 척살된 쓰치다는 서로 전력을 다해 싸운 좋은 적이었던 것이다.

"그 또한 전투였습니다. 간자를 보내 적정을 살피는 일과 간자 를 찾아내어 아군의 형세를 감추는 일은 접전 전의 적아가 상 례로 하는 일입니다. 쓰치다 중위는 일본국의 간자, 저는 대조 선국의 해서의군 좌통령, 우리는 서로의 입장을 대변하여 싸웠 고, 그때의 전투는 그도 나도 최선을 다한 싸움이었습니다."

촌장의 눈빛이 사납게 변했다. 칠십객 노인인 촌장은 쇳소리를 내어 호통을 쳤다.

"왜놈들의 편을 들겠다는 거요? 저 놈들은 사람의 도리를 몰라! 당장 이 늙은이가 증거인데 모르겠소? 바로 저 놈이 내게 발길질을 한 놈이야! 저 금수만도 못한 놈의 목부터 내게 주오!"

촌장은 결박되어 뒹굴고 있는 왜무사 중의 하나를 지적하여 노호를 터뜨렸다. 노인답지 않은 거친 기세에 지적을 받은 왜무사가 부르르 몸을 떨었다.

"참으로 못쓸 놈들이군요. 금수만도 못하다는 말씀이 맞습니다. 허나, 저들이 하는 것과 똑같이 한다면 우리도 저들과 다를 바가 없지 않겠습니까? 매를 때려 벌을 주라시면 그렇게 하겠습니다. 하지만 사람의 목숨을 제물로 삼는 일은 안 됩니다. 어른의 마음은 이해합니다만, 받들 수 없어요."

촌장의 늙은 얼굴이 잔뜩 굳어지고, 더욱 엄정한 소리가 동굴 안을 울렸다.

"진정 그렇게 생각하는 거요? 이 늙은이의 부탁을 저버리고 저 금수만도 못한 놈들의 편을 들 거요?"

선생은 나직하지만 단호한 목소리로 답했다.

"단군성조께서도 포로로 잡은 적을 죽여 제물로 삼는 일은 허락지 않으실 거라고 생각합니다."

정면의 천성단에서는 국조 단군의 좌상과 고구려의 시조 동명왕, 백제국을 일으킨 온조왕의 입상이 후손들의 다툼을 지켜보고 계셨다. 제를 올리던 중에 당한 습격이었던 듯 술과 과일 등 간소한 제물이 차려져 있고, 예의 칠지도 세 자루가 제물과 나란히 하여 제단에 놓여 있었다. 그리고 그 제물들의 중심에는 비단 보자기에 묶인 상자가 소중히 놓여 있었다.

선생이 단군성조의 뜻을 내세워 반대하자, 잔뜩 노한 표정으로 노려보고 있던 촌장이 잠시 제단을 둘러본 후 다시 물었다.

"성조께서 그렇게 생각하실 것이라는 근거가 있소?"

"단군성조의 건국이념은 홍익인간 재세이화(弘益人間 在世理化)라고 배웠습니다. 세상의 모든 것을 널리 이롭게 하여, 후손들이 자연의 이치대로 살아가는 세계를 펴고자 이 땅에 오셨다고 들었습니다. 우리 성조의 뜻이 일개 왜무사 따위에게 원념을 가질 만큼 작았다고는 생각되지 않습니다."

촌장은 정색을 하고 선생을 노려보았다. 선생도 시선을 피하지 않아서 잠시 그렇게 대치가 이어졌다.

시간이 흐르면서 촌장의 눈빛에 떠올랐던 노염의 기색이 서서히 거두어졌다. 노인 본래의 잔잔한 눈빛을 회복한 촌장은 부축하고 있던 제주의 손을 뿌리치고 제단 앞으로 나아가 부복했다. 촌장은 두 차례 절을 올린 후 몸을 옆으로 물리고 선생을 손짓해 불렀다.

"예를 올리시오."

선생은 노인의 돌연한 태도 변화에 당혹해 하면서도 시키는 대로 단군성조의 좌상 앞에 무릎을 꿇었다. 선생이 절을 올려 예를 마치자, 촌장이 아들을 시켜 제단 위의 비단 보자기에 싸인 상자를 가져오게 하였다.

"열어 보시오."

촌장의 명령에는 거절하기 힘든 위엄이 있었다. 선생은 보자기의 매듭을 풀고 상자를 열었다.

백제서기(百濟書記)!

상자 속의 고서에는 그렇게 제목이 적혀 있었다.

"저들이 진정으로 노리는 물건이요. 우리의 선조들께서 300년 전 왜왕 수길이 보낸 도둑들과 싸우면서 지켜낸 책이요."

선생은 임진년의 조일전쟁(朝日戰爭) 때에 왜적이 고전적(古典籍)을 전문으로 훔치는 부대를 따로 두었다는 기록을 본적이 있었다. 그때에 귀한 서책들이 무더기로 바다를 건너갔기 때문에 이 땅의 역사가 바로 전해지지 못하는 것이라고, 문예의 스승인 후조선생이 탄식을 했었다.

"근자에 저들의 지식층이 정한론을 입에 올리고 있다 한다. 그들은 소위 일본서기(日本書紀)의 내용을 근거로 이 땅이 저네들의 옛 땅이라고 억지를 부리고 있다. 일찍이 우리 학자들은 그게 위서임을 간파해 냈지만, 무력을 앞세워 강요를 하면 권세를 누리던 금관자 옥관자들이 견뎌내지 못할 것이다. 목숨을 부지하고자 원수의 앞에 무릎을 꿇는 일도 태연히 해내는 그들이니만큼 형세대로 굴러 가겠지. 그때에 저네들의 면목을 납작하게 해줄 수 있는 역사서가 있어야 하는데, 그게 모두 사라졌으니 통탄할 일이다."

선생은 스승의 말을 되새기며 백제서기를 보았다. 정성껏 만들어진 책의 표지에는 날아갈 듯싶은 초서체로 '백제서기(百濟書記)'라는 넉 자가 적혀 있었다.

"마지막으로 묻겠소. 지금 저 왜인들도 이 귀물을 보았소. 살려두면 언젠가 화근이 될 터, 그래도 뜻을 바꾸지 않으시겠소?"

노인이 나직이, 한 마디씩 떼어 다시 물었다. 일개 화전민 마을의 촌장이라고는 생각할 수 없는 근엄한 목소리였다.

"저들이 전투 끝에 잡힌 포로라는 제 생각은 변함이 없습니다."

선생은 마지막 시험이라고 생각했다. 허나 역시 뜻을 굽힐 수는 없었다.

"고집이 대단하시군. 저들이 놓여나서 무리를 끌고 다시 오면 어떡하시겠소?"

노인이 다시 물었다. 목소리에 은근함이 깃들어 있었다.

"다시 싸울 뿐입니다. 칠종칠금(七縱七擒)의 고사라도 본받아야겠지요."

그때 사사키의 외마디 소리가 터졌다. 조선말을 막힘없이 사용하는 그는 노인과 선생의 대화를 시종 듣고 있었다.

"대일본제국의 사무라이를 너무 얕게 보는군! 더 이상의 모욕은 참지 않겠소!"

사사키는 몸을 일으켜 동굴 호수 속으로 뛰어들었다. 두 팔이 결박을 당한 탓에 자진하는 방법으로 물에 뛰어든 것이었다.

풍덩!

사사키가 몸을 날려 호수에 뛰어드는 순간 선생도 주저 없이 뒤따라 몸을 던졌다. 이어서 몇몇 왜인들이 사사키를 본받으려

하였지만 마을사람들에 의해 제지되었다.

온천이었던가. 물은 따뜻했다. 상반신이 결박되어 있는 사사키는 헤엄을 치지 못해 물속으로 가라앉고 있었다. 선생은 다가가서 한 팔로 끌어안으려 하였다.

사사키가 몸을 비틀어 반항을 했다. 선생은 강한 주먹을 사사키의 옆구리에 안겼다. 급소를 맞은 사사키가 축 늘어졌다. 선생은 그를 붙잡고 호수 밖을 향해 헤엄을 쳤다.

문득 선생의 눈이 커졌다. 호수 속은 수십 개의 상자들로 가득했다. 뚜껑이 열린 몇몇 상자의 틈새로 상자 속 내용물이 보였다. 석불과 동종(銅鐘) 불구 등, 상자마다 오래 전의 물건들뿐이었다.

선생은 사사키를 호수 밖으로 끌어내어 천성단 앞에 꿇어앉혔다. 일시 기절했던 사사키가 깨어나서 단군의 좌상을 보았다. 단군은 온화한 눈빛으로 중생을 지켜보고 계셨다. 사사키는 움찔하여 고개를 숙였다.

"임진년의 난리 때에 저놈들의 왕이었던 수길은 따로 한 부대를 보내어 호남을 침범하게 했소. 이충무공 휘하의 조선수군에게 대패를 당해 전라도 진군이 힘들어지자 계책을 쓴 것이었지."

촌장이 입을 열고 있었다. 선생과 사사키는 함께 귀를 기울였다.

"저들 중의 어떤 일족은 대대로 첩자 노릇을 하여 생계를 이었지. 전란이 끊이지 않던 야만족들의 나라에서나 생길 법한 전쟁청부업자들이었어. 그들이 바로 수길의 밀명을 받고 호남에 잠입한 왜인들인데……."

촌장의 표정이 엄숙하게 변했다. 300년 전의 일을 되새기는 그의 표정에는 긍지가 가득했다.

"그들 중의 일파가 조선인으로 변복을 하고 산간오지의 연혁이 오래된 말사(末寺)만을 찾아 옛 물건들을 싹쓸이하고 있다는 소문을 듣고 우리가 나섰소."

촌장은 호수를 향해 시선을 돌렸다. 선생은 촌장의 뜻을 짐작하고 입술을 깨물었다. 풍신수길의 밀명을 받은 왜적의 일파는 호남지방 깊은 곳에 자리한 사찰들의 문화재를 약탈했을 것이다. 촌장의 선조는 그들을 막아 약탈당한 물건들을 되찾았는데, 호수 속의 동종(銅鐘)이며 석불, 불구(佛具)들이 바로 그 자취인 것이다.

"헌데 나라에서는 우리의 대표자를 죽였지. 호익장군 김덕령. 우리가 이 나라를 등지고 사는 이유를 찾으려면 더욱 역사를 거슬러 올라가야 하지만, 국난을 맞아 구원(舊怨)을 무릅쓰고 힘을 보태려하자 곧바로 맥을 끊었던 원한은 결코 잊을 수 없소."

촌장의 얼굴에는 울분이 가득했다. 사사키는 진작부터 자신의 잘못이라도 되는 양 고개를 깊이 숙이고 있었고, 선생은 옷깃을 여미어 옛 분들의 의지에 함께하는 뜻을 보였다.

"왜인들이 오고 있소. 내 이미 계책을 세워놓았는데, 사람을 빌려 주시겠소?"

포탄이라도 맞은 듯 굉음이 울리며 동굴의 천정 일부가 부셔져 내렸다.

촌장이 얼굴빛을 바꾸어 물었다. 달리 방법을 찾기 힘든 상황이라 선생은 촌장의 뜻을 따르기로 했다.

"분부를 내려 주십시오. 포로를 해치려는 뜻만 아니라면 따르겠습니다."

선생은 이미 오산을 동굴 밖으로 내보내 독립협회의 박사에게 구원을 청하고 있었다. 총소리와 대포소리가 요란한 것으로 미루어 밖은 전투가 한창일 터, 박사에게 구원의 계획이 있다 하나 때맞추어 이른다는 보장이 없었다. 당장은 촌장의 계책을 따르는 수밖에 달리 길이 보이지 않았다.

촌장은 정색을 하고 또박또박 한 마디씩 끊어 다짐의 말을 하였다.

"빌리고 싶은 사람이 선생일지라도, 따르겠소? 목숨을 달라고 할지도 모르는데?"

선생은 다른 사람이 된 듯 표정이 변한 촌장에 놀랐지만 역시 자세를 바르게 하고 말했다.

"이미 분부를 따르겠다고 하였습니다. 어찌 목숨을 아끼어 식언을 하겠습니까?"

촌장은 옷깃을 여미고 자세를 바로잡은 후 단군좌상의 앞에 아홉 번 큰 절을 올렸다. 그리고 선생을 끌어 자신이 섰던 자리에 서게 하였다.

"무릎을 꿇어 단군성조를 뵈옵는 예를 올리시오."

선생은 촌장이 하던 대로 단군좌상 앞에 아홉 번 절을 올렸다. 예기치 않게 끌려 든 상황이었지만, 민족의 조상이신 단군 성조에게 무릎을 꿇는 일인지라 거리낄 것은 없었다.

콩을 볶는 듯 기관총소리는 점점 심해지는데, 동굴 안 단군 성전 앞에서의 의식은 오히려 엄숙하기만 하였다.

"빌리겠다는 사람은 바로 선생이오. 선생이 이미 허락을 했고 대례를 올렸으니 이 땅의 맥을 이어갈 책임을 맡은 거요. 바로 제372대 단군의 탄생이지."

선생은 아연 놀라서 촌장을 바라보았다. 단군은 민족의 조상을 뜻하는 이름으로 받아들여지고 있지만, 한 종교의 교주를 말하는 세속의 직함이기도 하였다. 선조의 위패를 모시고 무리를 이끌어 나가야 하는 성스러운 직위를 뜻함이기도 하였으므로 돌연한 촌장의 선포에 선생이 놀란 것은 당연했다.

"우리는 역사의 여명기부터 맥을 이어온 신시(神市)의 사람들, 고려조가 백제의 유신들을 멸할 때 민초들 사이에 숨어들어 천 년 동안 수호령의 일을 해왔소. 이제 이씨 왕조 500년의 명운이 다하여 나라가 누란의 위기에 처해 있는데, 이는 새로운 세상을 열 수 있는 계기가 될 수도 있소. 외적과의 싸움은 천 년 전 당나라 군사를 이 땅에서 몰아낼 때부터 우리가 해온 일, 새로운 왕조가 시작될 때마다 부름을 받았지만, 이 땅의 숨은 보호역의 일이 더 중하다 하여 나선 적이 없었소. 단군성조의 건국이념은 홍익인간 이화세계(弘益人間 理化世界), 금번의 적난은 '백성을 먼저 생각하라!' 하신 단군성조의 뜻을 받들지 못한 이씨네가 자초한 일, 그들의 못난 신하들만으로는 당할 수 없는 강적이라 부득이 우리가 참견할 수밖에 없소. 이제 묻겠소. 우리 무리의 힘을 하나로 묶어 적을 파훼하고 새로운 신시를 여는 일에 동참해 주지 않겠소?"

이것이었던가?

촌장의 말을 들으며 선생은 자신에게 주어진 운명의 큰 굴레를 실감하고 있었다. 신분도 이름도 가르쳐주지 않고 무작정 고금의 무예와 병법을 전수해 주던 스승과 신천 청계동의 안태훈 진사를 비롯한 해서유림의 어른들, 동학교주 해월선사와 선배 접주들, 그리고 사형임을 자처한 서씨(徐氏) 성의 선비를 비롯한 독립협회의 어른들. 그들이 자신에게 보낸 터무니없는 기대의 이유가 여기에 있었던가 싶어, 촌장의 말이 천둥소리처럼 커다랗게 울려왔다.

"조선은 이미 명맥이 다한 나라요. 맹자는 군주가 인심을 잃으면 백성에게 버림을 받을 수 있다 했소. 백성은 나라의 근본, 일찍이 신시를 열어 세상을 다스리셨던 단군성조께서는 스스로 밭을 갈아 곡식을 거두셨소. 백성과 화복을 함께 하려 하지 않는 군주 따위는 제 갈 길로 가라하고, 백성이 주인이 된 새로운 신시를 열어 주시오."

촌장이 재차 다짐을 두고 있었지만 선생은 냉정을 찾지 못했다. 나라에 충성하고 부모에게 효도한다는 건 초립동이 시절부터 배워 온 윤리관이었다.

나라란 무엇인가. 나라님을 말함이 아니던가. 더구나 자신은 대군주폐하의 사면으로 옥중에서 놓여 난 몸인데……

국모보수를 명분으로 했다지만 살변을 일으켜 옥에 갇힌 나를 구해준 이는 이 나라의 나라님이셨다!

잠깐 사이에 여러 가지 생각을 해본 선생은 촌장이 무리한 요구를 하고 있다고 결론을 내렸다. 당나라 군대와 연합한 신라에 의해 맥을 끊긴 백제 유신들의 후예라고는 하지만, 지금 와서 1000년 전 백제국의 후손임을 주장해봐야 무슨 의미가 있겠는가. 그간 왕조가 세 차례 바뀌었고, 외부인과 피가 섞여도 여러 차례 섞였을 터인데.

문득 제단 앞의 백제서기를 보았다. 눈이 부실 듯 다가오는 네 글자, 백제서기(百濟書記)!

백제서기는 얇은 금판에 글자가 빼곡하게 새겨져 첩을 이룬 책이었다. 묶이지 않아 한 장 두 장 들쳐볼 수밖에 없는 형식이었지만, 전체가 겹쳐졌을 때는 그대로 한 권의 책이었다.

이 책에 실전된 것으로 알려졌던 백제국의 역사가 기록되어 있는 것이다!

선생은 촌장을 비롯한 당산마을 사람들이 옛 조상의 역사를 기록한 사서를 1000년 동안 보존한 뜻은 높이 살 일이라고 생각했다.

그러나 그들의 의지와 자신의 처지를 하나로 하는 일은 생각해 볼 일이었다. 적임이 아닌 일을 맡아 천년의 역사를 그르치게 할 수는 없지 않은가.

'저는 그릇이 아닙니다. 일개 서생인 제게 이 무슨 기대를? 외적의 침입에 대적함은 이 땅의 사람으로 마땅히 할 일, 힘을

다해 돕고 싶기는 합니다마는……'

그렇게 생각하며 의견을 말하려고 할 때였다.

쿠쿵! 굉음이 울리고 동굴 안이 대진동을 일으켰다. 지진을 만난 듯 동굴 천정의 일부가 우수수 돌과 흙을 뿌리며 무너져 내렸다. 지층의 두께가 두껍지 못한 자연동굴을 파서 만든 동혈은 몇 번의 폭음이 더 울리자 천정이 본격적으로 무너져 내리기 시작했다.

"우선 피하시지요!"

당산제의 제관이었던 노인의 아들이 권했다. 허나 노인은 요지부동, 선생을 향한 시선을 거두지 않았다.

선생은 노인의 청을 들어주는 것 외에 난국을 피할 방법이 없다는 걸 알면서도 생각을 멈추지 못했다. 흔히 남자의 약속을 천금에 비유한다 하지만 지금의 약속은 천금에 비할 바가 아니었다.

쿠쿵! 대포소리가 다시 울리고 동굴의 일부가 또 다시 무너져 내렸다. 지하수가 토사를 침식하여 만들어진 자연동굴은 포탄의 위력을 견디지 못하고 힘없이 무너지고 있었다.

급박한 상황에 뜻밖의 결정을 강요받은 선생의 이마에서는 땀방울이 돋아 흙덩이와 함께 떨어져 내렸다. 일각이 여삼추라, 촌장과 선생의 대치는 잠깐이었는데도 삼 년이 지난 것처럼 길게 느껴졌다.

이윽고 선생은 항서를 썼다.

"따르겠습니다. 더 뛰어난 이가 나설 때까지 맡겠습니다."

촌장이 선생의 팔을 끌어 단군상에 절을 시킨 후 자신의 엄지손가락 끝을 잘라 피를 냈다. 선생도 그대로 따랐다. 지금은 무조건 따르는 수밖에 없었다.

제단 위의 의식용 잔에 두 사람의 피가 섞여 놓이고, 제주로 준비되었던 술이 부어졌다. 단군좌상의 앞에 잔을 올린 후, 두 사람은 나란히 아홉 번 절했다.

그렇게 일련의 의식이 진행되고 있을 때, 머리부터 발끝까지 온몸을 검은색 야행복으로 감싼 일단의 자객들이 동굴 안으로 달려들어 왔다. 그림자처럼 소리 없이 접근한 그들은 무작정 칼을 휘둘러서 마을 사람들을 공격했다.

"우리의 결박을 풀어 주시오!"

잡혀 있던 일본인 검객들 중 조선말을 아는 하나가 외쳤다.

결정을 내릴 위치의 두 사람은 마지막 의식을 치르고 있었다. 마을사람들은 당산제의 제관이었던 촌장의 아들이 지휘하고 있었는데, 사사키가 다가가서 다시 풀어주기를 청했다.

"나는 이미 당신들의 수령에게 심복하고 있소. 저들은 우리와 길을 달리 하는 세력의 졸개들, 암살 전문의 닌자(忍者) 집단이라 당신들로서는 역부족일 것이오. 내 부하들은 나와 뜻을 같이 하오. 우리의 결박을 풀어 대적하게 해주시오."

닌자들은 마을사람들과 포로가 된 일본인 검객들에게 신분을 가리지 않고 칼을 휘둘러 희생을 불렀다.

비명에 죽는 사람들이 속출했고, 대포소리는 갈수록 요란하여 동굴 천정은 시시각각 무너져 내렸다.

선생과 촌장의 의식이 막바지에 이른 터라 촌장의 아들은 스스로 결단을 내려야했다. 어차피 위기인 것은 다를 바가 없었지만, 스스로 살아갈 길을 찾으라하기로 작정하고 포로들의 결박을 풀었다.

"그리하리다. 이 상황이 끝나면 다시 일전을 겨루어 봅시다."

사사키는 진작 결박이 풀린 상태였다. 선생께 감동하여 포로를 자처하고 있었을 뿐이었다. 그는 몸에 걸쳐 있던 밧줄을 던져버리고 칼을 들어 부하들의 결박을 끊었다.

왜무사들은 자유인이 되자 칼을 들고 닌자 집단에 맞섰다. 동굴 안에서는 다시 피 튀기는 드잡이판이 벌어졌다.

칼과 칼이 얽히고 피와 살이 튀어 싸움이 절정에 오를 무렵, 선생의 목소리가 동굴을 울렸다.

"무술년(戊戌年) 6월, 후손 김창수는 이 일을 맡았음을 하늘과 조상님께 고하오니, 단군성조께서는 어여삐 보아주소서."

의식의 마지막 순서로 선생이 절을 마치고 일어서자, 촌장이 버럭 목소리를 높여 다급하게 명령을 내렸다.

"부여씨족(夫餘氏族) 137대 족두(族頭)이자 제372대 단군 김창수는 명을 받들라!"

선생은 공손히 읍을 하고 촌장의 다음 말을 기다렸다.

"우리는 단군성조를 지근거리에서 모시던 의무군(醫巫君) 부루우(扶婁虞)의 직계 후손으로 대백제국을 세우신 온조대왕의 씨를 이은 몸, 근구수왕(近仇首王) 대에 이르러 병관좌평 헌성(獻誠)으로 파가 갈려 오늘에 이르렀다. 그대는 이 거룩한 피를 받들어 5000년 배달민족의 혼을 이어나가겠는가?"

"삼가 받들어 후손에 전하겠습니다."

의식은 거기서 끝이 났다. 왜인 닌자 중의 하나가 칼을 휘둘러 짓쳐왔고, 사사키가 막으며 외쳤다.

"지금 가셔야 합니다! 적의 주력이 오고 있습니다!"

촌장이 무기를 들고 나섰다. 촌장의 칼은 사사키를 노리고 협격을 시도하던 닌자의 몸통을 갈라놓았다.

선생은 노인의 기도가 예사롭지 않음을 진작 깨닫고 있었다. 그런데 직접 대하니 그 위세가 강력하여 어떤 적도 압도할 듯 보였다.

"경주(硬柱)야, 수령을 모셔라!"

촌장에게 경주로 불린 이는 당산제의 제관을 맡았던 촌장의 아들이었다. 그는 공손히 고개를 숙여 선생의 길잡이를 자청하고 나섰다.

"부경주(扶硬柱)입니다. 함께 가시지요."

그가 권하는 길은 뜻밖에도 동굴호수였다. 선생은 그가 부친을 외면하고 있음을 보고 의아해 하였다.

"어르신은?"

선생이 촌장에게 물었고, 촌장은 공손히 예를 올려 답했다.

"노복은 예서 뼈를 묻겠소이다. 필두께서는 저 아이의 안내대로 따르시기를!"

예를 마친 촌장은 목소리를 높여 다시 채근했다.

"저들이 노리는 게 하나 둘이 아니지만, 가장 급한 게 이거요."

선생은 칠지도 세 자루와 백제서기를 감싼 보자기를 안아 보듬었다. 촌장의 태도에서 단호함을 읽었기 때문이었다. 동굴 입구로부터는 계속 닌자들이 들어오고 있었고, 그에 대적하는 마을사람들과 사사키를 비롯한 왜무사들은 하나둘 쓰러지고 있었다.

선생은 칼을 들어 정면의 닌자를 후려쳤다. 그리고 촌장에게 간곡히 권했다.

"함께 가셔야 합니다!"

촌장은 낮지만 단호한 어조로 명령을 내렸다.

"나는 조상님들을 모시던 사람이오. 바깥세상과는 인연이 없소. 어서 뛰어 드시오."

탕! 한 발의 총성을 신호로 총탄의 비가 시작되었다. 총기를 가진 적의 대거 내습이었다. 칼과 칼의 전투라면 버티어 볼 만한 싸움이었지만 총은 이야기가 달랐다. 속히 피하지 않으면 피해가 어디까지 닿을지 몰랐다.

"이 성전의 비밀을 지킬 방법이 내게 있소. 우리는 이미 탈출로를 준비해 두었소."

시시각각 동굴이 무너져 내리고 있었고, 촌장의 목소리도 높아졌다. 노인답지 않은 카랑카랑한 촌장의 목소리에는 4000년 이어온 이 땅의 기백이 숨어 있었다.

"가시오! 우리가 후위를 맡겠소!"

사사키도 그렇게 권했다. 그의 말에는 진정으로 감복한 자의 충심이 담겨 있었다. 그리고 그의 다음 행동은 진정을 증명하는 것이었다. 사사키는 촌장을 아들 부경주에게 안겼다.

"당신도 가시오. 저 선생은 당신들이 남아있는 한 자리를 뜰 생각이 없나보오."

말이 끝나기도 전에 사사키에게 총탄이 빗발치듯 쏟아졌다. 그는 가슴을 움켜잡고 쓰러졌다. 그의 부하 일본인들도 차례로 총탄에 희생되었다.

촌장은 쓰러진 사사키를 일으켜서 부상 정도를 살핀 후 아들에게 말했다.

"일인치고는 사람이 됐군. 이 사람을 살려라. 이 시간 이후 선생을 모시는 건 네 임무다."

촌장의 목소리에는 강한 의지가 담겨 있었다. 선생은 부경주에게 끌려 호수로 뛰어들었다.

다음 순간 폭음과 함께 동굴의 입구가 무너져 내렸다. 한 순간에 촌장과 선생 일행은 돌과 흙더미에 차단되어 다른 공간에 놓였다.

"갑시다. 아버님의 뜻을 헛되이 하면 안 되오."

선생은 부경주의 간절한 눈빛에 압도되어 호수 속으로 들어갔다. 그는 촌장의 아들로서 가문의 다음 대를 이을 부씨(夫氏) 일가의 말대였다.

'그래, 저 사람이 있었지. 선대의 피를 이었으니 진정한 다음 대의 단군이 될 자격이 충분해. 그런 방법이 있었어.'

백제서기는 상자 안에 담긴 채 선생의 어깨에 묶여 있었다. 무너져 내리는 동굴 안에 아버지를 남긴 부경주는 앞장서서 헤엄을 쳤다. 마을사람들과 부씨 일가의 가솔들 중 살아남은 사람들이 뒤따랐으므로 일행은 대가족이 되었다. 선생은 일가를 통솔하는 부경주의 모습을 지켜보며 그의 강단 있는 태도에 감탄했다. 부경주야말로 다음 대의 제주로서 단군의 위를 이을 수 있는 적임자였다.

멀리 동굴 호수의 끝이 보였고 빛줄기가 밝아져 왔다. 숨이 가쁜 상황에서 보이는 빛줄기는 생명을 구할 동아줄이었다.

동굴호수는 마을 입구 사당 안에 있는 우물과 연결되어 있었다. 우물을 빠져나오던 선생은 당산나무 일대의 땅이 무너져 내리는 광경을 보았다. 충격을 받은 선생에게 촌장의 아들 부경주가 말했다.

"아버님은 진작 이런 위기가 올 것에 대비해서 최후를 준비하셨습니다. 훗날 나라가 바로 서거든 다시 찾으라 하시고 성조(聖祖)의 위패와 함께 하실 방법을 마련하신 것이지요. 적이 가까워오고 있습니다. 우리 일족은 진작 몇 곳의 피난처를 마련해 두었으니 염려치 마시고 떠나기로 하지요."

말이 끝날 즈음, 멀리서 불꽃신호가 하늘로 올라갔고, 서른 명 이상의 일본인 무사들이 앞을 막아섰다. 선생은 일행의 전진을 멈추고 전투태세를 갖추게 했다.

"그들이 왔소."

사사키가 말했다.

온몸을 검은 색깔 야행복으로 감싼 닌자 복색의 무사와, 고

급장교의 정장 차림에 짧은 칼을 찬 군인이 보조를 같이 하여 다가오고 있었다. 비슷한 외양에 차림새만 다른 두 사람이 압박해 오는 형세여서 긴박감이 돌았다.

주위는 온통 닌자 복색을 한 적의 총구로 포위되어 있었다. 발사되는 순간 절반 이상의 손실은 각오해야 하는 상황이었다.

"그대가 김창수인가?"

장교 차림의 무사가 입을 열었다. 손에 쥘부채를 접어들었는데 부챗살이 검은 걸로 보아 강철인 듯했다.

"여가 김창수요. 당신은 사사키인가?"

선생이 물었다. 두 사람의 무사가 마주 보고 웃었다.

"우리 모두 사사키지. 당신들이 업어 온 저 못난 것도 사사키이고."

부경주의 등에 업혀 있던 사사키는 진작 내려와 있었다. 비아냥거림의 대상이 된 사사키는 그 말을 받아 말했다.

"사사키는 한 사람이 아니오. 사사키 일가의 숫자는 제법 많소. 저 둘은 나와 종형제 사이로 당신네 왕비를 시해한 낭인 집단의 두령이었소. 구로와 산시로(三四郎)지. 나는 주로이고. 계획을 세운 또 다른 사사키가 있지만, 우선은 저들이 당신이 찾던 원수요."

왼편의 사사키 구로는 대적 자세를 취함도 없이 다가왔다. 선생에게 심복한 사사키 주로가 경고를 발했다.

"조심하시오! 그는 기습에 능하오!"

공격은 이미 시작되고 있었다. 부챗살이 선생의 얼굴을 노리고 화살처럼 날아왔다. 용수철 장치가 되어 있었던 것이다.

"감히!"

선생은 상체를 흔들어서 부챗살을 피하고는 몸통을 던져 부딪쳐 들어갔다. 박치기 등의 육탄전으로 반격 방법을 찾지 않으면 국면을 만회할 길이 없을 만큼 적은 근접 전투에 능했다.

"흥!"

비웃음과 함께 사사키의 쥘부채가 허공을 갈랐다. 선생은 오른쪽 뺨을 할퀼 듯이 휩쓸어오는 쥘부채를 손바닥으로 후려쳤다. 강철 부챗살에 대한 맨손의 반격이었으므로 불리할 것은 자명했지만 유불리를 따질 형편이 아니었다.

사사키 구로의 쥘부채는 선생의 오른손과 맞부딪쳐서 타격을 주었다. 그러나 같은 순간 구로의 아래턱에는 선생의 박치기가 작렬했다.

움찔, 비틀거리며 물러나는 구로의 목을 낚아 챈 선생은 뒤로 돌아 감아 안았다. 선생의 오른손은 상처를 입어 피가 흐르고 있었지만, 구로의 쥘부채는 어느새 주인이 바뀌어 선생의 손에 들려 있었다.

"대단한 솜씨. 그렇지만 이젠 끝이요."

제압당한 사사키 구로를 대신하여 산시로가 나섰다. 그의 손에는 단총이 들려 있었다.

"유감이군. 우린 패한 동료의 목숨을 구한 적이 없어."

산시로는 구로의 목을 감아 안고 있는 선생에게 단총을 겨누며 다가갔다. 일족의 형제가 적에게 잡혀 있음에도 조금의 동요조차 보이지 않는 냉정한 태도였다.

"당신을 보고 싶다는 분이 있어. 같이 가시지. 목숨은 보장하겠소."

선생은 주위를 둘러보았다. 적의 무기가 빈틈없이 선생 일행을 겨누고 있었다. 탈출이 불가능한 상황이었지만 포로를 이용하여 탈출하고 싶다는 생각 따위는 없었다.

선생은 잡았던 사사키 구로를 놓고 무기를 버렸다.

"잘한 판단이야. 역시 큰 어른이 기대할만한 사람이군."

그 순간, 일행을 포위하고 있던 닌자들 중 몇이 화살을 맞고 맥없이 쓰러졌고, 뒤이어 고함소리가 들려왔다.

"우리가 예서 기다린 지 오래인데, 감히 어디를?"

한 뼘 길이의 짧은 화살이 연속으로 날아왔다. 기습을 받은 닌자들은 일시 혼란을 일으켜 전열을 흐뜨렸고, 부경주를 비롯한 당산마을 사람들은 반격을 시작했다.

"왜놈들을 쳐라!"

갑작스럽게 주도권이 바뀐 전장에서 왜인들은 속수무책으로 피를 흘리며 쓰러졌다. 선생은 전장을 울리는 고함소리를 들으며 박사가 남긴 금낭지계의 신기묘산에 혀를 내둘렀다.

'그가 왔군!'

평소 오산이 근접전에서 탄궁을 사용하는 것을 알고 있었기 때문에 선생이 원군의 정체를 아는 데는 긴 시간이 필요하지 않았다.

총성과 비명소리가 한바탕 어우러졌다. 일단의 의병들이 돌입하여 닌자들을 포위하고 드잡이판을 벌였다.

잘 훈련된 젊은이들이었다. 무기는 단창과 환도로 왜인들보다 우위에 있지 못했지만 휘두르는 솜씨에는 절도가 있었다.

선생은 젊은이들의 선두로 나섰다. 적의 총수격인 사사키 형제 중에서 포로가 되지 않은 산시로가 한 발자국 앞으로 나와 선생에게 단총을 겨누었다. 선생도 환도를 들어 마주 나섰으므로 사사키 산시로와 선생은 대결 자세를 갖추고 전장의 중심에 섰다.

총성이 울리고 산시로의 단총이 발사되었다. 총탄이 파공성과 함께 바람을 가르며 날았다.

"크윽!"

묵직한 비명과 함께 쓰러진 이는 구로였다. 산시로가 자기를 빼닮은 종형제를 향해 총을 쏜 것이었다. 패자의 추한 모습을 경멸하는 일본 무사의 오기였다.

산시로는 한 발을 발사했을 뿐인 단총을 버리고 일본도를 빼들었다. 시체로 구르는 종형제에게는 조금의 관심도 두지 않았다.

선생은 환도를 들어 산시로에 맞섰다. 산시로는 조용히 간격을 좁혀 왔다. 피차 숨소리가 고르고 양 어깨가 안정되어 있어, 고수의 면모가 돋보이는 싸움이었다.

산시로의 상단으로 치켜 올린 칼날의 끝이 바르르 떨렸다. 공격을 위해 호흡을 고르고 있다는 증거, 선생은 한 걸음 물러나서 간격을 유지했다.

"이 싸움, 제게 양보해 주십시오."

문득 오산이 엄숙한 표정으로 나서며 청을 드렸다. 타는 듯 간절한 눈빛이었다. 드잡이의 도중에 대신하겠다고 나서는 것은 무가의 대기였다. 허나 선생은 오산의 눈빛을 외면하지 못했다.

경기 오산 김삼척 옹의 집에서부터 종자를 자청하여 따라나선 이후 선생은 언제나 예의를 지켜 그를 존중해 주었다. 출신지를 따라 오산으로 부르고는 있지만 가문 내력이 심상치 않음을 알고 있었고, 그의 기도가 자신의 아래에 있지 않다고 판단했기 때문이었다.

선생은 고개를 끄덕이고 뒤로 물러섰다. 오산은 목례로 감사를 표한 후 앞으로 나섰다.

오산의 무기는 의병들이 애용하는 환도였다. 임진년의 난리 후 왜검에 대적하기 위해 변화한 조선 환도는 잘 사용할 경우 왜검에 못하지 않은 무기였다.

오산은 본국검의 지검대적세(持劍對賊勢)를 취했다. 칼을 어깨에 걸치듯 치켜 올린 가벼운 자세인데도 기세가 예사롭지 않았다. 산시로가 흠칫하여 한 발짝 물러났다.

기와 기의 대결로 칼날이 부딪치지는 않았지만, 작은 틈새도 놓치지 않는 고수들의 동작이 매순간 긴박하게 이어졌다. 오산은 전통의 본국검을 시전했고, 산시로는 시현류의 상단 공격과는 거리가 먼 애매한 자세로 칼을 바꾸어 잡았다.

한 칼로 적을 내리치는 걸로 유명한 시현류지만 최고급 고수는 제2격을 위한 거짓 공격도 서슴지 않는다고 하였다. 오산은 적의 자세로 미루어 기교가 있을 법한 공세를 연상했다.

"에이잇!"하는 원숭이울음과 비슷한 기합을 내지르며 내리친 시현류 검사의 칼은 전국시대 무사의 머리를 투구와 함께 두 쪽으로 갈라놓는 걸로 유명했다. 왜검의 각 유파 중 실전 무술 제일을 자랑하는 시현류는 본래 일격필살이지만 상대가 고수 일 때의 실패를 대비하여 첫 일격 이후 공방에 필요한 검식을 따로 갖고 있었다.

오산의 검이 안자세(雁字勢)로 변화하여 산시로의 허리를 노리 는 형세를 취하자, 그 짧은 시간에 반응한 산시로의 검이 오산 의 머리를 노리고 떨어졌다.

본국검의 안자세는 원래 기러기(雁)가 바다 위를 날아 물고기 를 채듯 수평으로 적의 허리를 치는 공격법이었다. 오산은 산 책하는 기러기가 된 듯 느린 변화로 상대의 공세를 유도하고, 내려치는 적의 검을 감아쥐듯 밀어 비끼게 한 후, 그 기세로 찌 르기를 시도했다.

오산의 반격은 순간적인 것이었지만 산시로의 검 역시 변화 가 빨랐다. 산시로는 오산의 찌르기를 몸으로 받으며 오산의 팔을 향해 칼을 내리쳤다.

순간 묵직한 신음과 함께 두 사람이 동시에 뒤로 물러났다. 오산의 칼은 산시로의 배를 찔렀고, 산시로의 검은 오산의 팔 을 스치고 지나갔다.

산시로는 배를 움켜쥔 채 부하들의 부축을 받았다. 오산이 승리한 듯싶었지만 그의 오른쪽 팔목에서도 피가 흐르고 있었다. 대결은 서로 피를 부르는 것으로 끝이 났다.

대장끼리의 겨룸은 승패가 가름되었지만 싸움은 아직 끝나지 않았다. 일촉즉발, 흥분이 고조된 의병과 왜무사들은 무기를 고쳐 잡고 상대를 노리고 있었다.

멀리서 대포소리, 기관총 소리가 들렸다. 마을 입구를 지키는 당쇠와 이참위의 병력은 대포에 저항할 만큼의 무력을 갖추지 못했다. 금세라도 달려가야 할 상황이었지만 눈앞에 적을 두고 있는 처지라서 응원은 마음뿐이었다.

선생은 사사키 일가 세 사람을 돌아보았다. 하나는 죽고 하나는 부상에 하나는 포로였다. 그 중 특히 주로는 사사키 일가 세 사람과의 싸움 중에 가장 고전을 했던 호적수였다. 당산마을의 전투 도중에 도움을 준 인연도 있고 하여 선생은 주로의 인품을 높게 사서 그에게 제안했다.

"더 피를 보아야 하겠소? 이만 승부가 난 듯싶소만."

대장전의 승패로 전장의 기세를 결정하는 것은 무사끼리의 의리였다. 때문에 답변을 한 것은 패장인 사사키 산시로였다. 이미 부상이 중한 산시로는 선생의 제안을 받아들였다.

"좋소. 다음을 기약하리다. 이만 물러가겠소."

물러나는 왜인들 가운데 사사키 주로는 당산마을의 비밀을 아는 자였다. 부경주가 흘낏 돌아보았지만 선생은 마음을 바꾸지 않았다.

사사키 주로는 부경주의 시선을 의식한 듯 의미 있는 작별인사를 남겼다.

"당신네 황궁을 훼손한 사건의 진정한 범인은 우리 사사키 일족의 이단아로, 미우라 공사 아래에서 서기관으로 일하는 자입니다. 공로 탐하기를 좋아하여 터무니없는 계획을 잘 만드는데, 이번에 당신네 나라의 국모를 시해하는 월권으로 윗분의 노염을 샀습니다.

나는 진상 조사를 명받고 조선에 왔습니다. 역시 과욕이 되어 목숨을 빚졌습니다마는, 선생을 알게 되어 다행이라고 생각하고 있습니다. 뒷전에 숨어서 황궁훼손의 계획을 세우고, 낭인들을 부추겨 참사를 일으킨 원흉을 만날 수 있도록 기회를 마련해 보겠습니다."

선생은 말없이 고개를 숙여 고마움을 표했다. 진정이란 눈빛만으로도 전해지는 법이었다.

멀리서 대포소리가 울리고 있었다. 콩을 볶는 듯 요란한 기관총 소리와 소총의 둔중한 발사음이 아울러 들렸다. 전투가 급박하게 돌아가고 있다는 증거였다. 선생은 서둘러 전열을 정비했다.

"적의 기세가 대단하오. 서두릅시다."

선생은 의병들을 이끌어 선두에 섰고, 간단한 치료만으로 상처자리를 감싼 오산이 왼손에 사사키 산시로에게서 노획한 단총을 들고 뒤따랐다.

당산마을 입구의 길은 좌우에 산이 있어 병목과 같은 곳이었다. 촌장의 아들 부경주가 선생에게 계책을 말했다.

"마을 밖으로 통하는 길이 있습니다. 제게 병력을 나누어 주십시오. 적의 배후를 치겠습니다."

"작은 병력을 둘로 나누면 힘이 분산될 뿐입니다. 함께 가지요."

선생의 결정으로 당산 마을을 빠져나온 사람들은 산속을 헤치고 전진하여 적의 배후로 돌았다.

◇　◆　◇

우회로로 당산마을을 빠져나온 의병의 주력은 당산마을 사람들 중 살아남은 사람들과 오산이 인솔해온 젊은이들이었다. 오산은 선생과 부경주에게 젊은이들을 소개하여 말했다.

"독립협회의 박사님이 준비한 사람들입니다. 활빈도의 사람들 중에서 가려 뽑은 실력자들이니, 곁에 두고 부리라 하셨습니다."

젊은이들은 사사키 일족 휘하 살수집단과의 전투에서 전혀 밀리지 않는 강함을 보였다. 선생은 젊은이들을 적의 진군로 좌우에 복병으로 배치했다. 부경주가 인솔하는 당산마을 사람들 중에 적지 않은 희생이 있었지만, 대장전에서 전승한 덕에 사기는 높았다.

그때쯤 적 1개 지대의 총력 공격을 받은 의병들은 전투의 초기부터 화기의 열세로 고전을 면치 못하고 있었다. 다행히 적도 병목이 된 골짜기에 병력이 집중되어 능률적인 공격을 못하고 있었으므로 전투는 쉽사리 끝나지 않을 듯 보였다.

한 치도 물러날 수 없는 긴박한 상황에서 아군에게 여력이 남은 부대가 있다는 것은 희망이 될 수 있었다. 선생과 오산, 부경주는 수하 사람들을 지휘하여 적의 허리를 쳤다.

당산마을 입구의 출입로 좌우에 병풍처럼 늘어선 바위사이로 배치된 병력은 당산마을 출신 민병으로 지리에 밝았다. 그들은 악산의 지형을 이용하여 바위 틈새에 몸을 감추고 사격을 했다. 지형이 병목과 같은 곳이었고 기습이었던 탓에 민병들의 공격은 성과가 작지 않았고, 이참위와 김당쇠의 지휘를 받던 의병은 뜻밖의 구원병을 맞아 한숨을 돌렸다.

그러나 일본군은 역시 정예 병력이었다. 의병을 공격하던 일본군은 뜻밖의 방향에서 날아오는 총탄에 당황하여 일시 전열이 흐트러졌지만 곧 엄폐물을 이용하여 몸을 감추고 반격했다. 기관총과 산포까지 구비한 중무장 병력의 공격으로 전투는 다시 의병들에게 불리하게 돌아갔다.

먼저 김당쇠부대의 기관총이 포탄에 맞아 침묵했다. 측면을 공격하던 선생과 부경주, 오산의 부대도 다수의 희생자를 냈다. 부경주가 이끄는 당산마을의 사람들 일부와 이참위의 의병만이 지세의 유리함에 힘입어 가까스로 전열을 유지할 수 있었다.

"역시 일본군은 대단하군요. 기습을 받아도 당황하지 않고 곧바로 반격하는 모습이 흡사 임진란 때의……."

부경주가 탄식하듯 말했다. 300년 전 임진·정유년의 선조들을 회고하는 그의 표정에는 울분이 가득했다.

"원군이 왔습니다."

오산이 낮게 소리쳤다. 전장에서 들려오는 총소리에 변화가 있었던 것이다.

쾅!

폭발음이 낯선 대포소리가 울렸다. 기관총소리도 요란하게 이어졌다.

새로 가세한 대포들은 일본군의 진격로에 포탄을 떨어트렸고, 도처에서 비명을 지르며 쓰러지는 건 일본군들이었다. 무기를 제대로 갖춘 일단의 의병이 당당히 전열을 갖추고 부대 단위 집단전투로 적을 공격했다.

일본군은 배후에서 홀연히 나타난 대부대의 일제사격에 많은 희생자를 냈다.

"원군이 왔다! 적을 쳐라!"

뜻밖의 원군에 기세가 오른 이참위와 김당쇠의 부대, 오산과 부경주의 병력은 화력을 집중시켜서 공격군에 힘을 보탰다.

일본군의 전후방과 측면을 의병의 대군이 포위한 격이었다. 일본군에게 막대한 타격을 준 의병들의 선두에는 박사와 중년의 선비가 있었다.

선생은 원군의 지휘부를 찾았다. 선생을 맞은 중년 선비는 형제를 자처하며 반가워하였다.

"기우연일세. 함께 온 사람들은 호남창의회맹소의 동지들이네. 박사 아우가 선생아우를 호종하라더군. 지휘를 맡아 주시게."

"선배님이 계신데 외람되이……."

"아닐세. 이 싸움은 우리가 오래 전부터 준비한 모처럼의 본격 전투일세. 그 동안 대장을 얻지 못해서 결행을 미루었는데 아우가 와주어서 만만세일세. 이는 일찍부터 스승이 안배한 결과라네."

선비는 성명을 기우연이라 밝혔다. 그는 호남창의회맹소를 열어 의병을 이끌던 기삼연의 종질로 을미년의 의병운동 때에 호남의 선비를 이끈 필두였다. 기삼연의 또 다른 종질 기우만과는 사촌 간으로 함께 의병을 일으켰는데, 말씨가 바르고 태도가 엄정했다.

"아우는 이 나라가 겪어야 할 시련에서 큰일을 맡을 사람일세. 우리 호남은 충절의 고장, 불러주면 견마지로를 다하겠네."

을미의병운동의 주축 병력 중에 가장 행적이 모호한 부대가 기삼연의 호남창의회맹소였다. 호남의병은 장성의 선비 기삼연과 그의 종질인 기우만, 선비 고광순 등이 주축이 되어 의거를 일으켰는데, 을미년의 기의(起義)에서는 별다른 전과 없이 남로선유사 신기선에게 설득되어 해산했다고 세간에 회자되고 있었다.

"선봉에 서겠네. 숙부님에게 그렇게 명을 받았네."

기우연의 부대는 을미의병운동 중 유일하게 손해를 입지 않고 해산한 호남창의회맹소의 주축 병력이었다. 세간의 비웃음을 감수한 후퇴로 실력을 키운 후 적의 포격에 대해 마주 포를 쏠 수 있는 의병 집단으로 발전하여 다시 나타난 것이었다.

선생은 잘 준비된 기우연 수하의 의병들을 보면서 스승의 명을 빙자해 베풀어지는 박사의 금낭지계가 이토록 신기묘산일지 몰랐다고 감탄을 하였다.

"대군주폐하의 깊은 뜻은 호남을 온존하여 반격하는 것이었네. 이미 남한산성과 충주성에서 손해를 입은 의병들을 더 이상 희생시킬 수 없으니 병력을 보존하여 때를 기다리라는 밀지가 계셨지. 우리 호남의병은 맹아를 감추고 힘을 기르고 있었네."

후일 기우연은 그렇게 말했다. 그는 평화로운 시대에는 농기구와 붓을 들고, 나라가 위기에 있을 때는 갑옷을 떨쳐입고 나서기를 주저하지 않는 전형적인 호남 선비였다.

그날 전투가 한창인 당산마을 입구에서 선생은 명성 높은 의병장 기우연을 만났고, 그와 더불어 역사에 기록되지 않은 전투를 치러 대승을 거두었다.

"퇴로를 열어 주시오."

병목 안에 들어 필사의 저항을 계속하고 있는 일본군을 구한 것은 선생의 명령이었다. 정확하게는 박사가 남긴 금낭지계의 결과였지만, 선생의 그러한 명령은 의병을 지휘하는 장수들의 근심을 샀다.

"적은 대군입니다. 지나친 섬멸전은 아군의 희생을 부릅니다. 무엇보다도 백성들에 대한 보복전을 염려하지 않을 수 없습니다. 저들은 양민의 목을 잘라 칼날을 시험하는 무도한 자들입니다."

선생은 동료 장수들을 납득시킨 후 당산마을의 입구를 지키던 이참위와 김당쇠에게도 명령을 전했다.

이참위와 김당쇠가 지휘하는 의병들은 병력을 물려서 마을로 적을 맞아들였다. 적은 의병들을 뒤쫓아 마을로 진입하여, 목표로 삼았던 신수를 향해 몰려갔다.

사전에 정보를 갖고 있었던 모양으로 적의 진격은 정확했다. 그러나 모처럼 정복한 마을은 폐허가 되어 있었다. 신수 아래 지하 동굴은 진작 함몰된 후, 지하수가 차올라 호수로 변해 있었다.

동굴을 바라고 공격해 온 적은 헛된 진격을 하였다. 우왕좌왕 마을 안에서 갈피를 잡지 못하고 있는 적은 이미 오합지졸이었다.

"한 사람도 남김없이 모두 후퇴합니다. 속히 마을을 떠나세요."

김당쇠는 그러한 적을 보며 수하 병사들에게 명령을 내렸다.

콰아앙!

신수가 있던 자리에서 또 한 차례의 대폭발이 일어났다. 신수의 뿌리 아래에 있던 지하 동혈은 연이은 폭발로 지진을 만난 듯 무너져 내렸다.

폭발의 와중에 휩쓸려 죽은 일본군 중에는 장교들도 많았다. 공명심에 눈이 어두워져서 지하통로의 물속으로 뛰어들었기 때문이었다. 목표물을 잃고 지휘부까지 잃은 일본군은 마을을 점령한 것을 명분으로 삼아 전장에서 철수했다.

"이겼습니다. 적이 떠났어요."

척후로 나서서 일본군의 후퇴로를 감시하고 온 당쇠가 지휘부에 보고를 올렸다.

"우리가 이겼다!"

의병들이 환호성을 내지르며 당산마을에서의 전투는 공식적으로 막을 내렸다.

"희생이 컸습니다. 부상당한 이들의 상처를 치료한 후 다음 행로를 찾기로 하십시다. 사형의 금낭지계에 예정이 있었습니다."

의병들은 임시로 농가를 빌려서 부상자를 치료했다. 싸움에 이겼다지만 희생된 사람의 숫자는 일본군에 비해서 덜하지 않았다. 선생의 시름은 한층 깊어졌다.

"힘을 길러야겠습니다. 적은 강합니다. 게다가 나날이 강함이 더하고 있다 들었습니다. 겨우 일개 지대와의 싸움이 이리 벅차니, 다음은 더욱 어려울 터, 적의 몇 배로 강해지지 않고서는 나라를 지탱하기가 힘들지 싶습니다."

오산과 김당쇠, 부경주, 이참위, 기우연이 모인 회의에서 선생은 대표자로서 그렇게 말했다. 장수격인 사람들은 모두 무거운 안색으로 수긍의 뜻을 보였다.

선생은 분위기가 진정된 후에 박사에게 당산마을에서의 일을 보고했다.

"백제서기가 이곳에 있었습니다."

"역시 그랬었군. 볼 수 있을까?"

"지금은 제게 있지 않습니다. 그곳 큰 어르신의 뜻을 이을 시기가 올 때까지 감추려 합니다."

"……"

"그 마을의 선대 어르신은 제게 전권을 주셨습니다. 저는 그분의 뜻을 이을 능력을 갖춘 사람에게 제 권리를 위임했습니다. 그분은 이가(李家) 황실과는 앙금이 컸지만, 이 땅의 사람임은 잊지 않겠다고 하였습니다."

"누군지 짐작은 가네. 그래, 순순히 받던가?"

"설득을 했습니다. '이번의 적은 임진란 때의 무리와는 다르다. 이미 동양 최고의 나라 청국을 꺾었고, 세계 5대 군국을 자랑할 만큼 무력도 충실하다. 게다가 정신동력이 될 국가관마저 완벽히 갖춘 적이니, 임진년 때와 같은 주먹구구식 의병활동으로는 물리치기 힘들다. 이제부터의 싸움에는 조선의 모든 역량이 동원되어야 하는데, 나라의 조상신을 모시는 일은 그 기준축이 될 수 있다. 나는 내 역할을 할 테니 당신은 당신이 가장 잘하는 일로 도와 달라.'라고 부탁했습니다."

"흐흠!"

"결국 373대 단군의 위는 공석으로 하기로 결정을 보았습니다. 이천만 조선인 모두를 단군으로 받들기로 하고, 부경주 동지는 임시 대표 제주가 되기로 하였습니다."

"역시!"

"조상의 유지를 이어 단군성조께서 나라를 세우셨을 때의 뜻을 세상에 널리 펴겠다고 약조를 하였습니다. 우리는 새로운 종교를 일으켜보는 것도 방법일 거라고 의견을 모았습니다."

"그 마을의 일은 우리 대동계에서도 화제가 되고 있었지. 조선 황실의 치부가 될 어두운 역사라고도 하였어."

"독단으로 결정을 해서 죄송합니다."

"사제의 뜻대로 하시게. 스승께서 우리 중에 사제를 택하신 이유는 사제의 안목을 높이 산 탓이었어. 평소에 제자들 칭찬을 않던 어른이 사제를 평하실 때는 큰 그림을 볼 줄 아는 아이라고 칭찬이시더군.”

“스승님께서는?”

“그 어른이야 구름 위를 노니는 분 아니던가? 만나 뵌 지 반년이 넘었으니 지금은 어디에 계실지……. 사제를 도울 사람들을 모아보겠다 하셨네.”

‘스승님…….’

“활빈당도 동학도도 이미 사제를 인정했네. 특히 동학의 새로운 지도자는 ‘나는 겉으로 드러난 사람이니, 표면적인 박해는 내가 감내하겠다. 그에게 일을 부탁해 달라.’라고 하셨지. 사제는 숨은 지도자로 저들의 첩자들을 비롯한 어둠의 세력을 응징해 주시게.”

“제가 어찌 감히…….”

선생이 겸양의 뜻을 표하자, 기우연이 한 마디 거들고 나섰다.

“우리 호남의병도 공에게 의탁하기로 결정했소. 언제든지 불러주시면 달려가리다.”

박사는 채근하듯 재촉했다.

“이 나라의 명운이 이대로 끝난다고는 볼 수 없어. 사제가 분발하여야 하네.”

“…….”

“겸손할 필요 없네. 사제에게는 그만큼의 능력이 있네.”

“힘을 다할 뿐입니다.”

선생은 고개를 숙여 중의를 받아들였다. 피할 수 없는 운명이라면 감당할 뿐이다. 선생은 그렇게 생각했다.

의논이 끝난 후 기우연이 박사와 선생을 초대했다.

"장성 족숙의 거처에서 호남 대동계의 모임이 있습니다. 두 분, 참여해 주심이……."

◇　◆　◇

박사와 선생은 기우연의 초청을 받아 호남창의회맹소의 본진을 찾았다. 오산과 당쇠가 호종을 했고, 이참위의 조선군 진대 병력은 본대 복귀를 목표로 떠났다.

기우연을 따라 장성 백양사에 들어가니 이미 호남 유림의 대표 몇 분을 비롯해서 각계의 사람들이 모여 있었다. 의견이 분분한 가운데 정작 주빈인 선생은 여러 어른들의 온갖 주장과 충언을 고개 숙이고 경청할 뿐이었다.

"선택된 자는 전설을 만들 숙명을 지녔지요. 전설을 만들어 주셔야겠습니다. 무대는 우리가 만들어 두었지요."

주름투성이의 얼굴을 한 노기(老妓)가 운을 뗐다. 화장기가 전혀 없는 늙은 기생은 호남 화류계의 대모로 대동계의 재정을 맡고 있다 하였다.

"영웅이 필요한 시기입니다. 갈기갈기 찢긴 인심을 하나로 뭉치는 데는 시대를 이끌 영웅이 나타나서 이끌어 주는 것보다 더한 방법이 없습니다. 우리는 공을 적인이라고 보았습니다."

화적패의 두목처럼 보이는 중년 사내가 으름장을 놓는다. 중의에 따르지 않으면 한 주먹 안기겠다는 듯이 근육을 들썩거리는 사내는 하삼도 백정들의 대표라 하였다.

"지기금지원위대강 시천주조화정영세불망만사지(至氣今至願爲大降 侍天主造化定永世不忘萬事知)"

시천주가 짧게 읊어지고 길게 여운을 남겼다. 동학도의 성지 고부에서 온 접주는 하늘의 뜻이니 받들라 하는 의견을 그렇게 외마디로 표현했다.

"내가 신문에 내겠네. '남도에 서운이 일다' 정도의 기사면 팔도의 모든 계원이 알 걸세."

박사도 한 마디 곁들여 선생을 부추겼다. 독립협회에게는 독립신문이라는 무기가 있었다.

"'민족의 총화를 이룰 다음 대의 지도자를 키우자'가 우리의 공통된 의견이었네. 실제로 공을 확인하니 과연 명불허전, 우리는 모두 공에게 의탁하고자 하네."

호남 유림을 대표하여 기삼연(奇參衍)이 결론을 내렸다. 그는 호남의병운동의 주축이기도 하였다.

"이번의 당산마을 싸움으로 의논은 정해졌네. 우리는 모두 사제의 정의를 따르기로 하였네."

참석한 어른들은 한 마음으로 선생을 추천했고, 한 목소리로 존중해 주었다. 선생은 마음속으로 외쳤다.

'왜 나요? 나는 이름 석 자 겨우 쓰는 정도의 무학에다가 보다시피 용모도 산적처럼 생겨먹었소. 따르는 이가 있을 거라고

생각하시오?'

그 답은 이미 박사가 하고 있었다. 박사는 호남평야의 황톳길을 거니는 내내 선생을 설득했다.

"나는 갑신년의 정변 실패 이후에 16년 동안을 이국에서 살았지. 의학을 공부하면서 온갖 고생을 다했어. 그래서 저들 세계 최고 권위의 학위를 따서 돌아왔는데, 어허! 일개 의사로서 고칠 수 있는 건 한 사람씩뿐이더란 말이야. 민족 전부가 골병이 들어 있는데, 이토록 왕진가방이나 들고 다니며 환자들에게 청진기나 들이대다가는 망하는 나라를 조상하는 상두꾼이나 되기 십상이겠다 싶더군. 하여 사제를 찾은 거였네. 내가 할 수 없는 일을 할 수 있는 사람을 찾은 것이지. 이 일은 스승의 엄명이기도 하네. 우리는 한 스승에게서 나온 두 갈래 줄기, 표면의 일은 우리가 맡겠네. 사제는 막후의 궂은일을 맡아 주시게. 스승께서 적전제자로 선발하신 이유가 뭐겠나?"

선생을 일당의 대표로 인정하고 속하로서의 예의를 지키는 박사를 보며 선생은 자신에게 주어진 임무의 막중함을 알았다.

박사는 특유의 박학을 과시하여 스승의 명령을 전했다.

"난세에는 영웅이 필요하다네. 민중은 영웅을 따르지. 역성혁명? 안 될 것도 없지. 조선왕조가 백성에게 실망을 주었으니 백성을 원망할 자격도 없어. 나라의 근원은 백성, 왕은 백성의 대리인일 뿐인데 그걸로 권세를 삼았어. 그들의 오만이 극에 달해 백성을 배신했으니 백성의 버림을 받는 건 당연한 업보야."

선생은 잠시 마음이 흔들렸지만 틀린 말이 아니어서 반론을 제기할 수도 없었다. 더구나 박사는 생각할 틈새를 주지 않고 주장을 이어갔다.

　"조선조가 역성혁명의 선례를 만들어 놓았는데 정씨가 왕이 되면 어떻고 범씨가 왕이 되면 또 어떻겠나? 민중은 뛰어난 지도자를 원하네. 양반이라는 명목으로 무위도식하는 자들이 열에 셋이 넘는 나라가 잘 될 리가 있나? 모든 사람이 행복한 세상은 진작 우리의 조상이 원하셨다고 들었네. 홍익인간(弘益人間) 재세이화(在世理化) 만유병육(萬有竝育)의 세상. 꿈일 것 같은가? 어렵겠지. 지금의 나라 형편을 생각하면 꿈인 양 싶겠지. 허나, 주어지지 않으면, 쟁취할 뿐이네."

　박사는 길게 말을 이어놓고 잠시 숨을 골랐다. 그러고는 선생의 다음 길을 정해주었다.

　"적의 수괴 중 하나가 신분을 감추고 남도를 순력하고 있다 하네. 사실상의 정탐인데 나라에서는 그걸 몰라. 우리 독립협회의 기자가 안내할 것이니 그를 만나보시게."

적장敵將을 만나다

  선생은 박사의 명령을 따라 남도를 회유했다. 을미년의 의병 운동 이후 전국은 전장(戰場)으로 바뀌어 곳곳에서 조선인들과 일본인들의 충돌이 있었다.

  백성들의 고통이 극에 이르고 있었지만 조정에서 보낸 관리들은 하세월(何歲月)이었다. 나라가 어찌되던 내 한 몸 편하고 내 가족 편하게 할 재산만 모아 놓으면 된다는 관리들의 행태가 망해가는 나라의 표본처럼 보여서 선생은 절망을 느꼈다.

  재정이 파탄 난 조정이 공공연히 관직을 매매하고 있었으니 올바른 지방관을 찾기는 진작 그른 일이었다. 비싼 값을 주고 산 관직인 만큼 본전에 이자까지 뽑으려고 온갖 부정을 저지르는 관리들 때문에 백성들은 날로 피폐해지고 있었지만, 갈 데까지 가버린 조선 조정은 자정능력을 잃은 지 오래였다.

  활빈당이 출동하여 부패한 관리를 치죄했다는 기사가 남도 천지에 돌기 시작한 것은 그 무렵이었다. 백성들은 상하 고루 기강이 무너진 조선조정에 희망을 버리고 활빈당에 열광했다.

"인심을 살피고 어두운 곳을 밝혀 다음에 세워질 나라가 어떻게 처신해야 할지 생각해두라는 것이 스승의 뜻일세. 적의 수괴가 삼남을 휘돌고 있는 이유 역시 그러할 터이니 깊이 살피시게."

박사는 선생에게 그리 말했었다. 또한 당산마을의 살아남은 사람들을 이끌고 떠난 부경주 역시 선생에게 같은 뜻의 말을 남겼다.

"일찍이 임진·정유년의 난리 때 우리 일족은 한 영웅을 잃었습니다. 저들은 승리한 장수를 역모로 몰아 장하의 귀신이 되게 하였지요. 저들의 나라 따위 우리에게는 하찮은 것이었는데, 적을 코앞에 두고도 우리를 먼저 견제하려 들었지요. 지금의 황실 따위 망하라고 하십시다. 우리는 전혀 다른 나라를 꿈꾸고 있습니다. 아버님께서는 선생을 단군왕검의 나라를 재건하실 적임자로 보셨습니다. 우리 일족은 선생의 부름을 받을 때를 기다리며 힘을 기르겠습니다. 일을 도모하실 때가 되면 선봉을 맡겨 주십시오."

감당하기 힘든 말들의 연속이었다. 선생은 말의 성찬 속에 주인공이 되어, 환청에 시달렸다.
새로운 나라의 건설, 역성혁명, 근본부터 새로운 또 하나의 세상. 널리 인간을 이롭게 하라는 단군왕검의 반만년 유지를 받들어……

불시에 다가온 사명은 배포가 큰 것을 스스로 인정하고 있는 선생으로서도 감당하기 힘든 거대한 것이었다.

"명색뿐이라지만 조정이 있으니 지금은 기다릴 때일세. 적이 오면 응징을 할 뿐으로 시기가 무르익기를 기다리며 실력을 기르시게. 저들의 근성으로 보아 먼저 행동으로 옮기는 것은 그들일 걸세."

박사가 그렇게 말했었는데, 과연 적은 수시로 암살집단을 보내어 선생 일행을 위협하곤 하였다.

장성의 모임을 마친 선생 일행이 일본인들의 물산 집하지인 남도의 끝 부산포로 향할 때 왜적의 기습이 있었다. 당시 오산은 당쇠와 함께 선생을 호종하여 매번 싸움을 도맡고 있어 급히 경계를 발했다.

"적이 왔습니다."

왜선이 정박하고 있는 바닷가 마을에 이르렀을 때 오산이 선생의 상념을 깨워 적의 도발을 경고했고, 그 직후 적의 칼이 선생을 노리고 바람을 일으켰다.

오산이 무기를 들어 반격했다. 이번에 습격해 온 일당은 당당히 왜복을 차려 입은 일단의 일본인들로, 예고 없는 공격이었지만 질서가 정연하여 사전에 계획된 도발임이 확실해 보였다.

한 차례 무기가 얽히고 우열이 가름되었다. 오산은 적의 무기를 쳐서 물러나게 하였다. 허나 적은 이내 두 번째 공격을 시도했다.

"그만! 도장에서!"

두 번째 충돌이 또 한 차례의 비명과 함께 끝난 순간, 짧게 외치는 소리가 들렸다. 일인들의 전통 복장인 화복을 떨쳐입은 젊은 여인이 홀연 나타나서 충돌을 말렸다.

화려한 복장의 기모노 차림에 올림머리를 한 여인이 한 소리 내질러서 제지하자 공격하던 일본인들이 무기를 거두고 물러났다. 여인은 싸움 따위 알 바 없다는 듯 공손한 언사로 예의를 갖추어 명함을 내밀었다.

"제 아버님께서 선생님을 뵙자 하십니다. 같이 가주시겠습니까?"

또렷한 조선어였다. 여인은 말을 마치자 곧 발길을 돌려 앞장을 섰다. 여인의 좌우로 호위역인 듯싶은 왜인 무사 둘이 따랐는데, 그들 역시 무언으로 발길을 돌렸다. 선생이 초청을 받아들일 것을 의심하지 않는 태도였다.

여자는 체구가 크지 않았지만 육감적인 몸매를 갖고 있었다. 얼핏 미소를 보이는 것이 눈에 익다 하였더니, 이미 구면인 여자였다. 앞서 오산과 더불어 길을 나서서 수원부와 진위현 사이의 경계를 넘을 때, 보부상으로 위장해서 선생을 습격하려 했던 일본 낭인 패거리 중의 여인이었던 것이다.

그때에 여인은 의미 있는 말을 남겼었다.

"의도와는 다르게 상황이 흘렀습니다만, 악의가 있었던 것은 아닙니다. 모시는 어른의 지시를 받은 후 다시 뵙겠습니다."

음모를 눈치 챈 활빈당의 기습을 받고 붙잡혀 있다가 선생의 후의로 풀려나 떠나면서 재회를 약속했던 것인데, 이제 남도의 끝 포구 도시에서 약속이 이루어지고 있었다.

"사람의 길이니 어찌 만남이 없겠소. 다만 남의 나라의 정의를 존중하기를 바랄 뿐이니 윗분에게 그리 전하시오."

당시 선생은 그렇게 경고의 말을 했다. 눈초리가 예사롭지 않았던 여인은 그때와 다르지 않은 눈길로 선생을 돌아본 후 앞장서서 걸었다.

잠시 후, 선생 일행은 여인의 안내로 마산포 왜관으로 들어섰다.

조선조 초기부터 왜인들을 위해 마련되었던 왜관은 양국의 물자를 교환할 수 있는 합법적 장소였다. 임진란 후에 폐쇄되었던 것을 병자년의 강화수호조약으로 인한 강제 개항 후 곳곳에 다시 열렸는데, 선생이 초빙 받은 곳은 그 중 한 곳이었다.

"그럼 모처럼의 기회이니 즐기시기를."

여인은 짧게 인사말을 남기고 물러났다.

그 직후 공격이 시작되었다. 선생 일행은 연무장인 듯싶은 넓은 공간의 중앙에 덩그러니 서서 적을 맞이했다.

백여 평 넓이로 널찍하게 마련된 연무장은 중앙을 비운 상태에서 양편에 일본인 무사들이 자리 잡고 있었다. 여인이 손을 들자 무사들 중의 일부가 공격에 나섰다.

"적의 수괴가 곧 나올 것입니다. 나서지 마십시오."

싸움은 오산의 것이었다. 그는 당쇠와 함께 선생의 삼남 유력을 호종하였는데 일인 살수들의 공격 때마다 압도적인 무위로 승리했었다. 그러한 오산이었지만 기습해 온 왜무사들 역시 강적인 듯 쉽사리 제압하지 못하고 있었다.

선생은 그 광경을 보고 적의 능력을 짐작할 수 있었다. 여러 명의 합격이라고는 하지만 적과 대적하여 열세를 보인 적 없는 오산이었다. 그러한 오산이 의외라는 생각이 들 만큼 고전하고 있었는데, 그로 미루어 왜무사들을 수하로 거느린 자의 실력이 가늠되었던 것이다.

오산은 세 사람의 적에게 협공을 받았다. 어른 한 뼘 크기의 짧은 검을 쓰는 양복 차림의 젊은이 둘과 여자 하나였다.

세 사람은 능수능란하게 검을 다뤘고, 적기에 몸을 피할 줄 알았다. 오산은 세 남녀의 협격에 말려 들어 어지러이 돌았다.

왜무사들이 사용하는 짧은 검은 날카롭게 벼려진 비수의 한 종류였다. 특이한 것은 접어서 손바닥 안에 감출 수 있다는 점이었다. 그들은 비수를 양손에 번갈아 옮겨서 오산으로 하여금 어느 손이 무기를 감추었는지 모르도록 하였다.

춤추듯 휘둘러지는 세 사람 여섯 개 손은 오산의 주위를 포위하고 수시로 빈틈을 노렸다. 특히 여자는 기회가 있을 때마다 비도(飛刀)를 날려서 방심할 틈을 주지 않았다.

오산이 고전하는 이유는 그 때문만이 아니었다. 대결을 지켜보는 선생과 여자의 배후에서 일단의 일본인 무사들이 나타났다. 저마다 당당한 체구의 무사들이었다. 선생의 곁에 있는 사람은 당쇠뿐이어서 선생의 제일 호종인을 자처하는 오산으로서는 선생의 안위가 걱정되지 않을 수 없었다.

일본인 무사들은 크지 않은 체구에 안광이 날카로운 노신사를 호위하고 나타나서 선생의 곁에 의자를 놓아 앉게 하였다.

"권법을 변형시킨 고무술일세. 오키나와의 고유 무술을 발전시킨 공수도의 하나인데, 단검을 들게 하니 위력이 한결 낫군."

노신사는 청하지 않은 설명을 했다. 그의 일본어는 카랑카랑한 목소리에 거침이 없었다. 통역은 예의 여자가 했다.

"이토(伊藤)일세. 만나보고 싶어 청했네. 저 친구는 선생의 호위역인 듯싶은데 실력이 상당하군."

문득 전장에 나타나 휴대용 걸상에 앉은 노신사는 혼잣말처럼 말했다.

"저 친구의 무술이 낯익은데, 짚이는 곳이 있나?"

이토로 자칭한 일본인 노신사가 호위역인 듯싶은 일행에게 물었다. 선생에게 대화를 청해 놓고 상대를 바꾸어 말을 이어가는 화법이었다. 일본인들 특유의 그러한 화법은 상대의 크기를 저울질하는 의미가 있었다.

선생은 박사에게 진작 이야기를 들어서 그를 만나게 될 것을 알고 있었다. 하지만 초청이 예고 없는 일방적인 것이었고, 직접적인 질문을 하는 것도 아니어서 다소간 당황한 것도 사실이었다. 선생은 응대를 삼가고 오산의 싸움을 지켜보았다.

오산은 여인의 명령을 받은 왜인 무사들에게 둘러싸여서 고전 중이었다. 열띤 공방전이 수십 합을 넘고 있었지만 적의 무기에 익숙해진 듯 공방이 조화를 이루어 패할 싸움은 아닌 걸로 보였다. 선생의 곁에서 무기를 잡고 있던 당쇠 역시 전장의 상황을 읽은 듯 숨소리가 고르게 변했다.

노신사의 혼잣말 같은 질문에 호위역인 듯싶은 화복 차림의 중년 무사가 답변했다.

"네고로 사이가 일파의 고무술과 관계있는 듯싶습니다. 문록·경장의 역 때 조선에 항복했다는 일파의 잔재인 것 같습니다."

호위무사 역시 상대를 의식하지 않고 말을 흘려보내는, 바람 같은 화법을 구사하고 있었다.

"네고로 사이가는 전쟁을 팔러 다니던 청부업자였다지? 재미있군. 본국에서는 이미 역사가 된 무술을 여기서 볼 줄이야……"

노신사의 혼잣말과 중년무사의 답변은 여자에 의해 통역이 되었다. 선생의 곁에도 일본어를 잘하는 김당쇠가 있었지만 여자는 전혀 의식하지 않고 뜻을 전달했다.

"예전에 어떤 선배가 당신네 나라를 치자고 하였을 때 반대표를 던진 적이 있소. 그 선배는 우리가 뭉치지 않으면 서양에 먹힐 거라고 하였지."

특별히 누구를 지적하여 하는 말이 아니었다. 하지만 선생은 노신사의 말씨가 자신에게 화살이 되어 던져지고 있음을 알았다.

"당신네 나라는 틀렸어. 우리가 들어오자 곧 고개를 숙이고 들어온 고관들이 얼마나 흔했는지 아나?"

노신사는 이런저런 전제 없이 바로 본론으로 들어갔다.

선생은 첫눈에 적의 크기를 알았다. 이 사람은 단단하다. 공격의 의도를 알면서도 화를 낼 수 없는 상대. 노신사의 비난하는 말에 선생이 반박하지 않는 이유였다.

"우리는 당신네 선조가 문명을 전해 주어 개명할 수 있었지. 우리네 역사서인 일본서기가 최근에 번역되었다기에 읽어보았는데 기사 절반이 조선반도와의 교역 이야기였네. 우리가 자부심을 갖고 있는 2500년 역사는 조선의 변방사(邊方史)에 지나지 않을지도 모른다는 생각에 모두들 언짢아했지."

노신사의 혼잣말 같은 사설을 들으며 선생은 백제서기를 떠올렸다. 백제서기와 칠지도 몇 자루를 당산마을 탈출할 때 갖고 나온 게 석 달 전의 일이었다.

"나 역시 놀랬던 사람일세. 국체가 흔들릴 만한 내용이라서 수정을 지시했어. 역사가 후손에 의해 만들어진다는 건 고래의 상식이니 부끄럽다는 생각은 없네."

선생은 백제서기의 한 장에 '대조선국의 단군이 왜왕을 봉하다'의 기사가 있었다는 사실을 떠올렸다. 백제국의 역대 임금은 단군을 자처하고 있었고, 의식용이나마 고조선의 명맥을 잇고 있었다.

"이 나라는 거듭나야 하네. 역성혁명 정도로는 안 돼. 한 차례 완전히 무너뜨린 후에 재건해야 해. 500년 폐해를 씻을 수 있는 방법은 극약처방 뿐, 지금의 반상제도를 타파하고 진정한

민의가 존중받는 나라를 만들어야 하네."

노신사의 목소리가 더욱 높아지고 언사가 공격적이 되었다. 선생은 자신이 시험을 받고 있다고 생각했지만 오히려 냉정을 지켜 노신사의 말뜻을 새겨듣고 있었다. 일시나마 단군의 위를 지켰던 사람으로서의 긍지는 적의 수괴를 만나자 더욱 굳어졌다.

백약이 무효인 중병에 걸린 나라, 조선의 형편이 그러하다는 건 이미 박사도 선생도 인정하고 있는 사실 아니던가. 선생 스스로 세상을 바꾸어 보겠다고 동학의 무리와 함께 전장에 섰던 경험이 있던 터라 이 나라가 앓고 있는 병이 어느 정도인지 실감하고 있었다.

그렇더라도 적에게서 비아냥거리는 말을 듣는다는 것은 즐거운 일이 아니었다.

"새로운 역사를 만들어 나가는 일에 조상의 후광을 빌리는 건 바람직한 일이 아닐 걸세. 허나 나라가 강해지기 위한 방편으로 역사의 유연함이 필요할 때, 그렇게 하는 것도 필요악일 수 있다고 생각하네."

선생은 노신사의 '필요하면 고쳐 쓸 수도 있다.'는 역사관에 일침을 가하고 싶었지만 반박하지 않았다. 이미 말로써 해결할 수 있는 일이 아니었기 때문이었다.

"최근에 한 가지 유쾌하지 못한 보고를 받았네. 300년 전 타이코우(太閤)의 원정군이 찾지 못했던 물건이 잠깐 나타났었다고 하더군."

노신사가 백제서기의 행방을 간접적으로 물었다. 물론 선생은 알려 줄 생각이 없었다.

노신사는 선생의 표정에 변화가 없자 다시 이야기의 방향을 돌렸다.

"영국이라는 나라가 있네. 아마 현재의 세계 제일 강국일 걸세. 그 나라는 왕의 위에 법이 있다네. 우리는 그 길을 가기로 했고, 이미 성과를 보고 있네."

노신사가 말하는 정치체제에 대해서는 스승에게서 들은 바가 있어 선생은 잠깐 눈을 감았다.

'근세에 이르러 서양의 몇 나라가 취하고 있는 주의는 수천 년 전 묵가(墨家) 일파가 주장했던 사상의 구현인 셈이라 새삼스러울 것도 없다. 헌데 그들은 실제로 옮겼고, 동양은 말잔치로 끝냈을 뿐이다.'

스승의 뜻은 이 땅에 민의가 우선인 사회를 만드는 데 있다고 선생은 생각했다. 일본이라는 나라는 한 발 앞서 그걸 흉내내고 있다는데 필히 살펴 볼 일이었다.

"전장이 재미있군."

노신사가 다시 대화의 방향을 돌렸다. 그는 시종 연무장의 드잡이에 시선을 두고 있었다. 이는 선생 역시 마찬가지여서 두 사람의 대화는 전투의 여담인 셈이었다.

오산의 싸움에 주목할 만한 변화가 일었다. 여인이 입으로 부는 화살로 오산의 눈을 노려 기습했고, 순간적으로 고개를 돌려 피한 오산은 얼굴을 스친 화살에 자극을 받아 짧은 창둘을 꺼내 풍차처럼 돌렸다.

여인의 취시(吹矢)는 바늘처럼 작은 극소암기였기 때문에 기척 없이 다가왔는데, 오산은 한 쌍의 단창을 돌려 암기를 막으며 그 기세로 여인에게 육박해 들어갔다.

"그만!"

외마디 소리와 함께 적의 가세가 있었다. 여인의 머리가 오산의 단창에 의해 위협받는 걸 본 두 일본무사가 단검을 날려 오산의 등을 노렸다.

순간적으로 몸을 돌린 오산의 단창은 적의 비검을 퉁겨내어 각기 온 곳으로 돌려보냈다. 기습을 했던 비검이 돌아오는 것을 방비하여 무사들은 한 발짝씩 물러났고, 오산은 그 기세로 적을 덮쳐 창을 내질렀다.

선생은 그 모습을 보면서 문득 예전 일이 떠올랐다.

"침검이라고 하더라. 어느 때 우리 선조가 왜적의 땅에 있을 때 서양무술의 달인을 만나 대결을 했는데, 그가 쓰던 날카로운 찌르기 기법에서 교훈을 얻어 발전시킨 검법이라고 하였다. 혹 필요할지 모르니 눈여겨 보아두어라."

스승에게서 무예를 배울 때 선배제자 한 분이 처음 보는 검법을 시연해서 보여주었다. 끝이 뾰쪽하고 가벼운 검으로 빠르게 찔러대는 기법은 눈에 보이지 않을 만큼 많은 공격을 순간적으로 펼치고 있었다.

하나의 칼끝이 수십 개의 급소를 동시에 노리고 폭풍처럼 연속으로 찔러 오는 공격법에 선생은 감탄을 금할 수 없었다. 그런 선생에게 예의 선배가 다시 일침을 가했다.

"우리 선조는 부질없는 노력이라고 하셨다. 그토록 현란하게 침검을 구사하던 서양무사가 불시에 날아온 총탄에 최후를 맞더라고 하시더라."

선배의 말은 시대를 망라한 전쟁론이었다. 문명은 전쟁의 방법을 바꾸어 놓았다. 총기의 성능이 인간의 약삭빠름을 앞선 이후, 국가 간의 전쟁에 개인의 전투 능력 따위가 영향을 미칠 일은 별로 없었다.

'스승님은 세기(細技)에 능한 자는 대국을 보지 못한다고 하셨었지.'

나무를 보지 말고 숲을 보라는 말도 있지 않던가. 눈앞에 적의 수괴를 두고 작은 싸움에 구애받고 있는 건 아니다 싶었지만, 오산의 싸움에 관심이 가는 건 어쩔 수 없었다.

노신사의 목소리가 다시 들려왔다. 두 사람에게 장안의 전투는 지엽적인 일이었다. 보다 큰 전투는 이제부터인 것이다.

"우리가 얻은 것을 이웃에 전하려는 노력에 약간의 사심이 있었던 건 부인하지 않겠네. 우리가 섬나라라는 한계 상황에 있음은 부인할 수 없느니만큼 활로를 대륙에 두는 것도 피할 수 없는 길이겠지. 허나 서양에 먹힘을 당하지 않는 아시아를 만들겠다는 충정만은 거짓이 없네. 일본과 조선과 중국은 예로부터 한 문명권의 이웃사촌, 우리가 뭉치지 않으면 서양 제국주의에 먹히고 마네. 인도를 보시게. 영국이라는 나라의 식민지가 되어 몇 억의 인구가 목숨만 이어가고 있다네."

'영국의 국체가 모범적이라고 하더니…….'

선생은 노신사의 말에서 허점을 찾아내고 냉소를 지었다. 노신사가 변명하듯이 말을 이었다.

"서양 제국주의 국가의 국체는 국가제일주의일세. 영국이라는 나라가 일반 시민의 정치참여를 허용했다 하지만, 자국의 이익을 위한 정치일 뿐 식민지에게까지 호의를 보이지는 않네. 하물며 인종이 다르고 언어와 풍속이 다른 동양인에게까지 나누어 줄 인권은 전혀 없다고 보아도 좋네."

'그렇다면 그 영국의 제국주의를 흉내 내어 나라를 개조했다는 당신들의 의도는 뭡니까?'

선생이 묻지는 않았지만, 노신사는 그러한 질문을 받은 양 대답을 쏟아냈다.

"우리 일본국은 동양평화론, 아시아공영주의, 대동아합중국 등으로 주의가 많은 나라라네. 허나 자세히 들여다보면 각기 다른 주장을 하고 있는 듯 보이지만 '동아시아가 하나가 되어 서구에 대항하는 것만이 피부빛깔이 노란 인종이 살아남을 수 있는 길이다'라는 뜻은 같다는 걸 발견할 수 있네. 그 주체에 우리 대일본제국이 있어야 한다는 건 민족적 자긍심에 준한 오만으로 보고 이해하면 될 걸세. 공의 나라가 우리보다 국력이 우위에 있어 동아시아 통일의 주체가 된다한들 역시 같은 논리로 받아들일 수 있겠지. 힘을 합치세. 잘 생각하셔서 답변을 주시게."

선생은 일본이 동양의 제국주의 국가로 변신하고 있다는 사실을 스승과 선배들에게 배워서 알고 있었다. 그들은 오랜 봉건시대를 끝내고 개화를 이룬 여세를 빌어 이웃나라를 집어삼키고 있었고, 이미 중국 땅의 일부였던 대만을 식민지로 거두고 있었다.

'이제 우리나라의 차례인가?'하는 생각으로 울화를 끓이던 중에 문득 일본 유학을 다녀 온 선배제자에게서 들었던 말이 떠올랐다.

"태생부터가 침략주의로 만들어진 나라였네. 섬나라라는 한계상황이 주체 못할 힘을 가졌을 때 폭발할 곳이 어디인가는 자명하지 않겠나?"

예의 선배는 결론을 만들어 두고 있었다. 그리고 그 결론은 지금 일본인 노신사의 입을 빌려 전해지고 있었다.

"당신네 나라의 정부는 틀렸어. 우리가 들어왔을 때 고개를 숙이고 힘을 빌리러 온 고관들이 얼마나 흔했는지 아나? 스스로 깨어나지 못한 나라에 강한 외세가 들어갔을 때의 결과는 가까운 이웃에 좋은 표본이 있네."

노신사가 말하는 가까운 이웃이란 중국이었다. 선생이 세계 굴지의 강국이었던 청나라가 망하고 새로운 세력이 등장하는 경과를 보려고 대륙을 여행하고 왔던 게 두 해 전의 일이었다.

"그래도 그들은 일어날 걸세. 워낙 역사가 깊고 땅덩어리가 크니까. 조각조각 쪼개어 나누어 갖자는 게 서구 여러 나라의 희망이기는 하지만 쉽지 않겠지. 저들의 민족주의가 소위 중화사상으로 엄존하고 있고, 무엇보다도 우리 일본이 수수방관하지 않을 터이니."

담담하게 말하던 노신사의 목소리에 힘이 실렸다.

"허나 그대들의 나라는 달라. 우리 군대 1개 사단이면 점령될 허약한 나라에서 목소리만 높은 정치꾼 나부랭이들이 자기 권리만 지키겠다고 꼬리를 흔들고 있는데 온전히 보전될 리 없지. 당장 북쪽의 시커먼 곰이 노리고 있다는 것쯤은 알고 있을 터, 그나마 선의를 갖고 그대들 나라가 올바로 서기를 기다리는 건 우리 일본국뿐이라는 사실을 전하고 싶네."

선생은 노신사의 말을 들으며 오산의 싸움을 지켜보았다. 전장의 싸움은 결과가 보이고 있었다. 오산이 단창의 장점인 찌르기의 묘법을 살려 전장을 주도하고 있었다.

오산과 겨루는 세 남녀 일본 무사의 손목에는 단창에 찔린 상처가 여럿 보였다. 오산의 양보로 아직 손속을 맞추고는 있었지만, 대결은 선생과 노신사의 대화가 끝나기를 기다리는 예의 지키기에 지나지 않았다.

"제가 나서겠습니다."

노신사의 등 뒤에서 호종을 하던 화복 차림의 호위무사가 낮게 허락을 구했다.

노신사는 엷게 미소를 지으며 손을 들어서 전투를 멈추도록 했다.

"이미 진 싸움일세. 조선국과 우리는 아직 긴 여정을 남기고 있네. 이만큼의 숨은 실력을 갖추고 있다는 사실이 고마울 뿐, 일합의 승패 따위에 연연하지 말기로 하지."

싸움을 멈춘 네 사람이 각기 모시는 사람의 뒤로 물러나자, 노신사는 오산에게 눈길을 두고 물었다.

"공은 좋은 수하를 두셨군. 300년 전의 싸움에서 말고삐를 고쳐 잡은 기슈(紀州) 사이가(雜賀) 무사의 일맥일 거라고 하던데, 틀렸는가?"

300년 전 임진·정유년의 왜란 때에 귀화한 일본인 무사 중에 알려진 사람으로는 사야가(沙也可) 김충선(金忠善)과 그와 함께 의령전투에서 활약한 손시로(孫時老) 등이 있었다.

그들 알려진 사람 외에도 많은 일본인들이 조선에 귀화하여 살았다. 선생은 오산의 무술이 예사롭지 않음을 알고 있던 터라 출신에 의문을 가진 적이 있었지만 구태여 묻지는 않았었다. 이제 뜻밖의 곳에서 언급이 있자 잠깐 눈길을 주어 답변을 허락했다.

"조상의 땅으로 돌아온 것뿐입니다. 우리 일족은 본래 백제국의 싸울아비였습니다."

일본 무사의 명칭 사무라이는 원래 백제국의 싸울아비가 변한 이름이라고 하였다. 선생은 오산이 당산마을 사람들을 낯설어 하지 않았음을 떠올렸다. 1000년 전 멸망한 백제국의 유민들이 일본의 개명을 도운 일이야 역사에 널리 알려져 있었고,

이제 그 후예가 또 다른 사연을 안고 적과 싸운 것이다.

"저쪽 무사와 손속을 나누고 싶습니다."

짧은 답변 후에 오산은 선생 앞에 나서서 청원했다. 거의 동시에 노신사의 호위무사도 앞으로 나섰다.

"고수는 고수를 알아본다더니, 이미 기세를 겨루었군. 이 친구는 내 정적이 호위역 명분으로 붙여준 자객일세. 사스마의 정종 무술을 이었다지? 서로 좋은 적수가 될 듯싶군. 헌데 내가 예정이 있어 더 머물 수 없으니, 두 사람의 겨룸은 다음으로 미루는 게 좋겠어. 두 사람만이 후련하게 싸울 기회는 앞으로도 많을 걸세."

노신사가 만류했고, 선생도 눈짓으로 오산을 제지했다. 이제 한 싸움을 이겼지만 앞으로도 일본과의 싸움은 첩첩할 것이었다.

"나라를 바꾸시게, 우리가 그랬듯이. 지금의 조선나라로는 어려울 것 같더군."

노신사가 남긴 마지막 말이었다. 선생은 시종 입을 열지 않은 채 차가운 눈빛으로 고개만 살짝 숙여 작별인사를 건넸다.

노신사를 호종하던 남녀 중 여인이 돌아보고 있었다. 어느새 차림새를 고쳐 입고 나온 여인은 이제까지의 이미지와는 다른 신여성이었다.

선생은 새삼스레 여인을 달리 보았고, 선생을 보는 여인의 눈에도 선망의 빛이 보였다. 노신사는 이례적으로 그 여인만은 인사를 시켰다.

"양녀일세. 조선인이지. 버려진 아이를 내가 거두었지. 조선은 사람을 아무렇게나 버리네. 허나 우리는 달라. 거두어 쓸 줄 아네. 공은 현명한 사람이니 어느 길이 조선 사람들을 살리는 길인지 헤아릴 줄 믿네."

여인은 몸을 엎드려 일본식의 인사를 차린 후 선생을 안내하고 나섰다.

"교오(京)라고 합니다. 가실 길을 안내하겠습니다."

여인은 자기소개와 함께 명함을 내밀었다. 여인이 전해 준 명함은 노신사의 것이었는데, 성은 이토(伊藤)라 하였고, 일본국의 총리대신을 역임한 자라고 하였다.

"일본인들은 본마음을 보이지 않습니다. 선생을 해하지 않는 이유에 선의가 있다고는 생각지 마십시오."

여인이 선생을 여인이 왜관 밖으로 안내하며 말했다. 은근함이 깃들어 있어 선생의 방심을 불렀다.

"일본인들의 편을 드는 이유를 물어도 괜찮겠소?"

여인은 선생의 질문에 빠른 말로 내뱉듯이 답했다.

"조선은 나를 버렸습니다. 그분은 딸로 맞아 주었습니다. 제가 누구를 택하겠습니까?"

여인의 얼굴에 고뇌의 빛이 스쳤다.

선생은 질문을 계속하지 못했다. 필시 말 못할 고초를 겪었으리라. 일본인들의 양녀 양부 관계는 정략적인 경우가 많았다. 철저한 계산 아래 이해관계를 따져서 맺어지는 부녀에 무슨 정이 있을까마는, 여인은 양부를 두둔했다.

"조선은 그를 두려워해야 합니다. 그는 일본 제일의 일본인입니다."

경고일까? 여인은 그 말을 끝으로 안내를 마치고 왜관 안으로 사라졌다.

"그 여인이 사형께서 말한 기자였습니까?"

훗날 선생이 물었을 때 박사가 말했다.

"어찌어찌해서 연이 닿았네. 내가 약간의 도움을 준 적이 있는데, 그걸 은혜로 알고 갚겠다더군. 핏줄이 동했던 거지. 가끔 기사거리를 주더군. 기사를 쓰지 않는 기자. 정보원 정도라고 해야겠지만, 기자란 본래 정탐이 발전한 것이기도 하니 역시 기자일 걸세."

선생은 박사의 말 중에 '핏줄이 동했다'는 부분에서 특별히 울림이 컸다. 300년 전 오산의 선조들도 핏줄이 동해 조선 땅을 택했으리라 싶었다. 천 년 전에 멸망한 나라의 유민이 고향에 돌아왔을 때의 감동이 항왜(降倭)라는 굴레를 받아들이게 하지 않았을까?

오산 일가가 왜적에게 보이는 적의는 평범한 것이 아니었다. 항왜의 후손으로 무엇을 앙금으로 가졌기에 저러할까 싶어 선생은 경기 오산 김삼척 가문의 숨은 이야기에 가슴이 아렸다.

◇　◆　◇

1898년의 마지막 달을 알리는 눈송이가 바다를 덮고 있었다.

해가 바뀌면 기해년(己亥年), 선생의 삼남 유력은 해를 넘기고 있었다. 한 치 앞도 보이지 않을 만큼 내리는 함박눈의 세계 속에 일인들의 철선만이 우뚝했다.

왜적과 크고 작은 싸움을 벌여 패한 적은 없었다하나 적의 크기를 실감한 한 해였다. 당장 마산포 앞바다를 호령할 듯이 뱃고동을 울리며 정박해 있는 왜선들의 위세만으로도 조선해군 전부를 압도할 만하였다.

힘을 길러야 한다. 힘이 뒷받침되지 않는 국력은 구름이 그리는 그림일 뿐이었다. 당장 왜적의 포함 몇 척에 나라가 강제로 개항되지 않았는가.

적괴 이토를 만나고 나온 선생은 눈이 내리는 남해바다를 보며 입술을 깨물었다. 300년 전 이 바다에서 이충무공 휘하의 조선해군은 왜적을 쳐서 침략 야욕을 꺾었는데, 후손된 우리는 지금 무엇을 하고 있는가.

선생의 감회가 깊은 시름으로 변할 때 심뇌를 끓이는 이는 또 있었다. 선생 수하의 두 사람, 오산과 당쇠 역시 저마다의 사연을 새기며 왜적에 대한 적의를 불태우고 있었는데, 특히 오산은 이토의 호종 무사와 차후의 상면을 약조한 터라 결의가 남달랐다.

"항왜의 후손은 이방인으로 수모를 겪는다 들었소. 이제라도 돌아오지 않겠소?"

"선조께서 핏줄이 동해 하신 일, 내 조국의 마소가 될지언정 당신들에게 굽힐 일은 없을 것이오. 바랄 것은 소문 높은 사스마 무사와 장단을 겨루는 일 뿐, 날짜를 잡아 주시오."

"네고로 사이가 일파가 조선에 전한 고무술 후계자와의 겨룸은 나도 바라는 일, 훗날 길일을 택해 두 사람만의 시간을 갖기로 합시다."

"고맙소. 그럼 차후에!"

"차후에!"

민국民國에의 길

> 성인은 세간(世間)과 출세간(出世間)을 동시에 성취하는,
> 초세간(超世間)을 지향하는 사람이다. 초세간이란 출세간
> 을 지향하면서도 세간에 살고 세간을 지향하면서도 세간
> 을 초월하는, 초월과 일상을 하나의 차원에서 성취하는
> 사람이다. 참된 사람은 초월적이면서도 현실적이어야 하
> 고 현실적이면서도 초월적이어야만 한다는 뜻이다.

이게 무슨 소리인가. 스승은 내게 무엇을 원하시는가.

박사가 전한 스승의 편지를 받아들고 선생은 잠시 침묵 속에
빠져들었다.

혼돈의 시대에 태어난 값으로 죽음을 두려워하지 않고 대의
의 길을 걷고 있다고 자부하였다. 서너 해 전만 해도 평범한 일
상 속에서 행복을 찾고 싶었던 시정의 한 남자가 되는 게 천분
이리라 생각하고 살았던 잡배였는데, 어찌타 여까지 왔는가 싶
었다. 마음에 맞는 상대와 결혼을 하여 아이를 낳고 다음 대의
행복을 위해 열심히 일하는 상상을 하며 '행복은 이러한 것이
다' 다짐하지 않았는가.

시국에 등 떠밀려 세상 밖으로 나선 뒤 스승의 명을 받고서 청국의 문물을 보고 왔다. 종이호랑이로 변한 대국의 허실이 가슴을 쳤고, 영토나마 풍부히 갖지 못한 반도국에 사는 처지로 나라의 작고 힘없음을 한탄하며 남도의 동학도를 찾았던 게 세 해 전의 일이었다.

동학의 최연소 접주가 되어 도인들과 함께 해주성을 공격하던 차에 일개 소대급의 일본군에게 일패도지하여 힘의 강약에 대해 회의를 갖게 되었다. 게다가 동학도의 동지로 믿고 있던 또 다른 동학군에게 배신을 당해 단신으로 피신을 하면서 진정한 힘은 어디에서 나오는가 고민이 많았었다.

베게 위에 머리 두고 죽을 팔자는 못된다며 집을 뛰쳐나온 건 스승의 가르침을 잊은 치기였지만, 일생을 결정지은 사건을 만들었다. 패전을 했을망정 일개 부대를 거느렸던 신분이고, 문무의 두 스승과 정신적 대들보인 안치훈 진사까지 여러 어른들이 자중자애 하여 힘을 기르라 하였다. 그런데 일순간의 분함을 참지 못하고 치하포에서의 사단을 만들었던 것이다.

그 일로 인해 관에 잡혀가 죽음을 기다리는 극한의 시절을 거쳤다. 여러 어른들의 가호로 옥에서 놓여날 수 있었지만, 그간의 행실에 후회가 많았음도 사실이었다.

왜적의 간자를 처단했다 하나, 일생 꼬리표로 따라다닐 살인자의 이름은 자신의 크기를 결정지은 증표가 되어버렸다. 인천 경무청 옥중에 수감되어 죽음을 기다리던 중에 많은 친구들을 사귀었고, 세상 밖에 또 다른 세상이 있다는 것을 배우게 되었음은 그 나마의 다행이었지만, 한때의 혈기를 참지 못해 한 인생을 끝낸 데 대한 회한은 번뇌로 작용하여 피난처를 찾도록 하였다. 행자승을 흉내 내고 있는 이유는 그 때문이었는데, 이제 스승은 제자의 나태를 꾸짖고 계신 것이다.

선생은 계절을 한 차례 흘려보내고 태화산 기슭 마곡사의 한 암자를 거처로 삼았다. 스승이 권하는 세간과 출세간을 아울러 사는 초세간의 인간이 될 가망을 시험해 보고 싶은 욕심까지는 없었지만, 기왕 절집에 들었으니 어느 결에 떠올라버린 자신의 위치를 뒷받침할 마음자세는 경험해보고 싶었다.

얼결에 머리를 밀고 원종이라는 법명을 받았을 때의 선생은 그러한 처지에 있었다.

"원종아. 물통 비었다. 물 길러다 채워 놓아라, 빨래는 왜 밀려 놓고 있느냐?"

마곡사에 적을 둔 후 가장 많이 듣는 말이었다. 은사 하은당은 시시콜콜 살아가는 지혜를 일러준답시고 잔소리를 해댔다. 절집의 일상이라는 게 세속에서의 그것과 같지 않아서 가뜩이나 서툴던 것이 어느 결에 수월해진 걸 보면 잔소리의 효과가 있는 것만은 틀림없었다.

기왕 절집에 들었고 백두로 밀었으니 한 소식 해보자는 마음으로 토굴에 들어간 지 여섯 달, 나날이 커가는 잡념에 갈데없는 세속 잡배임을 실감하던 차에 문득 전해 받게 된 스승의 편지는 한 모금의 감로수였다.

책상물림들의 논리에도 취할 점은 있다더니 주(朱) 아무
개의 글에서 본 내용이 신통하기로 옮겨 보았다. 스스
로 택하여 처세하되 참고는 될 것 같다.

홀로 산속에 박혀 고승입네 하는 것들을 크게 보지 않
았듯이 매명을 일삼는 유학자 무리도 하찮게 보았는데
국난에 떨치고 나선 삼남의 도포짜리들을 만나고 생각
을 바꾸었다.

그들과 힘을 합쳐라. 그들 역시 이왕가(李王家)로서는 나
라의 명운을 잇기 어렵다는 걸 알고 있지만, 500년 의리
를 떨치지 못하여 무리를 거듭하더구나. 이제 왜척의 힘
이 성하여 끝을 볼 날이 멀지 않았으니, 그때 이후의 대
비에 반상과 당파가 있을 수 없음을 명심해라.

있을 자리를 몇 곳 보아두었으니 형제간에 의논하여 힘
을 기르도록 해라. 이만한다.

문장은 간략했지만 품고 있는 뜻은 감당할 수 없을 만큼 컸
다. 세간과 출세간의 사이에서 성인의 길을 찾으라는 명령이었
고, 이 나라의 마지막 남은 힘을 배경으로 줄 테니 반상과 당파,
귀천을 가리지 말고 힘을 모아 왜적을 치라 하시는 것이었다.

선생은 스스로 사명을 따를 그릇이 아니라고 보았다. 은사
하은당의 간섭에 매번 화들짝 반응하고, 절집의 여일한 일상
에마저 의미를 두려하는 자신이 너무 작고 하찮게만 느껴졌기
때문이었다.

번뇌를 끓어 깨어나고 잠을 청해 잊히기를 반복하던 어느
날, 홀연히 찾아온 박사가 말했다.

"독립협회가 할 수 있는 일은 한계가 있네. 신문을 내고 강연회를 열어 계몽운동을 하고 있지만, 이 땅의 지식인이란 본래 주자학을 정학으로 알고 배웠던 사람들 아닌가? 어느 만큼의 충효사상에 물들어 있던 부류들이니 구태여 앎을 더한들 사상이 바뀔 리 없네. 오히려 필요한 곳은 바람 부는 대로 흔들리는 민초들인데, 낫 놓고 기역자도 모르는 사람들이 대부분인 그들에게 어려운 문체로 도배한 독립신문을 들이댄들 소귀에 경 읽기일세. 아마 한 사람의 의병이 하는 만큼도 도움을 주지 못하겠지. 방법이 있다면 종교일 걸세. 동학의 기세가 그나마 나라를 바꿀 수 있었는데, 청나라와 일본 양국의 파병을 부른 결과가 되었으니 유감일세. 하지만 실패는 곧 교훈일 터, 이제 우리가 바라고 나갈 지표가 밝혀졌네. 바로 독립일세."

이 나라의 명운에는 희망이 없으니 새로운 나라 건설에 미래를 걸어야 한다는 뜻이었다. 개혁에 뜻을 두고 일으켰던 정변이 실패로 돌아간 후 태평양 건너 이국땅에서 망명생활을 한 지 여러 해, 박사는 자유의 본향을 보고 온 터였다.

"독립협회는 대동계와 닿아 있네. 그곳 출신 인사들이 다수 참여하고 있지. 대동계는 본래 이씨 왕조에 실망한 사람들의 모임, 이 왕조의 흥망에 관여하지 않기로 하였네. 그렇다고 왜인들 따위에게 나라를 넘길 수도 없으니, 진정한 민초들의 나라 건설, 즉 민국(民國)의 건국을 목표로 나가기로 하였네. 사제는 새나라 건설의 초석이 되어야 하네."

박사의 말은 스승의 말씀에서 벗어나지 않은 미래상이었다.

부산포의 왜관에서 만나보았던 적 수괴가 말한 미래의 나라보다도 한 발 앞선 체제를 박사는 권하고 있었다.

"내가 공부한 나라의 체제가 그러했네. 피부 빛깔이 다르고, 차지한 부의 크기가 같지 않지만, 똑같은 권리를 누리는 시민들이 주인인 나라, 우리가 나아갈 길이라면 그 길뿐일 걸세."

◇　◆　◇

마곡사에 적을 두고 법호를 받은 후 노스님의 안배로 토굴 암자에 박힌 지 여섯 달, 선생은 스승을 대신한 박사의 방문을 맞았다. 진작 수구파 대신들의 모함으로 추방령이 내려졌던 박사는 미국행의 여로 중에 사제를 찾아 스승의 편지를 구두로 전했다.

"내 전날 대륙을 다녀오라고 한 적이 있다. 청나라를 어떻게 보았느냐?"

스승의 목소리를 대변하여 편지를 전하는 박사의 목소리는 낮게 잠겨 있었다. 일생을 바쳐 나라의 명운을 지탱해 줄 인재를 길러온 스승으로서는 제자에게 권한 세상구경의 결과가 밝지 못함을 안타까워하신 탓일 것이다.

"이미 기운이 다한 나라였습니다."

선생은 돌아보지도 않고 답을 올렸다. 선생의 답변 역시 밝지 못한 것은 마찬가지였는데, 희망 없는 나라의 미래를 짊어지라는 사명을 받들어 삼남을 둘러본 후의 대화이니 무거울 수밖에 없었다.

노스승과 선생은 만남부터가 예사롭지 않았다. 초립동이를 갓 벗어난 몸으로 해주감영의 향시를 본 직후 선생은 스승을 만났다.

노스승은 향시에서 책보따리를 던져버린 학생이 있다는 소문을 듣고 어려운 걸음을 하여 물으셨다.

"그래, 성취가 있더냐?"

"제 길이 아니라고 깨달았습니다."

초립동이를 갓 벗어난 어린 것이 과거를 보았다는 게 신통하던 시절의 일이었다. 몰락한 양반의 아들이 신분상승의 기회를 노려 책씻이를 수십 번 한 끝에 과거시험을 보았는데, 첫 시험에서 모든 것을 팽개쳤던 것이다.

"처음부터 당락이 결정되어 있었습니다. 반듯한 가문의 자제이거나 한 재산 바칠 수 있는 부농의 자식이 아니면 통과할 수 없는 관문이었습니다."

조선조의 과거가 진흙탕이 된 지는 이미 오래였다. 한때 명문가였음을 자랑삼던 젊은이가 옛 영화를 꿈꾸어 도전했던 향시는 그렇게 절망을 주고 끝이 났다.

"몹쓸 세상이구나. 새로운 세상을 열 수 있는 방법이 있다면 배워 보겠느냐?"

홀연 만난 노스승은 그렇게 물었고, 어린 선생은 기꺼이 뒤를 따랐다.

그리고 몇 해, 스승의 안배는 모든 곳에서 완벽했다. 스승의 문하에 들어 무예를 익힌 후 명을 따라 대국 청나라의 민심을 보러 떠난 길은 중화의 전통 무술을 배우는 길이기도 하였다.

"내가 말한 진인은 만나 보았느냐?"

"기를 다스리는 방법을 배웠습니다. 다른 무술은 실전적이 아닌 듯해 형식만 익혔습니다. 청국은 나라 형편이 그러한 만큼 무술들도 혁신이 필요할 듯 보였습니다."

선생의 목소리에는 얻은 바가 있음을 나타내는 자신감이 배어 있었다. 스승은 제자의 소득에 만족하며 다음 명령을 내렸다.

"적을 알지 못하면 나를 알지 못한다. 마곡사에 있는 동안 왜나라를 보고 오너라. 저들의 허실을 알아두는 건 훗날을 대비하여 반드시 해야 할 일이다."

선생은 차분한 안색으로 명령을 접수했다. 스승을 대신하여 말씀을 전하던 박사는 시종 변치 않는 언사로 다음 행보를 지시했다.

"하은당에게는 진작 언질을 두었다. 용담과 보경당은 40년 지기이니 따로 말하지 않아도 네 뜻을 알게다."

하은당은 마곡사에 적을 둘 때 은사로 모신 분이요, 용담스님은 수계사로 머리를 깎아 주신 분이셨다. 스승과 친분이 깊은 이는 절 안의 큰스님 보경당으로, 옛 친구의 제자를 가장 사랑하는 분이기도 하였다.

선생은 두 분 큰스님을 만나 하직 인사를 드렸다.

두 분은 허허 웃으실 뿐 특별히 당부가 없으셨다. 평소 "원종아, 물통 비었다. 길러다 채워 놓아라, 빨래는 왜 밀려 놓고 있느냐"하시며 짓궂게 굴던 은사 하은당은 한 재산 듬뿍 나누어 제자의 뜻을 도왔다.

남도를 돌아 뱃길을 알아보는 도중에 행로에서 만난 선배제자 혜명이 두 분 노스님의 말씀을 따로 전해 주었다.

"잘 다녀오시게. 중들의 말 몇 마디로 바뀔 인생이라면 살아온 날도 보잘 것 없었음의 증거. 그대야 어찌 그런 그릇인가. 스스로 깨치고 오시게. 그 옛날 원효스님이 도를 이룬 후 세간에 사신 이유는 스스로 지옥에 가고자 하심이었다네."

말씀을 전하는 선배제자의 목소리는 맑았다. 손수 머리를 깎아 주셨던 노스님들은 그렇게 말씀을 남기시고 운수행각에 나서셨다 하였다.

두 분 노스님은 선생의 머리를 깎고 중으로서의 법명을 주었지만 비구계를 베풀지는 않았다. 이 유별난 제자가 세상과의 인연을 떨칠 수 없는 운명이라는 사실을 짐작하신 처사일 것이었다.

스승을 대신하여 사명을 전한 박사는 약관의 사제를 위해 이국행 배편을 안배하여 두었고, 길잡이가 될 사람을 만날 기회를 마련해 두고 있었다.

"독립협회의 인사 하나가 독립신문의 도쿄 주재기자 자격으로 일본에 가네. 그는 자칭 만년 학생인 신사인데, 사제보다 두

살 아래이지만 학문에 있어서나 인품에 있어서나 사제와 나의 윗길에 있는 선비로서 학생을 자처하는 이유가 가볍지 않으니 살피도록 하시게."

◇　◆　◇

부관연락선이 정기항로를 열기 전이었지만 일본을 가는 배편은 많았다. 선생은 오산과 당쇠를 거느리고 일약 부산포에 닿아 적국 일본행의 장도에 올랐고, 승선한 배의 갑판에서 박사가 말한 만년학생을 만났다.

"공은 우리가 처한 문제를 해결하기 위해서 당장 급한 일이 무엇이라고 생각하시는지요?"

만년학생은 수인사를 마치자마자 바로 질문으로 들어갔다. 그는 이지적인 용모를 갖춘 전형적인 조선 선비로서 진심으로 나라를 걱정하고 있었다.

"힘을 갖추는 일입니다. 왜적에 대항할 수 있는 힘. 장기전을 대비한 지칠 줄 모르는 힘. 힘을 갖추기 위해서는 무엇을 해야 할까요?"

자문자답으로 폭풍처럼 쏟아내는 만년학생의 화법에 선생은 절로 한 통속이 되어 머리를 조아렸다.

"배움입니다. 조선 밖 세상의 학교들은 하루가 다르게 새로운 교육방식으로 신문물을 전하고 있는데, 우리는 아직도 하늘 천 따지를 배우는 서당에 머물고 있습니다. 신식학교를 세우고 새로운 문물에 적응할 수 있는 신지식을 배우게 하는 것, 우리가 시급히 해결해야 할 문제입니다."

선생이 열의를 가지고 듣고 있음에 만족한 만년학생은 결론을 내렸다.

"나 하나를 건전한 인격으로 만드는 것부터 시작하라고 가르쳐야 합니다. 나부터 몸과 마음을 건전하게 개조한 후에 남을 바꾸어야 해요. 그게 내가 남보다 먼저 학생이 되어야 하는 이유입니다."

만년학생의 열의에 끌려들어간 선생은 평소의 생각을 밝혔다.

"옛 성현의 말씀에, 배움은 가르침이고, 가르침은 배움이라 하셨지요."

"맞습니다. 배움이란 시작은 있으되 끝이 없는 영원한 것입니다. 조금 앞선 자와 뒤따르는 자가 가르치는 이와 배우는 이로 혼조 되어 성취한바 지식을 주고받을 때, 500년 신분사회에서 벗어나 옛 조상이 전하신 만유공영(萬有共榮)의 세상이 이루어질 수 있어요."

나이는 동배이나 학문과 경륜이 반 배분쯤 윗길인 만년학생의 웅변에 깊이 감복한 선생은 허리를 굽혀 스승을 대하는 예를 차렸다.

"해서의 김창수, 학문이 천박한 잡배이지만 선배로 모실 테니 괘념치 마시고 이끌어 주십시오."

'스승과 제자의 구별이 없는 학교'를 주장한 만년학생 역시 동년배의 괄괄한 남자가 남다른 성취를 이룬 인물임을 알아보고 스승을 대하듯 예를 차렸다.

"다 같은 단군의 자손, 우리가 형제 됨은 하늘의 뜻입니다. 많은 도움 부탁드립니다."

선생을 호종하여 함께 일본행을 하고 있는 오산과 당쇠도 허리 굽히기 운동에 동참하여 한 동안 증기선의 갑판 위에서는 네 조선인이 서로 겸양하는 진풍경이 벌어졌다.

이날 일본행 증기선 갑판에서 맺어진 두 거인의 인연은 죽음이 갈라놓을 때까지 함께 했다. 훗날 오산이 전한 기록에 의하면, 그날 김구가 만난 사람은 도산(島山) 안창호였다.

열도 종횡

적국의 땅에 상륙하는 제자에게 전한 스승의 명령은 '보라!' 는 것이었다. 선생은 그 말씀을 '적의 모든 것을 이해하고 오라!'로 받아들이고 일본의 모든 분야를 머릿속에 넣었다.

부산포에서부터 함께 배를 타고 온 만년학생은 열도에 닿은 즉시 일본의 교육체제를 연구하겠다고 떠났다. 소위 명치유신 으로 정비된 일본의 사회체제는 본받을 만한 게 많았는데, 서구식의 의무교육을 제도화한 교육체계는 특히 만년학생이 부러워하는 분야였다.

흑선 내방으로 인한 강제 개항 이후의 혼란기를 성공적으로 수습한 일본은 20세기를 목전에 둔 시점에서 아시아 최강의 군국이었다.

선생은 스승의 명도 있고 하여 되도록 조용히 일본의 문물을 수습하려 하였는데 뜻대로 되지 않는 일이 많았다.

선생 일행의 열도 상륙은 어느새 일본국 조야에 알려져 있었고, 지사 혹은 무사를 자처하는 무리들의 내방을 불렀다.

3년 전 치하포에서 얻은 명에의 여진은 아직 끝나지 않았고, 그 사건을 일생의 업보로 가슴에 담고 있던 선생으로서는 복수 명목으로 부딪쳐 오는 적들을 무시할 수 없었다.

왜국에 상륙한지 보름여가 지난 어느 날, 왜인 무사 하나가 선생 일행의 길을 막고 나섰다.

"직심영류 면허 쓰치다 겐타, 조선국 무사에게 배움을 청하오!"

"조선국 싸울아비 김오산, 모시는 분의 싸움을 대신 맡겠소. 선생님을 뵙는 일은 수제자인 나를 넘은 후의 일이오."

오산과 부경주, 김당쇠. 삼남 유력 이후 연분이 맺어진 세 사람은 선생의 제자를 자처하여 의형제를 맺고 있었다. 세 사람 모두 선생보다 반 배분 이상의 나이였기 때문에 주종의 명목을 정할 방법으로 그리 결정하여 동의를 구했고, 선생 역시 그들의 의리를 존중하여 받아들였던 것이다.

"목숨을 아낀다면 미리 물러나시오. 조선국의 싸움은 진검 승부가 있을 뿐이니."

이 무렵 일본의 무술은 변환기를 맞고 있었다. 무사는 폐검령으로 인해서 상징이던 칼을 빼앗겼고, 뜻있는 이들은 목검시합 등으로 형식이나마 전통을 보전하고 있었다.

막부 말의 전국시대를 경험한 무사들은 도장에서 수련한 무술로 승부를 가리는 시합이 실전적이지 못하다하여 자책하던 터였으므로, 오산의 '진검 승부'운운은 아픈 곳을 찌른 셈이었다.

"쓰치다 가(家)의 남자는 대대로 군문에 들었소. 당연히 진검

시합을 원하오."

잘 벼려진 왜도의 날카로움은 스치는 것만으로 핏줄기를 만든다. 오산이 사용하는 조선의 환도 역시 왜검을 상대하기 위해 만들어진 검, 날카로움이 왜도 못지않아 싸움은 피를 보아야 끝나기 마련이었다.

"우리 문하의 제자가 수모를 겪었다 들었소. 일파의 종주로서 방관할 수 없어 나섰으니 상대해 주시오."

일본의 무사들은 수련 방법으로 '도장 깨기'라는 것을 즐긴다고 하였다. 유명도가 높은 유파의 고수급 무술인을 격파하여 도장의 문을 닫게 만들면 명성이 알려지기 마련이었고, 오산이 승리하는 싸움을 거듭할 때마다 적의 숫자가 줄어들기는커녕 더 늘어나는 원인이 되었다.

"귀공의 솜씨로 아무개 도장이 간판을 내렸다 들었소. 우리 지역의 수치를 씻으러 아무개 류의 누가 왔으니 나서시오."

도전장을 전해오는 자마다 그렇게 명분이 구구했다. 수치를 참지 못하는 일본 무사도의 본받을 만한 점이었다.

"잘 배웠소. 승패는 병가의 상사, 실력이 자라지 못함을 원망할 뿐 패배에 유감은 없으나, 차후 다시 배울 기회를 얻고 싶소."

선생은 오산에게 패한 무술인들이 절치부심하여 실력을 기른 후 다시 도전해 오는 일을 여러 차례 보았다. 수치를 참지 못해 할복을 한 자들도 있었으니, 군국 일본의 저력은 무사도에 뿌리를 두고 있는 듯했다.

"오산 사형은 도발을 즐기는 것 같습니다."

당쇠가 쓴웃음을 지으며 말했다. 당쇠는 오산과 함께 전날 당산마을의 싸움 막바지에 박사가 보냈던 활빈당의 젊은이들을 수하에 거느려 비밀리에 선생을 수호하고 있었다. 그 일맥으로부터 소식이 들어오는 모양으로, 선생의 일본열도 종횡에 필요한 정보를 보고하곤 하였다.

"적이 큰 싸움을 준비하고 있다 합니다. 최강의 적이 나선 듯합니다."

일찍이 스승이 경작한 종목(種木)은 적국 일본에서도 역할을 하고 있었다. 선생 일행은 일본열도를 종횡하며 각계각층의 조선인들을 만나 행보에 도움을 받았다.

"만년학생님에게서도 소식이 있었습니다. 열도 상륙의 목적을 잊지 말라 하셨습니다."

만년학생의 소식을 전해 온 이는 유학생 명목으로 건너온 유력 집안의 자제들이었다.

페리제독의 흑선내방으로 강제 개항된 일본은 자신들이 당했던 그대로의 방법으로 조선의 문호를 열었다. 일본국의 포함 몇 척에 의해 억지 개항의 수모를 겪은 조선의 뜻있는 이들은 이를 기화로 젊은이들을 보내 신문물을 흡수하게 하였다.

선생 일행은 반년 남짓한 열도 잠행기 동안 수시로 유학생들의 도움을 받았다.

"되도록 빨리 일본을 떠나라 하셨습니다. 아직은 때가 아니라고 하셨습니다."

만년학생은 조선인 유학생들의 힘을 결집시켜 본국의 지도자로 키울 계획을 세우고 있다 하였다. 선생은 자신의 싸움이 만년학생의 그것에 비해 너무나 작고 하찮다고 생각했다.

"문무 모두의 경주입니다. 일본과의 싸움은 이제 시작일 뿐이니, 각자 할 수 있는 것을 하지요."

만년학생은 그렇게 당부의 말을 남겼다.

◇　◆　◇

선생은 큐슈의 구마모토 성에 들렀다. 성을 쌓은 왜장 가토기요마사가 임진년 난리 때의 원수 중 첫째 둘째를 헤아리는 자였다는 데 대한 의식 외에, 스승의 가르침을 눈으로 확인하고자 하는 행보였다.

"임진년의 왜란 때에 평지에 있던 도성은 스스로 무너졌고, 백성과 병사가 흩어져 조선 팔도는 왜적의 말발굽 아래 초토화되었다. 수군의 우세와 명나라의 도움으로 적을 물리칠 수 있었지만, 조선은 그때의 교훈을 살리지 못하고 당쟁만을 일삼다가 병자년의 호란을 당했다. 우리의 적을 대하는 방법에 문제가 있었던 것이다. 구마모토 성을 보면 적이 강한 이유를 찾을

177

수 있을 것이다."

왜는 성을 활용하는 방법을 알고 있었다고 선생은 생각했다.
호란 때에 조선군이 산성에 박혀서 임금의 안위만을 걱정할 때
적은 방어력이 사라진 땅을 마음껏 유린하고 민간 백성의 삶을
절단 냈다. 성을 방어적인 개념만으로 활용하려 했던 조선군의
무지가 백성들을 고난으로 몰아넣었던 것이다.

선생의 일본열도 종횡에 안내역을 자처한 유학생 중에 왜국
의 지리와 역사를 연구하던 기인이 있었다. 선생은 그 유학생
선배로부터 많은 도움을 받았다.

"저들의 마지막 내전인 서남전쟁 때에 구마모토성은 성으로
서의 가치 이상의 것을 증명했네. 왜의 장수들은 요처에 성을
쌓고 군사력을 주둔시켜 적이 지나치지 못하게 하는 법을 알았
지. 반란을 일으킨 세력은 성에 주둔한 병력이 반격으로 나올
가능성에 대비하여 군대를 나눌 수밖에 없었고, 요새화한 성
은 그 위력을 발휘하여 몇 배 강한 반란군의 공격을 견디어 내
었지."

선생은 그의 설명을 들으며 일본이라는 나라가 내전을 겪으
며 더욱 강해질 수 있었다는 사실에 주목한 안목에 공감을 표
했다. 적은 싸움을 통해 스스로 강해졌고, 강해지는 방법을 배
우는데 구마모토성의 공방전이 한몫을 했던 것이다.

선생은 반드시 물리쳐야 할 적이기는 하지만, 감탄할 만큼
아름다운 성을 만들어 성 본래의 역할을 다할 수 있도록 한 일

본인들에게 감탄하지 않을 수 없었다.

"적을 알지 못하고 적을 이길 수 없음은 병가의 상식이다. 적의 모든 것을 배워 앞으로의 싸움을 유리하게 이끌 방법을 연구해 두도록 해라."

스승의 명이 아니더라도, 구마모토성의 역사는 조선군의 약점을 가르쳐주는 교훈일 수 있었다.

"총사령관 스스로 선두에 나서지 못하는 군대가 강할 수 없다는 건 당연한 업보다. 왕을 보호하는 일이 충성이라고 생각한 못난 인간들뿐이었던 조선군이 스스로 무너진 건 사필귀정이었다."

신문물에 대한 견문을 높인 외에 이런저런 교훈을 더한 왜국 방문이었다. 일본이라는 나라는 백성의 생산력 보호를 우선시하는 방어 개념을 가졌지만, 조선은 왕실의 보호만을 목적으로 백성을 팽개쳤던 나라였다.

"무너져야 할 이유가 또 하나 밝혀졌구나. 이런 나라에 살고 있다는 건 얼마나 큰 고역인가."

그렇더라도 이웃나라의 재물을 약탈하여 호화판 성을 짓고 무용을 자랑한 적장이 천수를 누렸다는 사실은 그가 비록 300년 전의 사람이었을망정 용서할 수 없는 일이었다.

선생이 구마모토성을 보며 울분을 삼키고 있을 때, 시종 뒤따르던 오산이 청을 드렸다.

"임진왜란 때 사명당을 따라 귀국한 마지막 쇄환포로 가운데 우리 선조가 계셨습니다. 명목상 그렇기는 하였지만……."

오산의 말끝이 흐려졌다. 그때의 한이 아직 풀리지 않은 듯 목소리에 여운이 짙었다.

　오산의 선조인 김삼척은 300년 전의 난리 직후, 강화회의 차 일본에 건너온 사명당의 비밀호종무사로 왜국이 감추고 있는 조선인 포로들을 조사하는 임무를 맡고 암약했었다.

◇　◆　◇

　임진·정유년의 난리 때에 왜적의 침범을 받은 조선은 근본부터 유린되었는데, 나라의 근간이 될 백성들의 피해가 가장 컸다.

　왜적은 특히 도공의 납치에 열을 올렸다. 일찍부터 다도를 자랑삼던 왜국이었지만 정작 도자기 제조기술은 동양 삼국 중 최하위로 바닥을 치고 있었다.

　7년 전쟁의 뒤처리를 위해 왜국으로 가게 된 봉명사(奉命使)는 사명당(泗溟堂) 유정(惟政) 송운선사(松雲禪師)였다. 송운은 사신으로 가기 전에 김삼척을 찾아가 말했다.

　"왜국에 사신으로 가게 되었는데 그쪽 사정에 정통한 사람이 꼭 필요하오. 김공은 항왜로 공훈을 세워 나라에서 삼척 영장으로 봉함을 받은 사람, 다시금 적국으로 간다는 일이 어려우실 테지만 달리 사람을 구할 길이 없어 찾아왔으니 도움을 베풀어 주시오."

　"왜 접니까? 우리 패에는 저보다 출중한 사람이 많습니다."

　김삼척은 강하게 거부의 뜻을 밝혔다. 송운이 맡은 임무의 막중함에 비해서 자신의 그릇이 작다고 생각했기 때문이었다.

송운은 담담히 그를 설득했다.

"공은 무예와 지모 모두 무리 중에 빼어났소. 그리 판단하였기에 청하는 것이오."

"저는 선사께 총구를 들이댄 사람입니다."

"정당한 대결이었다 싶은데, 내 생각이 틀린 건가?"

김삼척은 쓴웃음을 지었다. 자신의 철부지 시절 이야기였기 때문이었다.

금강산 유점사에서 가토(加藤)의 군을 망신 준 고승이 산성에 진치고 있다는 말을 듣고 김삼척이 송운을 찾아간 시각은 자시를 넘긴 밤중이었다. 허명뿐인 조선의 관리들에 실망하고 있던 그는 송운과 같은 이인이 있다는 소문을 믿지 않았다.

승군들과 의병들이 한데 모여 있는 산성에는 초병조차 세우지 않은 허술한 초가 몇이 본진을 이루고 있었다. 이웃 마을의 친구 집을 방문하듯 쉽사리 숨어들어간 김삼척은 송운을 향해 총을 겨누었다.

"역시 소문이란 믿을 것이 못 돼."

조선 땅에 들어온 온 후 신통한 것을 본 적이 없는 김삼척은 냉정하게 화승에 불을 붙였다. 당시의 총포는 화승총으로 밀행을 전문으로 하는 첩자는 화승을 짧게 잘라 순간적으로 사격을 했다.

화승이 타들어가는 짧은 시간, 김삼척의 앞에는 송운이 있었다. 송운은 일순에 삼십 간(間)을 도약하여, 김삼척의 앞에 나타났다.

"누구신가?"

담담히 묻는 송운의 목소리는 길손을 맞은 지객승의 그것처럼 맑았다. 야밤에 방문한 불청객의 복색이 검은 야행복인 것임을 미루어 자객임을 짐작할 터인데, 송운의 목소리에서는 추호의 꺼림도 찾아지지 않았다.

"기왕에 오셨으니, 차나 한 잔 하고 가시게."

김삼척은 입을 열 수 없었다. 자객의 면전에서, 더구나 총구가 겨누고 있는데도 손을 맞듯 다정히 말하는 송운에게 감복한 김삼척은 총포를 버리고 넙죽 엎드렸다.

—일문의 동량이 내린 결정이기에 따르기는 하였지만, 도대체 이 조선이라는 나라는 심복할 만한 무엇이 없다.

조선에 귀순한 후 패거리 중의 우두머리들은 그렇게 불만을 쌓아왔다. 당연히 무리 중의 선봉에 섰던 김삼척 역시 같은 감정이었다.

그날 이후, 김삼척은 만심을 버리고 송운을 따랐다. 그가 조선봉명사 사명당 유정 송운선사를 따라서 왜로 향한 이유는 그 때문이었다.

조선 봉명사 송운 일행이 탄 쇄환선은 답답하리만큼 느린 이

동으로 접대 역을 맡은 연안 영주들을 애타게 만들었다.

혼슈와 사쓰마, 큐슈에 둘러싸인 세토 내해는 절경으로 부를 만한 곳이 많았다. 조선의 사신 일행은 구경 핑계로 늑장을 부려 안내역을 맡은 양주들의 애를 태웠다. 특히 정사인 송운의 나태함은 그의 명성에 배치되는 것이었는데, 조선인 포로들을 한 사람이라도 더 많이 수습하려는 충정임을 연안의 영주들도 인정하고 있었다. 더러 불만을 갖는 무사들이 있었지만, 장군가의 스승격인 후지와라 세이카(藤原惺窩)가 인정한 송운선사의 도력과 명성에 질려서 감히 불평하지는 못했다.

송운은 비운의 사신이었다. 명나라의 눈치를 보던 조선 조정은 송운을 국서조차 지니지 못한 사신으로 만들었다. 송운 자신의 높은 도력과, 그에게 감복한 영주들의 중재로 막부의 최고위층을 설득하여 목적을 이루기는 하였지만, 송운이 도일 초기에 겪은 어려움은 이루 말할 수가 없었다.

조선 봉명사(朝鮮奉命使) 송운 일행이 일본의 새로운 지배자 도쿠가와 이에야스를 만날 때 동행이 되어준 영주는 대마도주 소오 요시토시(宗義智) 외에도 가토 기요마사(加藤淸正)가 있었다.

일찍이 조선을 침략했을 때, 사신으로 온 송운선사에게 감복한 바 있던 가토는 조선봉명사의 행차가 지나는 구마모토 성의 영주로서 일행을 극진히 맞았고, 조선인 포로들을 빼앗기고 추격을 해 온 시마즈 일문 이하 여러 영주들의 수하 무사들을 가로막아 주었다.

"뒤는 제게 맡기시고 이만 귀국하시지요. 막부 사람들 중에는 재정벌을 주장하는 이도 있으니 조선 조정에 고해 준비를 하심이……."

가토의 충언이 아니더라도 돌아갈 수밖에 없는 상황이었다. 일부러 크고 넓은 배를 택하였음에도 쇄환선은 조선인들로 가득했고, 돌아오기를 재촉하는 본국의 서신이 도착하기도 여러 차례였다.

왜의 영주들이 보낸 무사들은 추격을 멈추지 않았다. 베어도 베어도 끊이지 않는 적의 습격은 몇 되지 않던 조선인 무사들의 희생을 불렀고, 끝내는 마지막 남은 김삼척의 생명을 위기로 몰아넣었다.

"돌아보지 말고 가시오! 바다가 보이면 불을 피워 신호를 보내면 되오!"

데려가주기를 청한 조선 사람들을 모두 끌고 나선 탓에 가뜩이나 더디던 길이 더욱 늦어지고 있었다. 다행인 것은 적이 일반 조선 사람들에게는 무기를 휘두르지 않는다는 점이었다. 조선 사람들의 신분이 그들 세계의 특수 계층인 도공이었기 때문이었다.

"어서 가시오! 기다리는 사람들이 있을 것이오!"

칼과 창, 사슬낫, 활과 조총까지 무기가 제각각인 추적자들은 검은 색깔 야행복으로 온몸을 감싼 자객들이었다.

오랜 전란을 겪은 왜의 장수들은 저마다 자객부대를 키우고 있었다. 드러내놓고 할 수 없는 일들을 해줄 자들이 필요했기 때문이었다.

웅번을 자랑하는 사쓰마 역시 예외가 아니어서 평소 솜씨 좋은 자객을 키웠고, 이제 조선인 포로들의 탈출 사태를 맞아 조선인 무사 김삼척 일행의 추적에 나선 것이었다.

자객부대의 선두에는 이마부터 턱까지 칼자국이 새겨진 무사가 있었다. 다른 자객들과는 달리 변복을 하지 않은 그는 조선인 무사들 중에서 가장 돋보이는 활약을 보이고 있는 김삼척을 노리고 짓쳐들어왔다.

시마즈 영주 직속 자객부대를 지휘하는 자는 상급무사 미우라였다. 무리 중 빼어난 자로 평소 적수를 찾지 못했던 미우라는 김삼척을 노려 공격을 계속했고, 김삼척 역시 미우라의 솜씨에 감탄하여 대적하려 들었다. 그러나 적은 하나둘이 아니었고, 보호해야 할 조선 사람은 감당할 수 없을 만큼 많았다. 김삼척은 고전을 면치 못했다.

김삼척의 몸은 크고 작은 상처가 입을 벌리고 있어 이미 공정한 대결을 기대할 수 있는 처지가 아니었다. 미우라는 주위의 다른 적을 비키게 한 후 칼을 상단으로 치켜들며 말했다.

"예사롭지 않은 솜씨, 조선 무사들의 대장으로 보았소. 이 미우라, 한 수 배움을 청하오."

김삼척이 칼을 들어 대적자세를 취했다. 미우라는 적의 몸 상태가 정상이 아님을 살펴 말을 이었다.

"사스마 시현류는 전쟁터에서 만들어진 검, 적의 허약함은 공격의 기화, 당신의 처지가 어렵다하여 사정을 두지는 않을 것이오."

"조선인 김삼척, 싸움에 임해 물러선 적 없소. 다만 적은 나만으로 하고, 일행의 길을 열어주기를 바랄 뿐이오."

피차 싸움터에서 닦아진 검이었다. 미우라의 검은 일격필살을 자랑하는 사스마의 시현류, 김삼척의 검은 전쟁청부업으로 전국시대를 헤쳐 살아온 조상 전래의 실전검이었다.

"요오잇!"

잠시의 대치 끝에 호흡을 고른 두 사람은 대결을 시작했다. 사스마 일맥 특유의 기합과 함께 미우라의 일격 내려치기가 작렬하고, 김삼척은 필사적으로 올려 막았다. 섣불리 물러서거나 피하려 들면 미우라의 내려친 검이 찌르기로 변해 급소를 노릴 것이었다.

몇 합의 겨룸 끝에 김삼척은 칼날이 마주치는 순간 칼끝의 방향을 틀었다. 정공법으로는 적의 기세를 당할 수 없다고 생각한 끝에 기교를 부린 것이었다.

쩡! 쇳소리가 요란한 가운데 미우라의 제일격을 올려쳐 막은 김삼척의 검 끝부분이 동강 잘려 나갔다. 내려치는 검과 올려 막는 검은 기세에 있어서 비교가 될 수 없었던 것이다.

내려치는 기세가 워낙 강했던 미우라의 칼은 김삼척의 오른팔을 베어냈다. 허나 미우라 역시 김삼척의 칼날을 피하지 못했다.

"역시!"

미우라의 얼굴에서 핏줄기가 솟구쳤다. 동시에 김삼척의 오른팔이 몸통으로부터 분리되어 칼과 함께 땅에 굴렀다.

"당신은 스승에 이어 두 번째로 내 얼굴에 상처를 낸 사람이오."

양패구상이라 하나 승패는 명확했다. 김삼척은 팔 하나를 잃는 대가로 미우라의 얼굴 가죽을 베어냈을 뿐이었다.

"스승의 검에 당했을 때보다는 한결 낫군. 허나 그대의 검도 대단하긴 하오."

미우라가 대상단으로 칼을 치켜들었다. 다음의 내려치기는 김삼척의 목을 노릴 것이었다.

"멈춰라!"

그 순간 일성 노호가 전장을 뒤흔들었다. 송운선사가 김삼척의 위기를 보고 달려온 것이었다.

"조선의 봉명사(奉命使) 일행임을 알고 습격해 왔는가?"

송운선사의 선장이 일으키는 바람소리는 매서웠다. 노호 일갈과 함께 전장에 뛰어든 송운의 가세는 잠깐 사이에 승패를 바꾸어 놓았다.

왜무사 몇이 골통을 얻어맞고 땅바닥에 널브러졌다. 미우라가 첫 번째 희생자로, 송운의 선장에 맞은 그는 칼을 하늘로 날린 채 길게 누워 있었다.

어이없이 패한 미우라가 몸을 가누어 일어나려 하였다. 송운이 다가와 달래듯 말했다.

"시마즈 공과는 일면식이 있네. 나와 상대하여 사람들을 빼앗겼다면 깊게 추궁하지 않을 터, 이만 물러나시게. 싫다면 막부에 말해주겠네. 사스마의 영주가 조선 사람들을 감추고 있었다고."

남원성 전투 이후 호남에 진입한 일본군은 조선의 공인들을 싹쓸이하였다. 특히 도자기 만드는 기술이 있는 이를 아껴 보이는 대로 포로로 하여 자국으로 보냈는데, 사스마의 영주 시마즈 요시히로(島津義弘)가 가장 많은 도공들을 잡아갔다.

 사명당 송운선사는 봉명사로 일본에 온 후 이를 문제 삼아 도쿠가와 막부를 난처하게 만들었다. 강화회의 때에 조선인 포로들의 석방을 첫 번째 의제로 삼았던 것이다.

 새로 일본국의 패자가 되어 막부를 연 도쿠가와 가의 사람들은 송운선사의 말을 존중하여 제번에 조선인 포로를 돌려줄 것을 명령했다.

 그러나 사스마의 시마즈 일가는 막부의 명령에도 막무가내로 영내에는 조선인 포로가 없다고 우겨댔다. 조선인 도공들을 부려서 도자기를 굽고 있었기 때문이었다. 송운선사는 그 점을 짚어서 미우라를 몰아붙인 것이었다.

 "명을 받아 다시 오겠습니다. 그때에 가르침을……"

 부하들의 부축임을 받고서 몸을 일으킨 미우라가 허리를 굽혀 조선식의 인사를 했다. 그는 조선 전역 때에 선봉에 섰던 사람으로 송운선사의 위명을 익히 알고 있었다.

 "분합니다!"

 김삼척은 송운선사의 품에 안겨 배로 향하면서 분함에 이를 갈았다. 대적 이전에 이미 부상이 컸었다고는 하지만 미우라의 일격필살 시현류에 밀려 한쪽 팔을 잃었다는 사실은 승부사로서의 자존심에 상처를 남겼던 것이다.

"군자의 복수는 당대에 다하지 않아도 명분이 변치 않고, 저들과의 싸움은 우리나라의 숙명이라 이후로도 기회가 많을 것이오."

송운선사는 김삼척을 달래고 길을 서둘렀다.

"갑시다. 시마즈 가의 영주와 인연이 있었다 하지만 악연뿐이라서 다시 습격이 있을지 모르니 서둘러야 하오."

세토내해(瀨戶內海)를 그린 듯이 운행 중인 조선식 범선은 왜국에 포로가 되었다가 구출된 조선인들로 만선이 되어 뱃전까지 물에 잠길 지경이었다.

"공은 이미 충분히 역할을 하였소. 이제 조금 쉬시오."

송운의 위로를 받으며 김삼척은 쇄환선의 선실에 마련된 자리에 누웠다. 무슨 약을 썼는지 잘려나간 팔의 고통은 사라진 지 오래였다.

'스님의 말씀이 옳다. 내 대에는 어렵겠지만 아들이 있지 않은가. 이 원한은 대대로 물려 반드시 갚도록 할 것이다.'

봉명사 송운선사(奉命使松雲禪師)의 부름을 받아 왜국에 건너간 지 1년여, 한 팔을 잃은 채 고국에 돌아온 김삼척은 가명이 될 유언을 남기고 숨을 거두었다.

"사스마 시현류, 그 일격필살의 기세를 깰 무위를 닦아라!"

사명당 송운선사도 조정에 보고문을 올렸다.

"일본이라는 나라가 힘을 주체하지 못하여 희생물을 찾을 때, 우리나라는 첫 번째 목표가 될 것입니다. 또다시 참변을 겪지 않으려면 힘을 길러야 합니다. 저들이 감히 넘볼 수 없는 강한 힘을 기르지 않으면……."

그리고 300년 후, 그 예언은 사실이 되어가고 있었다.

◇　◆　◇

구마모토 성의 정찰을 마치고 떠날 때 오산은 정색을 하고 선생의 앞에 부복했다.

"할아버님께서는 맡은 바 임무 때문에 적극 대처하지 못하고 물러나셨지만, 많은 희생을 부른 그 싸움을 잊은 적이 없다고 전하셨습니다."

가문의 비밀을 털어놓는 오산의 표정에는 비장함이 있었다.

"우리 선조는 항왜였습니다. 임진년의 난리 때에 거창하게 명분을 내걸고 관군에 항복한 장수도 있었지만, 첩자로 왔다가 눌러앉은 왜인들도 있었습니다. 선조 할아버님의 일문이 그러했습니다. 그 옛날 백제 유민의 후손이라고는 하지만 1000년 전의 피가 남아 있을 리도 없는데, 기꺼이 조선 사람이 된 할아버님은 백성의 하나로 조용히 살려 하셨습니다. 할아버님의 귀화는 난리통에 조선사람 하나 더 늘어난 것으로 아무도 몰랐다 하는데, 유정대사가 강화를 위해 일본으로 건너갈 때 한때의 인연을 기억하여 불러주셨던 거지요."

선생은 그간 입을 열지 않던 오산이 가문의 내력을 이야기하는 이유를 짐작하여 마음으로 응원을 보냈다. 오산은 결판을 낼 결심을 굳힌 것이었다.

"원한을 풀기 위한 싸움만은 아닙니다. 예전에 마치지 못한 승부를 마무리 짓기 위해서입니다."

오산이 남긴 마지막 말이었다. 선생은 300년 가문의 구원을 풀기 위해 출정하는 수하를 미소로 전송했다.

"일을 끝낸 후 다시 모시겠습니다. 제가 없는 동안 당쇠 아우가 역할을 대신할 것입니다."

선생은 오산을 전송한 후 시모노세키에서 부산포로 오는 증기선에 탔다.

배는 고베에서 만들어진 일본산이었다. 불덩어리를 그려놓은 듯싶은 일본국기가 선미에 걸려 있었고, 배의 곳곳에 조선소의 명칭이 새김 되어 있었다. 쇳덩이를 물 위에 띄우는 기술까지 터득했는가 싶어 선생은 마음이 무거워졌다.

당쇠가 오산에게서 물려받은 무기인 물미장을 들며 말했다.

"불청객이 찾아온 것 같습니다."

강경임방의 보부상 출신인 당쇠는 평소 싸움에서 무기를 들지 않았다. 손에 잡히는 대로 칼이건 몽둥이건 휘둘러댔는데, 오산이 없는 싸움에서 선생을 보호해야 한다는 책임감이 무기를 잡게 한 것이었다.

적의 기색을 느낀 것은 선생도 마찬가지였다. 당쇠는 물미장을 들어 결의를 보이며, 혼잣말하듯 이야기를 늘어놓았다.

"저들에게서 배운 봉술입니다. 신도무소류(神道夢想流)라는 명칭이 있는 모양인데, 무작정 휘두르는 것보다는 나을 거라 생각해서 배워두었습니다. 소질이 있었던지 시작해서 한 해 뒤에는 스승격인 일본인을 이겼습니다."

선생은 당쇠의 이야기를 들으며 신뢰의 뜻으로 미소를 지어 보였다. 싸움에 자신이 있거나, 아니면 최후를 준비하는 것이거나, 자신의 신상 비밀을 털어놓는다는 것은 모든 것을 맡긴다는 의미로 해석해도 좋았다.

"제 아버지는 부산포 왜관의 통역관이셨습니다. 강화도 수교 후에 일본으로 건너가셨지요."

곧 적들의 공격이 시작되었다. 증기선 갑판이라는 특수한 사정을 감안한 고전적 무기의 공격이었다. 짧은 화살과 수리검이 선생 일행을 노리고 날아들었다.

당쇠는 물미장을 풍차처럼 돌려서 적의 무기들을 떨어뜨렸다.

"저들은 과거 천우협 명색의 명분으로 녹두장군을 도왔습니다. 동학군의 군자금 일부도 저들에게서 나왔다는 소문입니다. 그들이 동학군을 부추긴 의도가 어디에 있었던지 저들은 제 아버지를 죽게 한 원수입니다."

천우협(天佑俠)은 겐요샤(玄洋社)계열의 일본 우익단체로, 동학 농민전쟁 때 조선의 농민군을 지원하였음을 공공연하게 자랑하고 다녔다. 그들 중 우치다 료헤이(內田良平)를 비롯한 몇은 겉으로 드러나 있는 인물로 훗날 이용구의 일진회를 도와 한일합

192

병의 막후 세력이 되었다.

"제 아버지는 우금치 전투 직후에 자결하셨습니다."

우금치전투에서 동학군은 궤멸적인 타격을 입었다. 동학군의 정예 1만 명이 고갯마루에 진치고 있는 관군과 일본군을 노려 공격에 나섰는데, 적의 대포와 기관총의 공세에 견디지 못하고 대패했다.

하루 낮밤의 싸움이 끝났을 때 동학군은 열에 아홉이 죽거나 부상을 당한 상태였다.

"우금치는 병목이었습니다. 고갯길 좌우에 기관포를 배치한 일본군은 동학군을 몰이 사냥하였습니다."

우금치 전투 무렵 동학군의 총수 녹두장군의 막하에서 작전을 지도한 사람들 속에는 대륙낭인을 자처하던 일본인들이 있었다.

"천우협은 일본식 가면극이었습니다. 의협의 가면을 쓰고 동학군에 접근한 일본 대륙낭인들의 통역을 맡으셨던 분이 제 아버지이셨습니다."

선생은 이번 일본 밀행에서 우금치 전투와 겐요샤의 역할에 대해 전후 내막을 조사한 적이 있었다. 그 자신이 농민군의 한 부대를 이끌고 해주성을 공격했고, 일본군의 우수한 무기에 밀려 패퇴한 경험이 있었기 때문이었다.

"아버지는 천우협의 일원임을 자랑삼으셨습니다. 아마도 우금치의 참변 이전까지는 그러하셨을 것입니다. 저는 아버지의 임종을 지키지 못했습니다. 그 분 스스로 조상을 돌아볼 낯이 없다고 현해탄에 몸을 던지셨기 때문입니다. 이 싸움, 전적으로 제게 맡겨 주십시오. 이런 때가 오기를 기다렸습니다."

갑오년의 봉기 초기 남접과 북접의 불화 요인이 왜적의 도움을 받은 남접의 녹두장군을 북접의 간부들이 불쾌하게 여긴 데 있었다는 사실은 동학군 사이에서 모르는 이가 없었다. 갑오년의 난리 때에 선생은 한 부대를 이끈 접주였고, 해주성의 싸움에서 일본군에게 패퇴한 경험도 있고 하여, 동학군의 봉기에 일본 우익단체의 간교한 부추김이 작용했다는 사실을 잘 알고 있었다.

'좋네. 이 싸움은 그대의 것일세.'

선생은 묵언으로 당쇠의 청을 들어주었다. 이심전심, 선생의 뜻을 짐작한 당쇠가 적 앞으로 나섰다.

"이놈들아! 이 조선의 당쇠가 네놈들의 머리를 쪼개주마!"

적의 비검과 화살은 계속 날아들었고, 당쇠의 물미장도 눈부시게 돌아갔다.

어느 순간 적의 칼날이 날카롭게 빛을 뿌렸다. 가벼운 야행복 차림의 적은 모습부터가 전형적인 일본 낭인들이었다. 그들은 당쇠를 포위망 안에 넣고 연수하여 공격했다.

당쇠의 손에 잡힌 물미장은 대단한 위력을 선보였다. 봉의 장점인 때리고 찌르고 휘두르는 모든 기법이 당쇠의 물미장에게서 펼쳐지고 있었다.

원래 물미장은 끝에 날카로운 쇠붙이를 붙여 상행 때에 뱀을 쫓아내던 호신용 무기였다. 그런데 당쇠는 또 다른 용도를 개

발해냈다. 보부상의 지팡이에 불과하던 물미장은 명인을 만나 고유의 역할 이상을 해내는데 거침이 없었다.

단창을 찌르듯 빠르게 내질러지는 물미장의 새로운 용도를 보면서, 선생은 스승의 문하를 떠나올 때 선배 제자 중의 한 사람에게서 들었던 충고를 떠올렸다.

"저들 무술의 장점은 빠르고 날카로운 검을 손발 사용하듯 자유자재로 휘두르는 데 있지. 보통의 방법으로는 저들이 휘두르는 칼의 간격 안에 들어가기도 힘들어. 하나, 저들의 칼보다 긴 무언가를 직선으로 찌르는 방법이 있기는 해. 전날 일본에 있을 때 그들 중의 소문난 무사가 중국인 창술 달인에게 고전하는 걸 보았네. 창의 간격이 칼의 곱절은 되니 피차 같은 고수라면 당연히 창술 쪽에 우선권이 있지. 무사끼리의 생사대결은 수련의 깊이에서 오는 차이에 따라 승부가 가려질 때가 많지만 무기의 우열로 승패가 바뀔 때도 있다네."

일본 무사들의 검을 파훼하는 방법을 연구하던 별난 선배였다. 이제 실전에 임하여 당쇠에 의해서 선배의 말이 증명되고 있었다.

물미장이 창끝으로 변해 찌르기를 할 때마다 적은 부상을 입고 물러났다. 잠깐 사이에 당쇠에게 가해지는 압박은 절반으로 줄었다.

당쇠의 무술은 대단했다. 강경 포구에서의 전투 이후 시종으로 따라나선 그는 평소 또 다른 시종 오산의 그늘 뒤에 숨어 자신을 드러내지 않았다. 홀로 선생의 안위를 책임질 상황이 되지 않았다면 그의 본래 면목은 드러나지 않았을지도 몰랐다.

싸움은 보는 이로 하여금 흥이 일도록 잘 어울리고 있었다. 그때 홀연 한 소리 청하는 소리가 들렸다.

"저희 선생님께서 기다리십니다. 함께 가주시지요."

화복 차림에 짧은 칼을 허리에 찬 일본인 몇이 싸움판의 주위에 포진하고 있었는데 그들 중 둘이 선생에게 다가와 정중히 말했다.

"더는 이 싸움에 가세할 사람이 없을 것입니다. 승패가 여하하던 저 젊은이의 목숨은 보장하라고 명을 받았습니다."

선생은 말없이 그들을 따라 나섰다. 포위되어 공격을 받는다 하지만 당쇠의 실력을 믿는 탓에 망설일 일은 없었다.

선실 안에서는 작달막한 키에 창백한 얼굴빛을 한 일본인 늙은이가 기다리고 있었다. 그리고 그와 대좌하고 있던 낯익은 얼굴의 남녀가 몸을 일으켜 선생을 맞았다.

"오랜만에 뵙습니다."

"찾아뵈옵고 인사를 드리라는 아버님의 분부를 받고 왔습니다."

차례로 인사말을 나누는 남녀는 전날 당산 마을의 전투 후에 선생에게서 놓여났던 사사키 주로와 이토(伊藤)의 양녀로 교오(京)로 불러주기를 청하던 여인이었다.

"제가 모시는 어른입니다. 몇 해 전에 있었던 조선국 황후 시해사건의 현안을 해결하자 하시기에 공을 찾아뵈었습니다."

조선말에 익숙한 사사키가 창백한 얼굴의 늙은 일본인을 소개하며 말했다.

선생은 담담히 소개를 받은 일본인을 쳐다보았다. 작달막한 키에 단단한 몸매, 창백한 얼굴빛을 한 늙은이가 자리를 권했다.

"도야마(頭山)라 하오. 한 차례 뵙고 싶었소. 조선의 인사들이 자랑하는 지도자가 누구인가 하여."

선생은 정중히 머리를 숙여 존장을 대하는 예를 올렸다. 적아를 떠나서 노인은 존경 받아야 하고, 게다가 상대는 나이만큼의 무게를 지닌 늙은이였다.

"겐요샤의 도야마 공이시온지……?"

"젊게 보아주는군. 미쓰루(滿)를 이야기하는 듯싶은데, 그는 내 족하(足下)요. 하긴 그 아이가 일족 중에 걸출한 인물이긴 하지."

늙은 도야마는 허허롭게 웃었다. 세상 잡사에 두루 즐거움을 느낄 수 있는 노인으로서의 여유였다.

"나는 유신지사의 말류요. 막부말의 혼란기를 칼 하나로 헤쳐 살아왔지."

늙은 도야마의 말소리에는 거리낌이 없었다. 살아온 날들에 대한 자부심도 후회도 없는 평범한 늙은이가 아끼는 후배를 대할 때와 같은 편안한 목소리였다.

"요즘 우리 아이들의 무사도는 틀렸소. 우리 늙은 세대가 음으로 양으로 보살피지 않았으면 일본의 무사도는 진작 무너졌을 거요."

늙은 도야마는 사사키를 향해 가볍게 손을 들었다. 선실에

연한 옆방의 장지문이 열리고, 그린 듯이 일본식 예복을 갖추어 입은 젊은 무사가 부복해 있는 양이 보였다.

"공은 조선국 황후가 참변을 당한 사건을 추적하고 있다고 들었소."

선생은 늙은 도야마의 말에 가볍게 고개를 숙여 긍정의 뜻을 보였다.

"우리 일본국에 오게 된 이유 중의 하나일 터, 소득이 있었소?"

선생은 묵언으로 답변에 대신했다. 늙은 도야마는 장지문 건너의 무사를 지적하여 말을 이었다.

"이 아이가 계획을 세운 자요. 그때의 변란에서, 미우라 공사의 아래서 서기 일을 맡았었지."

무사가 부복한 채로 허리를 굽혀 예를 차렸다. 고개를 숙여 답례를 하는 선생의 눈빛이 차갑게 빛났다.

"사사키 타로입니다. 찾아뵐 기회를 기다렸습니다."

"김창수요. 만나서 다행이요."

두 사람의 뼈있는 수인사가 끝나자, 늙은 도야마가 사사키 타로라 자칭한 무사를 힐책했다.

"그래, 아녀자를 해하니 만족스럽더냐?"

늙은 도야마의 목소리는 높지 않았지만 울림이 컸다. 선생은 저들이 자랑하는 무사도가 지켜지지 못한 데 대한 분노로 읽었다.

"이번에 김공 일행의 일본 순력을 부른 게 네 탓임을 인정할 터, 결과가 볼 만했지?"

도야마가 다시 질책했다. 선생은 늙은 도야마의 목소리에 칼날이 실려 있음을 느꼈다.

　"저들이 일본 전역을 종횡할 때 각 지역의 고수 서른넷이 도전하여 전패했습니다."

　사사키 타로가 답했다. 그의 목소리는 패배를 이야기하는 데도 굴곡이 없었다.

　"그래, 조선 무사의 진정한 힘을 느꼈더냐?"

　늙은 도야마는 조선 황실을 침범하여 황후와 궁인들을 해친 원흉을 다스리고 있었다. 여인들에게 휘두른 칼로 일본이 자랑하던 무사도가 무너졌다고 본 것이었다.

　"막된 자들을 방임하여 뜻밖의 참변을 만든 사실에는 책임을 통감하고 있습니다. 할복하여 수치를 씻어야 마땅하지만, 다행히 무사로서 대적해 보고 싶은 적수를 만났으니 더한 다행이 없습니다. 마지막 싸움을 허락해 주십시오."

　사사키 타로는 선생을 지적하여 도전을 청했다. 전년의 당산마을에서 있었던 사사키 주로와의 싸움 이후 선생과 사사키 일문과의 쟁투는 네 번째에 이르고 있었다.

　"목숨을 걸어야 할 것이다."

　늙은 도야마의 허락이 떨어졌고, 사사키 타로가 성큼 몸을 일으켜 대적 자세를 취했다. 을미년 참변 때의 원흉을 맞은 선생 역시 자세를 바로하고 적을 맞았다.

　"사사키 가의 적자 사사키 타로요. 우리 일문은 겐지(源氏)의 일맥으로 무사의 명예를 중히 여기오. 수하를 잘못 부려 귀국의 황후를 상케 한 죗값은 할복을 해야 마땅하지만, 좋은 적수를 만난 기쁨에 예를 잃게 되었소. 공은 우리 일족의 아우들을 여럿 상케 했다고 들었소. 높은 솜씨를 배우고 싶어 도전하는 바이니 상대해 주시오."

"조선국 해서의군 좌통령 김창수요. 우리나라의 국모시해에 책임이 있는 자에 대한 응징은 진작 원해온 터, 기꺼이 상대해 주겠소."

선생과 사사키 타로는 장지문을 사이에 두고 무기를 잡았다. 두 사람의 무기(武氣)가 긴박하게 기세를 일으켰다.

일촉즉발의 상황이었다. 동작 하나하나가 살의로 번지던 그때, 한 소리 외침이 선실 안팎을 진동시키며 그림자 하나가 뛰어들었다.

"이번의 싸움, 제게 맡겨주십시오!"

선창 밖에서는 진작부터 비명소리가 울렸었다. 무기 부딪치는 쇳소리가 이어진 후 생명이 몸을 떠나는 단말마의 비명이 몇 차례 거듭되었고, 물미장에 핏자국을 잔뜩 묻힌 당쇠가 선실 안으로 구르듯 뛰어들며 외쳤다.

"약조하지 않으셨습니까? 이번의 싸움은 제게 온전히 맡기기로!"

일본인 무사 셋이 뒤이어 달려들어 당쇠를 노리고 칼을 짓쳐갔다.

당쇠는 추격해온 적을 마주하여 공격을 펼쳤다. 당쇠의 물미장과 일본 무사들의 칼날이 일으키는 바람이 선실 안을 서늘하게 만들었다.

이미 선실 밖에서 대적했던 일곱 중의 넷을 해치운 당쇠의 물미장은 나머지 셋에게도 용서가 없었다. 골통이 부셔진 일본 무사들이 선실 바닥에 길게 눕는 데는 긴 시간이 필요하지 않았다.

"대단한 젊은이를 수하로 두셨군."

늙은 도야마가 나직한 목소리로 감탄사를 발했다. 순식간에 세 명의 적을 눕힌 당쇠는 숨소리 하나 변치 않고 새로운 적수를 찾아 눈빛을 빛내고 있었다.

사사키 타로의 검이 당쇠를 향해 빛을 뿌렸다. 추적해온 무사들을 때려눕힌 당쇠가 사사키를 향해 짓쳐 들어갔기 때문이었다.

한 차례의 흉흉한 바람이 선실을 휩쓸고 지나갔다. 싸움은 단 일합의 겨룸으로 끝이 났다.

사사키 타로가 장지문 사이에 길게 누워 있었고, 당쇠가 그의 목에 물미장을 겨누고 있었다.

"그만. 승부가 났으니 그 아이에게 명예를 지킬 기회를 주시겠소?"

늙은 도야마는 당쇠에게 승자의 권리를 행사할 것인지 물었다. 치명상을 피한 듯 사사키 타로가 비틀거리며 일어났다.

당쇠는 왜관의 통역관이었던 선부의 영향으로 일본인 무사들이 명예를 지키는 방법을 잘 알고 있었다. 필시 할복을 시키려는 것일 터, 당쇠의 시선이 선생의 양해를 구했다.

선생은 미소로 당쇠의 선전을 칭찬하고 적의 처치를 일임했다.

사사키 주로가 타로를 선실 밖으로 끌어냈다. 당쇠는 물미장을 거두고 본래의 임무로 돌아가서 선생의 뒷전에 섰다. 늙은 도야마가 그 광경을 보며 다시 한 번 치사를 했다.

"대단한 젊은이야."

늙은 도야마는 자세를 바로 하고 선생을 마주했다. 선생은 이제 내 차례인가 싶어 각오를 새로 했다.

"늙은이에게 검을 들게 하여 즐거울 것 같소?"

명백한 도전이었다. 선생은 최강의 적수를 만났다는 것을 느꼈다. 싸움에 들기 전의 대치에 불과했는데도 기세가 엄청났기 때문이었다.

"전날 독고스님을 만나 조선 본국검을 배울 기회가 있었지. 내 체면을 세워주어 승패를 가리지 못했지만, 좋은 싸움이었소."

독고스님.

스승을 그렇게 부르는 사람들이 있다는 소리는 진작 듣고 있었다. 가르침을 받았다지만 워낙 뜬구름 같은 분이라서 법명도 여쭙지 못했기 때문에 그 이름은 커다란 무게로 다가왔다.

"스승님과 교우가 있는 분이시라면 제게도 어른이십니다. 실례를 용서해 주십시오."

선생은 곧바로 대적자세를 풀고 인사를 차렸다. 늙은 도야마는 함박웃음으로 마주 예를 보냈다.

"일생 처음이자 마지막으로 만난 적수였지. 내 신분은 짐작하고 있을 것이오. 하여 그대의 스승과 나누었던 이야기 중 한 마디 말만 전하겠소."

늙은 도야마는 목소리를 가다듬었다.

"'동양 삼국은 하나가 되어 서양에 대항하지 않으면 저들에게 먹히고 마오. 우리 일본이 선두에 서겠소'하고 내가 말했더니, '일본이 러시아와 사이가 좋지 않다는 소문은 들었소. 우리역시 그들은 싫소. 그렇다고 당신들의 편을 들 수도 없소. 당신들의 욕심이 어디를 목표로 하고 있는지 알고 있느니만큼'하고 그가 말했소."

스승의 말을 적에게서 전해 듣는다는 건 행운일까? 선생은 온몸에 혈기가 솟구치는 것을 느끼며 목례를 보냈다. 스승의 말씀은 누구에게서 들어도 스승의 뜻의 전달이 되는 거룩한 것이었다.

"그리고 또 말했소. '전력을 다해 오시오. 내 듬직한 아이들을 몇 발견하여 기르고 있으니 좋은 적수가 되리다'하고."

늙은 도야마가 다시 허허롭게 웃었다. 옛 친구의 제자를 만난 기쁨과, 젊은 날에 가리지 못했던 승부의 결판을 보게 된 무인으로서의 자긍심이 노무사를 웃게 하고 있었다.

"무인에게는 싸움이 인사라고 들었소. 공의 나라의 황후를 시해한 범인의 처벌도 대강 마무리되었으니, 이만 이야기를 거두고 여흥을 가져보는 게 어떻겠소."

늙은 도야마가 다시 자세를 잡았다. 사사키 주로가 그에게 소도를 주었다.

사사키는 선생에게도 같은 크기의 칼을 주었다. 잘 벼려진 왜도였다.

선생이 자세를 잡았고, 노무사가 상대를 했다. 증기선의 선실 안에서는 노소간에 새로운 대결이 벌어졌다.

"주의(主義)는 생명일세. 서생 몇의 탁상공론으로 시작한 것이 어느새 거대한 공룡이 되어 모든 것을 삼키네."

칼을 청안의 자세로 잡은 늙은 도야마가 아들딸, 혹은 제자를 대하듯 다정하게 말을 건넸다.

선생도 본국검의 안자세(雁字勢)로 검을 내려 들고 늙은 도야마를 맞으며 귀를 기울였다. 연무장이 된 선실 안에는 살기가 가득했지만 두 노소는 검무를 추듯 느리게 칼을 움직였다.

"특히 군국(軍國)이 그러하네. 힘을 가지기 시작하면 제멋대로 몸을 부풀려 괴물이 되거든. 가장 염려스러운 바가 많은 주의가 군국인데, 우리 일본이 그 수레바퀴를 돌리기 시작했네그려."

주위의 사람들은 숨 막힐 것 같은 긴장감에 휩싸여 있었다. 왜무사들이 모두 철수한 장내에는 사사키 주로와 교오(京), 당쇠만이 남아 두 거인의 대결에 증인이 되었다.

"그대의 스승과 나는 그 일을 두고 몇 날을 다퉜네. 일본은 옳은 길을 걷고 있다. 아니다, 그르다. 이래이래야 맞다. 옳다니까! 그르거든! 이야기꺼리가 여간 많지 않았지."

늙은 일본인의 검이 하늘로 높이 세운 대상단으로 변화를 일으켰다.

선생은 시종 본국검의 안자세(雁字勢)에서 변치 않았다. 안자세는 칼을 옆으로 돌려 어느 방향의 공격에도 변화할 수 있도록 준비하는 수비 중심의 자세였고, 상대가 윗사람일 때 예의를 지키는 법도이기도 하였다.

"우리가 만든 결론은 하나였네. 속한 바 나라와 백성을 위하여 최선을 다하자. 그리고 폭주하는 상대는 응징을 해주자."

잠시 그 같은 자세로 대치가 이어졌다. 늙은 도야마도, 선생도, 숨소리 하나 변하지 않은 채로 얼마인가의 시간이 흘렀다.

늙은 도야마의 표정이 더욱 엄해지고, 선생은 차츰 바위를 대하는 듯 압박감을 느꼈다.

"총을 들고 폭탄을 들게. 칼의 시대는 지났어. 우리 일본은 이미 군국주의의 마력에 취했고, 한 발 더 나가서 제국주의(帝國主義)의 맛을 알아 버렸네."

돌부처처럼 굳어진 늙은 도야마의 얼굴이 서서히 커지는가 싶더니 거대한 석상으로 변해 내리눌렀다. 선생은 스승의 적수였다는 늙은 무사의 크기를 실감하고 온몸의 터럭을 올올이 세웠다.

"한때 동료였던 이토(伊藤)가 가장 곤란한 처지에 있네. 호랑이 등에 올라탄 기세라 무작정 달릴 수밖에 없는데, 폭주가 상도를 넘을 경우 제재할 무엇이 필요하네."

두 노소 무인의 대결을 참관하고 있는 세 사람 중 교오(京)를 자처한 여인은 이토의 양녀였다. 늙은 도야마가 양부의 이름을 말할 때 시종 변치 않던 그녀의 눈에 일시 경이의 빛이 스쳤다. 늙은 도야마는 적에게 양부 이토의 폭주를 경계하고 필요한 경우 강력히 응징하라고 충고하고 있었다.

"훌륭해. 독고스님은 역시 대단한 제자들을 길러내셨군. 귀공도 내 후계자가 평한 이상의 인물이고. 즐거운 일이오."

늙은 무사의 기세와 젊은 무인의 투지가 맞붙은 전장은 숨막힐 것 같은 열기로 폭발 직전에 있었지만, 도야마의 목소리는 다른 세상의 그것인 양 한가롭기만 했다.

"요오잇!"

홀연 한 소리 기합이 천둥처럼 울려 불안한 침묵을 깼다. 도야마의 예상을 깬 도발이었다.

칼이 내리쳐졌는가.

선생은 안자세로 내렸던 검을 올려 치며 스승의 말을 떠올렸다. 도야마가 보내는 살기가 더할 바 없이 흉흉한 반면 선생의 자세는 더없이 평온했다.

"대개의 경우, 무술의 세계에서 승부가 갈리는 것은 수련의 정도에 따른다. 각 문파가 비기를 내세우지만, 그들 누구도 고수와 하수의 갈림이 연무를 해온 시간과 정성에 있다는 것을 부인하지 않았다. 하여, 나는 네게 아무것도 가르치지 않았다. 너 스스로 배우고 익혀 우뚝 서도록 해라."

스승은 본국검의 기법 약간과 마음자세를 일러 주었을 뿐 기술다운 기술을 가르쳐 준 적이 없었다. 두 사람이 함께 있었던 시간 자체가 길지 않았던 탓이기도 했지만, 스승의 가르치는 방법이 원래 그러한 때문이기도 하였다.

"가거라. 세상을 보아 스스로 깨우치도록 해라."

스승의 한 마디 말씀을 지주로 삼아 동아삼국을 헤집고 다닌 지 몇 해, 제자는 돌이켜 생각하여 갈고 닦아 일가를 이루었다. 스승의 문하를 떠나온 후 패한 경험이 없었던 선생의 무술은 이제 최강의 적을 맞아 본연의 빛을 발하고 있었다.

"허허! 가히 청출어람(靑出於藍)…… 이 싸움, 우리가 졌소."

홀연 늙은 일본인이 칼을 거두며 말했다. 말투도 조금 전과 달라졌다.

두 사람은 칼을 내려친 적도 없었고 올려 막은 적도 없었다. 그러나 이미 일합의 겨룸을 끝내고 숨을 고르는 단계에 있었다.

"대단한 성취요. 하긴 내 옛 친구가 허언을 할 리 없지."

사사키 주로가 늙은 도야마와 선생에게서 칼을 돌려받았다. 도야마는 늙은이 본래의 모습으로 돌아가서 즐거운 듯 말했다.

"훗날을 대비해서 오늘은 이만 하기로 하오. 자신의 나라를 위해 전력을 다하는 것을 목표로 삼고. 나도 좋은 후계를 얻었으니 다음에는 이 아이와 겨루구려."

늙은 도야마가 내세우는 인물은 사사키 주로였다. 가볍게 던진 말이었지만 그 의미는 컸다. 일본 국수주의 집단의 숨은 세력 중 하나가 새로운 지도자를 내는 순간이었다.

"내 옛 친구인 독고스님의 안목도 그렇고, 이토(伊藤)공도 구태여 사자를 보내 자중하라 하셨고, 공의 미래가 기대되오."

덕담을 나누던 늙은 도야마가 홀연 사사키 주로를 돌아보며 목소리를 높였다.

"이 아이도 공에 못지않은 천품을 가졌소. 거년에 한 수 지도를 받고 왔다기에 시험을 해보았더니 많이 자랐더군. 못난 제자가 만심을 거두게 해준 점, 감사드리오."

늙은 도야마가 허리를 굽혀 예를 차렸다. 사사키도 앞으로 나서서 정중히 인사를 올렸고, 선생도 마주 예를 차렸다.

부우우웅.

부산포에 도착했음을 알리는 뱃고동 소리가 울렸다. 증기선 안은 장사치들의 하선 준비로 갑자기 떠들썩해졌다.

"우리 두 나라는 역사적 지정학적으로 오랜 숙적입니다. 함께 싸우고 가르치며 발전해 왔지요. 이제 변환의 시대를 맞아, 한바탕 피를 흘려 서방에 다가갈 준비를 해야 할 것입니다. 우리 일본은 전력을 다할 것이고, 저 역시 한몫 거들 각오를 하고 있습니다."

"어떤 나라에게도 폭력으로 목적을 이룰 자격은 주어지지 않았습니다. 우리는 전력을 다해 당신들의 야망을 분쇄하겠습니다."

그런 정도의 대화가 사사키 주로와의 작별인사를 대신했던 것 같다고, 훗날 당쇠는 오산에게 전했다.

구의 시절

김주경(金周卿)은 치하포 사건을 일으킨 선생이 인천 경무청 옥중에 있을 때 석방을 위해 애쓰던 사람이다. 선생이 이유를 묻자 그가 이렇게 말했다.

"나는 강화도 사람이요. 아득한 옛날 비류백제가 터를 잡았을 때부터 그러했고, 지금도 조상 전래의 땅과 바다를 지켜 살고 있소. 우리 조상들은 몽고군이 강산을 초토화할 때 삼별초에 들어 우리 땅을 지켜냈고, 초지진(草芝鎭)포대가 미국함대의 포격으로 유린될 때 기름항아리와 불씨를 준비하여 적의 배를 향해 쪽배를 몰아 가셨소. 이만하면 공의 의거를 높여 사는 이유가 되지 않겠소?"

선생은 주경에게 감탄하여 후일을 약속했고, 주경은 눈빛을 빛내며 강화도의 이야기를 하였다.

"강화도는 서울로 가는 관문이오. 강화도를 지켜냈을 때 쇄국이 지켜졌고, 강화도가 뚫림으로 개국이 되었소. 강화도는 나라를 걱정하는 사람이라면 반드시 다녀가셔야 할 이유를 넘치도록 많이 가진 곳이오."

선생이 일본국 주유를 마친 후 강화도를 찾은 이유는 그 때문이었다.

"파계승 김 아무개가 주경 형님을 뵈러 왔습니다."

포구와 포대가 아울러 보이는 산기슭 마을에 터를 잡은 주경의 집은 주인의 출타로 아우 진경이 지키고 있었다.

"형님은 만주로 일을 보러 가셨습니다. 선생께서 오실 것을 짐작하시고 준비해 놓은 게 있으니 얼마든지 머무시지요."

진경의 안내로 머물게 된 초막에서 선생은 마을 아이들을 가르쳤다. 그 무렵 보내온 만년학생 안도산의 편지 일절이 계기가 되었다.

배움은 가르침이요, 가르침은 배움이라네.

선생은 아이들에게 천자문과 명심보감을 가르치면서 산을 배우고, 바다를 배우고, 아이들을 배우고, 백성의 삶을 배웠다.

훗날 선생은 그 무렵을 가장 충실하던 시절로 기억하여 기록에 남겼다. 한낱 평범한 백성으로 세상을 살지 못한 한을 이름으로 풀어 백범(白凡)이라 칭하게 되기까지의 젊은 날에, 유일하게 안온을 누리던 시기였기 때문이다.

강화도의 서생으로 와룡이 되어 세상 변화를 주시하는 동안 선생은 이름을 창수(昌洙)에서 두래(斗來)로 바꾸고, 다시 구(龜)로 바꾸었다.

훗날 인구에 회자된 이름 구(九)가 되기까지 여러 차례 개명한 것에는 그럴 만한 까닭이 있었다. 인천 옥중에 있을 때 황제의 사면장을 받았지만, 일본 영사의 거부로 석방되지 못하고 탈옥을 한 탓에 공식적인 신분을 가질 수 없었던 게 그 무렵 잦은 개명의 주된 이유였다.

주경은 대동계와 연줄이 닿아 있는 사람이었다. 만주로 간 이유도 팔도의군도총섭 유인석의 밀명을 받고 적의 형세를 알아보기 위한 것이었다.

선생 역시 오산 이하 여러 수하들을 각 곳으로 보내 정탐을 하였다. 선생의 스승 후조 고능선 선생이 화서학파의 선비로 유인석 도총섭과 인연이 깊었기 때문에 그 계열과 연계가 된 때문이었다.

시국은 바야흐로 대륙의 거인 러시아와 신흥 일본의 일전으로 치닫고 있었다. 대륙에 전운이 일던 1900년대 초반, 선생은 강화도에 적을 두고 대국을 주재하며 연고가 있는 해서 각지에 사람을 보내 학교를 세우고 젊은이들을 길렀다. 만년학생 안도산의 영향을 받은 탓이었지만, 선생 스스로 깨우친 바가 있었기 때문이기도 하였다.

부경주의 소식이 전해진 건 오산의 편지로부터였다. 편지를 가져온 당쇠는 선생의 연락책을 맡아 기어코 전쟁이 터지고 만 대륙을 오가며 소식을 전하고 있었다.

"부 사형이 만주에 터를 잡았다고 전해 왔습니다. 저도 가고 싶습니다. 오산 사형도 그곳에 있다하니 힘을 모아 일을 하고 싶습니다. 허락해 주십시오."

당쇠는 좋은 빌미가 되었다 싶었던지 선생에게 작별인사를 하였다. 삼남 유력을 끝낸 선생을 도와 각처의 동지들과 결속을 다지던 당쇠는 일선에 나서지 못함을 한으로 알고 있었다.

"만년학생님의 당부가 계셨습니다. 아직 신분이 회복되지 않았으니 선생 노릇을 열심히 하시라네요. '가르침이 배움이고 배움이 가르침인 만년학생 노릇의 짜릿함을 즐기는 아우의 한가로움이 부럽다'고 전하라 하셨습니다."

그 무렵 만년학생은 미국에 다녀 온 직후였다. 앞서 일본열도에 상륙할 때의 배에서 일행이 된 후 각기 길을 달리했던 두 사람은 각자의 분야에서 몇 해 동안 눈부시게 활동했다. 한가하지 않다는 것을 알면서 한가함을 말하는, 그야말로 한가한 사람이라는 생각을 하면서 선생은 멀리 이국땅에서의 배움을 전하는 그의 편지를 읽었다.

그 땅에서 나는 희망과 절망을 아울러 보았습니다. 우리가 가야 할 길을 그 땅은 열어주고 있었고, 우리의 과거에 허실이 많았음과, 지금의 노력이 바른 것임을 그 땅은 증명해 주고 있었습니다.
실력을 길러야 합니다. 백성을 가르쳐서 국가의 일임을 깨닫게 하는 것, 나라를 지키는 데는 너나가 없으니 선봉에 서는 것을 자랑스러워하도록 국민의 의무를 깨닫게 하는 것이 우리의 당면 과제입니다. 적은 이미 그걸 깨우쳐 국민을 기르고 있는데, 우리는 이제야 발돋움을 하고 있나 싶었습니다.

적을 알고 나를 알아 적을 압도할 만한 실력을 기르지 않으면, 우리가 설 곳은 없습니다.

　선생이 강화도와 해서지방을 오가며 학교를 세우고 젊은이들의 교육에 열중하는 동안 적국 일본은 러시아와 싸워 승리를 거두고 대륙의 한 조각을 떼어 영토를 넓혔다. 그리고 그 기세로 조선반도를 삼키려 들었다.
　오산의 편지는 직접 전쟁을 겪은 사람으로서 전장의 풍경을 담담하게 기술하여 다음 처신을 예고하고 있었다.

　　명을 받고 만주 땅을 돌던 중에 부경주 사형을 만났습니다. 여러 해 만의 해후로 반가운 중에도 부 사형은 어른의 안부를 잊지 않았습니다.
　　나라 안팎이 하수상하여 저마다 떠나오는 중에 고향에 남아 교육에 여념이 없다는 어른의 소식을 전하자 부 사형은 와룡의 고사를 들어 만족해하였습니다. 진정 큰 뜻을 갖고 때를 기다리는 이는 서두르지 않고 내실을 기른다 하여 멀리 이국땅에서나마 도울 사람들을 찾아보겠다고 하였습니다.
　　부 사형과 더불어 일로전쟁을 시종 지켜보았습니다. 일본과 러시아 모두 나라의 명운이 걸린 싸움이지만, 초전부터 기백에 앞선 일본군의 필승지세로 흐르더니 그렇게 굳어지는 느낌입니다.
　　떠오르는 태양과 지는 해의 싸움이라 결과가 불을 보듯 자명합니다. 전쟁의 승패가 여하하던 전리품이 될 조선은 망국의 길로 치닫고 있는데, 그나마 희망이 될 백성들은 만주로 모여들고 있었습니다. 이 사람들에게 생활을 마련해 주어야 한다고 부 사형은 말했습니다.

부 사형은 조선 사람들에게 희망이 될 방법으로 조상의 종교를 되살리는 것보다 나은 방책이 없다 하였습니다. 원래 단군성조를 모시던 제관의 집안이고, 부 사형 스스로 373대 단군의 자리를 어른께 전수받은 신분이므로 추구할 민족종교의 성격은 결정되어 있는 셈입니다.

"만주는 우리의 고토다. 우리가 옛 땅을 찾고 반듯한 나라를 세운 후에, 우리 일족이 보존해온 옛 역사서들을 세상에 선보이겠다."

부 사형이 입버릇처럼 하시는 말씀입니다. 언제가 될지 모르겠지만 우리 민족이 만주벌판을 되찾는 날, 오랜 세월 보존해온 백제서기 등의 옛 역사서들이 빛을 보게 될 것이라고, 부 사형은 희망 섞인 푸념을 늘어놓고 계셨습니다. 최근에 조선에서 오신 무관 출신 역사학자의 청을 받아들여 일부 도서들을 대여하고, 그 분의 권유로 몇 권의 민족 고대사 관계 서적을 출간하기도 하였지만, 진정 귀중한 책은 아직 밝힐 시기가 아니라고 하였습니다.

어른께서 보내주신 자금이 여러모로 도움이 되고 있습니다. 어른께서는 헐벗은 몸으로 만주 땅으로 들어오는 백성들을 도와 살 곳을 마련하라 하셨고, 부 사형과 우리는 말씀을 따라 땅을 사고 학교를 짓고 책을 찍어 조선인들이 살 수 있는 터전을 만들고 있습니다.

전쟁의 끝이 눈에 보이는 작금의 시점에서, 우리가 할 일은 한 명이라도 많은 백성들을 이가(李家)조선이라는 난파선에서 구해내는 것뿐이라고 어른은 말씀을 주셨고, 우리는 말씀을 명심하여 다음 행로를 결정할 작정입니다. 어려운 세상에 태어난 남자로서 갈피를 못 잡던 차에 할 일을 찾아주신 어른께 부 사형과 더불어 감사의 말씀을 올립니다.

그 즈음 조선은 파국으로 치닫고 있었다. 군대도 외교권도 모두 빼앗기고 식물국가가 된 조선의 관료들은 다투어 새로운 주인에게 충성을 맹세하고 있었고, 일부 뜻있는 사람들만 백성의 개명을 위해 힘을 다하고 있었다.

그러한 혼란 속의 시절에 만주로 가겠다고 말하는 당쇠의 속내에는 선생의 뜻이 숨어 있었다.

"힘을 기르겠습니다. 국내는 대동계와 활빈당의 어른들이 조직을 정비하셨지만 대륙은 그렇지 못합니다. 오산 사형과 부 사형을 도와 애국당을 결성하고 싶습니다."

◇　◆　◇

구마모토성의 천수각이 보이는 거리에서 선생과 이별한 오산은 약속 장소로 갔다. 선생의 호종을 중도에서 끝낸 셈이었지만 의제 당쇠에게 선생의 호위를 맡긴 터라 불안한 마음은 없었다. 평소 과묵하여 실력을 자랑하는 일이 없었던 당쇠가 일을 당하면 침착하기 그지없다는 것을 알고 있었고, 일본열도를 종횡하

217

며 도장깨기를 하는 동안 선생의 두 번째 제자로 나선 당쇠의 싸움에 낭패가 없었다는 것을 기억한 결정이었다.

조력자 없는 싸움을 조건으로 하였으므로 장소는 새토내해의 무인도로 하였다. 부산포 왜관의 연무장에서 이토를 호위하던 상대를 만나 손속을 겨룬 지 2년이 지난 시점이었다. 그때에 두 사람은 따로 명함을 주고받아 약속을 잡았던 것이다.

적의 무기는 대소도 두 자루의 일본도. 오산은 조상 전래의 단창 한 쌍이었다. 두 사람은 부산포 왜관의 연무장에서는 피차 상전의 호위역을 맡고 있던 처지라서 싸움을 사양했지만, 서로 적수를 만났음을 느껴 진심으로 이 싸움을 기다려 왔다.

"이렇게 다시 뵙게 되어 다행이오."

"나 역시 어르신을 모시고 온 이번 일본행이 허행이 되지 않아 기쁘오."

"상전을 모시고 있는 몸들, 승패 간에 주인에게 폐가 되지 않도록 하십시다."

"동감이오. 우리가 대국을 주재하는 사람도 아닌 즉은."

대결 전의 예를 마친 두 사람은 애용하는 무기를 잡아 자세를 갖추었다.

적은 소도를 버리고 대도만을 취해 상단으로 치켜들었고, 그를 본 오산은 쌍창을 포기하고 하나만을 택해 오른손에 잡아 길게 내밀었다.

"묻겠소. 진정 도래인의 후손임을 깨달아 조선인이 되었던 것이오?"

왜인 무사가 던지듯 물었다. 전날 전서를 보낼 때 무사는 미우라(三浦)로 성씨만을 밝혔고, 오산 역시 성을 빼고 이름만을 말한 답서를 보냈다.

두 사람 모두 모시는 사람이 있는 호종무사로 겉으로 드러나는 것을 꺼렸기 때문이었다. 그런 까닭에 미우라가 조상의 연원을 물은 건 의외의 일이었다.

"우리 선조는 무쓰(陸奧)의 국주(國主) 구다라오 게이후쿠(百濟王敬福)의 일맥을 이었다고 하였소."

오산이 한가하게 답했다. 시간은 서녘 하늘이 물들기 시작하는 늦은 오후, 미우라의 장검이 석양을 받아 왜도 특유의 빛을 발했고, 오산의 단창 역시 창날에 반짝임이 있었다.

"신고(神護)의 치세(755~769) 때 이야기로군. 그 무렵의 사람을 가조로 한 가계들이 대개 전국시대 때 무가들의 사칭이었다고 하던데, 그렇게 의심해 본 적은 없었소?"

"우리 조상은 쇼토쿠여제(稱德女帝)의 형부경이었다 하오. 전장에 구르던 뼈다귀들과는 틀리지요."

이웃 간에 담소를 나누는 듯 가볍게 던져지는 대화 속에는 무사끼리 통하는 인정이 있었다. 상대의 실력을 자신의 아래로 보지 않을 때 가문 내력을 따져 무술의 연원을 찾는 건 무사의 교류 방법이었다.

"당신의 시현류야말로 전국시대의 검, 미우라(三浦)씨는 사스마에 흔치 않은 성씨, 대체 어느 줄기를 이었을까?"

오산이 약간 비아냥거림이 있는 말투로 물었다. 구태여 오산의 신원을 물은 미우라에게 그 까닭을 채근한 것이었다.

"하하! 우리 조상도 구마(熊)씨였다오!"

구마씨(熊氏)는 고구려 계통의 도래인이었다. 미우라의 대답은 기합을 대신한 높은 것으로 자랑의 기색을 담고 있었다.

두 사람의 무기가 최초로 얽혔다. 미우라가 내려쳤고 오산이 올려쳐서 막았던 것이다.

"오미(近江)에 살던 일족이 어찌어찌해서 사스마로 흘러들어가 무조(武祖)가 되었다지요."

미우라의 말이 이어졌다. 두 사람의 무기가 십자로 얽혀 힘겨루기에 한창이었다.

"당신의 창, 예사 무기가 아니로군. 구태여 들고 나온 이유가 있었소?"

오산의 단창은 창날과 창대, 손잡이까지 쇠판으로 감싼 무거운 무기였다. 게다가 윤기가 나도록 닦아져서 미우라의 왜도에 못하지 않게 빛을 발했다.

"조상 대대로 물려온 무기지. 300년 전 우리 선조는 조선인 포로들을 구하느라 이 무기를 쓰지 못했소."

두 무사는 동시에 무기에 힘을 주어 교차를 끝내고 물러섰다. 단 한 합의 겨룸이었지만 가진바 모든 것이 무기에 집중되어 숨고르기의 시간이 필요했던 것이다.

두 무사는 한 발짝씩 물러서서 서로를 노려보았다. 피차 필생의 적수를 만났음을 깨닫고 있었으므로 호흡 하나에도 빈틈이 보이지 않았다. 사용한 힘을 보충하여 기세를 돋우는 시간이었는데, 그 사이에도 대화는 중단되지 않았다.

"그때에 사스마 시현류의 일검을 맞고 오른팔을 잃은 우리 선조 할아버지는 조선에 돌아와 후진을 길렀지. 300년 전의 대결에 납득하기 힘든 부분이 있었다고 하셨소."

오산의 단창은 창으로서는 지나치게 짧아 봉술 기법에 맞춰 사용하는 게 좋을 정도였다. 게다가 창신 전체를 쇠판으로 감쌌으므로 철퇴에 못지않은 무게였는데, 오산은 그 부자연스러운 무기를 자유자재로 휘둘렀다.

"사스마 무사의 일격필살의 무위에 대항하는 방법으로 할아버님께서는 보다 강한 무기와 보다 힘센 무위를 들었소. 그 결과가 오늘의 이 싸움인데, 어떻소? 대적할 만하오?"

왜도는 날카롭지만 가볍다. 사스마 시현류는 그 약점을 하늘에서 땅까지 혼신의 힘을 다해 내려치는 것으로 감추었는데, 이제 그 상극이 나타난 것이었다.

왜도의 날카로움에는 철판을 입힌 단창의 둔중함으로, 시현류 무사의 내려치는 기세에는 보다 강한 무위로 올려쳐 막는다는 오산 일가의 연구가 빛을 발하는 순간이었다.

"우연히 선조가 남긴 문집을 들추다가 300년 전에 있었던 대결을 읽었소. 우리네 조상이 당신네 조상과 싸워 약간의 우위를 점했는데 이어진 싸움에서 사신으로 왔던 승려의 선장에 머리통을 맞고 어이없이 패했다고 쓰여 있더군."

미우라의 검이 다시 한 번 바람을 갈랐다. 전국시대 때의 전장에서 대적하던 상대의 무기와 머리통, 투구까지 두 조각으로 내놓았다는 시현류 무술의 정수가 펼쳐지는 순간이었다.

"보장원의 창술을 상대로 수련을 거듭하여 우리 일파 무술의 약점을 극복했다고 하셨는데, 어떻소? 이만하면 부족하지 않을 거요."

300년 전의 일전에서 선대 미우라는 오산의 선대 김삼척과 대결하여 승세를 얻은 뒤 송운선사의 선장에 머리통을 맞고 전장에 굴렀다.

비록 앞선 싸움에서 부상이 있었다지만 너무도 어이없는 패배였다. 그 일전에서 시현류 무술의 치명적인 결점을 실감했던 선대 미우라는 결점을 보강하는 방법을 연구하여 후세에 남겼고, 당대의 미우라가 그것을 인용하여 오산에 대항하고 있었다.

"무술은 조화였소. 세상 어느 분야에 그렇지 않은 게 있을까마는, 가볍고 빠른 검을 추구하는 자는 무겁고 진중한 무기(武技)에 당할 수밖에 없다는 것을 선조는 몸으로 체득하여 교훈으로 남기셨소."

미우라의 칼은 서양 제철기술을 응용한 강철로 만들어 왜도의 약점을 극복하고 있었다. 무게는 줄고 강도는 높아진 미우라의 칼은 오산의 무기 단창과 잘 어울려 드잡이를 벌였고, 기세를 탄 미우라는 칼을 치켜들어 호흡을 고른 후 공간을 가르고 내리쳤다.

"할아버님은 송운선사의 제자이셨소. 머리를 깎지 않은 제자로 조선 불문무술의 정수를 이었지."

오산의 무기 단창이 땅을 박차고 비상했다. 미우라의 내려치는 검과 땅을 박찬 오산의 단창은 또 한 차례의 교차를 만들어 십자로 얽혔다.

"그 결과가 이 창이오. 선장과 검의 조화. 당신의 선조가 깨달은 무예의 비술을 우리 조상도 같은 순간 얻고 있었다는 건 그 역시 조화이지 싶구려."

무기를 십자로 얽어 힘을 다하며 두 무사는 대화를 나누었다. 얼굴에 흐르는 땀방울의 확인이 가능할 만큼 가까운 곳에 적의 눈과 코, 입이 있었다.

"한 가지 더 있는 것 같군. 내려치는 검의 기세에 대항하는 올려치는 검은 기세에 밀릴 수밖에 없는데 그를 극복한 것은 무엇이오?"

"발도술의 운용이요. 검집에서 빠져나오는 순간의 탄력을 이용하는 거합도의 장점을 땅을 긁어 힘을 빌린 거요. 선조 할아버님께서는 일본의 무술은 배울 바가 많다 하셨소."

두 무사는 동시에 무기를 밀어 뒤로 물러섰다. 바다 저편으로 해가 잠기고 있었고, 주위를 흐르는 바람소리는 더없이 상쾌했다.

"상대가 있어 싸울 뿐이오. 무사의 대결에 무슨 이유가 있겠소? 이로써 전날의 공정치 못했던 싸움이 잊혀졌으면 좋겠소. 도대체 말이오. 무사끼리의 대결에 300년을 잇는 한이 말이나 되오?"

"나도 할아버님이 그런 집착을 남기셨다는 게 이해가 안됐소. 헌데 어느 순간 알겠더구려. '우리 후손은 대대로 비기를 물리지 않는다'에서 해답을 찾은 거요. 닦으라 이거였지. 닦는 과정의 목표를 주셨던 거요."

오산과 미우라가 그 같은 대화를 나누었다는 기록은 없었다. 그러나 선생은 오산이 보내온 싸움의 기록에서 그러한 대화쯤이 오갔을 것으로 여백을 읽었다. 선생 역시 스승으로부터 들었던 교훈이 있었던 것이다.

—무술에는 유파에 따르는 특징이 있을망정 비기가 없다. 수련한 정도에 따라 고수와 하수가 갈리는 것이다.

승패를 기록하지 않은 오산의 싸움 기술에서 선생은 자신의 막중한 책임을 다시 한 번 실감했다. 자신에 못하지 않은 무술의 소유자 김오산이 호위무사를 자처하는 이유가 이어지는 기록에 나타나 있었기 때문이었다.

"전하시오. 내가 모시는 선생은 그대가 모시는 어른의 차후 행세를 지켜보겠다고 하시었소. 식언이 되었을 경우 사람을 보내 징치하겠다 하셨으니 조심하라 이르시오."
"그 분은 진심으로 동양의 평화를 원하오. 귀국의 협조가 필요할 뿐인데 쉽지 않다 하시더군. 말씀은 전하겠소."

지금쯤 제자를 자처하는 동지들은 만주벌을 달리고 있을 터, 맨몸으로 거대 군국 일본에 대항하고 있으니 그 어려움이 어떠하랴. 군자금이라도 넉넉히 보낼 수 있으면 좋으련만.

　독립협회의 서 모(某) 박사는 도미 전에 독립신문을 팔아 선생에게 남기고 갔다. 선생이 군자금 명목으로 쓰는 돈은 대개 국내외 유력인사들의 비자금이었는데, 박사는 독립신문을 조선 정부에게 팔아 만든 1만여 원의 거액을 몽땅 선생에게 전해 왔었다.

만남

    러시아와의 전쟁을 승리로 끝낸 일본은 본격적으로 대륙 진출을 시작했다. 전리품으로 챙긴 랴오둥 반도(遼東半島)에 관동주(關東州)를 만들었다. 그리고 전쟁 승리의 전리품인 장춘(長春)에서 대련(大連)에 이르는 남만철도를 관리한다는 명목으로 만주벌의 주요 도시에 대군을 주둔시켰다. 관동도독부 직할 관동군이 거대 공룡으로 자라 중국대륙을 침범하는 건 이후의 일이다.

    단 하루 동안의 해전이었다. 1905년 5월 27일, 일본 연합함대의 도고(東鄕平八郞) 사령장관은 24시간의 해전으로 발틱함대를 격파하고 사령관 로제스트벤스키(Rozhestvensky,Z.P.) 제독을 포로로 잡았다.

    그간 육전에서의 고전으로 암운이 드리웠던 일본국 조야가 함성에 쌓였음은 물론이고, 서방 세계가 동양인의 저력을 다시 보는 계기가 되는 일방적 승리였다.

    하지만 저들의 대륙행에 첫 번째 목표가 된 조선은 전혀 즐거울 수가 없는 상황이었다. 일본과 러시아 두 제국주의 국가의 어느 쪽이 이길지라도 조선반도를 전리품으로 챙길 것은 불을 보듯 자명했기 때문이었다.

전쟁 중에 이미 일본의 점령국이 된 조선은 명목뿐인 황제국으로 전락했다. 전년의 보호조약(乙巳勒約)으로 국권을 빼앗겨 허수아비 국가가 된 조선에 일본은 주차대사령부를 설치한 후 전국 요소에 군대를 주둔시켜 민중의 저항을 막았고, 1906년에 들어 이토(伊藤博文)의 통감부 설치로 사실상 직접통치를 시작하였다.

"조선 관리들은 줄서기를 잘한다."

몇 해 전 이토와 만났을 때 전해 들었던 말을 새기며 선생은 울분을 삼키고 있었다. 저들은 식언이 일상화된 민족인데 구태여 신용을 챙긴 우리만 바보가 되었구나 하는 마음이었다.

"그는 큰 인물입니다. 허나 자신의 나라를 위해 큰일을 할 뿐입니다. 깊이 통찰하십시오."

이토의 양녀 교오(京)가 전했던 말이 새겨진 것도 당연한 감정이었다. 이토는 선생과의 약속을 헌신짝처럼 저버렸던 것이다.

이 무렵 강화도와 해주를 오가던 선생은 구(龜)로 개명한 이후 해서지방 전역을 누비며 교육에 열중했다. 깨어있는 국민만이 나라를 지킬 수 있다는 안창호의 지론에 동감했기 때문이었다.

"가갸거겨… 자, 따라하십시오."

조선 글을 가르치는 운동은 이 무렵 교육자들의 과제였다.

한글학회가 공식적으로 출범하기 전이었지만 배우기 쉽고 쓰기 편리한 조선 글을 민중에게 보급하자는 운동은 진작 시작되어 국한문 혼용의 신문 '만세보', '한성주보'등이 창간된 것도 이즈음이었다.

"가갸거겨… 자, 따라하십시오."

"따라하십시오는 말구요."

"따라하십시오는 말구요."

학당 안이 웃음바다가 된 건 선생의 말을 따라한 외지의 손님 때문이었다. 진남포에서 삼흥학교를 경영하고 있던 안중근이 방문한 것이다.

선생은 웃음으로 손님을 맞았다.

"중근 아우가 웬일로 어려운 걸음을 하셨나?"

"아버님의 명을 받고 형님을 뵈러 왔습니다."

안중근의 부친 안태훈은 전년에 이미 세상을 뜨셨는데, 생전에 감화가 컸던 중근 형제는 어려운 결정을 할 때 그렇게 '아버님의 명'을 빙자하는 예가 많았다.

"나가세. 점심 준비했던 걸 아직 들지 않은 참이니. 학생들도 시장할 걸세."

공부에 열중한 학생들의 열기에 취해서 선생과 제자가 함께 점심을 거르는 게 다반사인 일상이었다. 하기는 그 무렵의 조선인으로 점심상을 제대로 받고 사는 이는 열에 하나도 되지 못했다.

서둘러 수업을 끝낸 선생은 중근을 맞아 점심을 함께 한 후

차를 끓이며 물었다. 왜상들이 들어온 이후 차를 마시는 습관이 퍼졌는데, 실상 중근은 조선의 고유한 차를 즐기던 해서 명가의 출신이었다.

"구(龜) 형님께서는 이 시국을 어떻게 보십니까?"

중근이 삼흥학교를 매물로 내놓았다는 소식은 이미 듣고 있었다. 선생은 중근의 질문이 예사롭지 않음을 짐작하고 다음 말을 기다렸다.

"만주로 갈 작정을 하고 왔습니다. 형님의 연줄을 믿고 떠나려 합니다."

중근이 비밀결사 신간회에 들어 활동하면서 만주 땅의 지사들을 위해 가산을 정리한 내막은 선생이 가장 잘 알고 있었다. 중근의 부친 안태훈 진사를 은인으로 알고 있는 탓에 전년에 타계하셨을 때 상주의 하나로 곡을 했던 게 엊그제의 일처럼 기억되었다.

"아버님의 삼년상을 마친 후 움직이려 하였지만 시국이 기다려주지 않습니다. 조선은 이미 우리나라가 아닙니다."

중근에 대해서는 '신천 안씨 집안의 큰 인물은 중근이다'라고 진작 소문이 나있었고, 이는 선생 역시 인정하고 있는 터였다. 허나 함께 자라 동문수학한 선배로서 중근의 결심에 무작정 동조할 수는 없었다.

"약조하지 않았나? 은인자중하여 힘을 기르기로."

"언제까지 힘을 기릅니까? 저들은 우리보다 몇 곱절 빨리 힘을 키우고 있습니다."

중근의 결심은 확고했다. 선생은 굽힐 수밖에 없었다.

"무슨 일을 계획하고 있나?"

"조선 진공, 그리고 침략 원흉들의 죽음."

"알겠네. 만주 연해주 지역에 동지들이 있네. 우선 그곳으로 가게."

중근은 선생의 답을 듣자 곧바로 길을 떠났다.

그 밤에 선생은 수하로 있던 진경을 불러 명령을 전했다.

"해서 이북의 동지들에게 지급으로 전하시오. 중근의 일에 최대한 협력하라고."

진경은 김주경의 아우로 강화도의 초막학교 때부터 선생을 따랐다. 위인이 우직하여 험한 일도 마다하지 않았기 때문에 선생은 가장 신뢰하는 동지로 곁에 두고 도움을 받고 있었다.

"남도의 활빈당으로부터 자금이 올라왔습니다. 어떻게 할까요?"

삼남지방은 대동계와 활빈당의 활동이 왕성한 곳이었다. 안창호의 제안으로 백성들을 교육하여 국민의식을 심으면서 오가연통제(五家聯通制)로 조직을 다져 놓은 탓에 사실상 일본에 대항하는 또 하나의 정부가 존재했던 게 그 무렵 조선 땅의 형세였다.

"잘 되었군. 중근을 호종할 사람들에게 주세요. 중근에게는 비밀로 하고 그의 일을 돕도록 합시다."

선생이 안중근에 대한 안배를 그렇게 마치자, 진경은 다음 보고를 올렸다.

"의암선생이 사람을 보내왔습니다. 처소에 모셨는데 만나보시렵니까?"

의암 유인석은 을미의병운동 때 충주성공방전의 총수로 이 무렵 팔도의군도총섭에 추대되어 있었다. 선생은 동지 김이언(金利彦)과 함께 의병활동을 할 때 의암의 지도를 받은 바 있고, 의암이 스승 후조 고능선 선생과 함께 화서학파의 동문이기도 한 인연이 있어 또 한 분의 스승으로 받들고 있었다.

"세상에 드러내고 할 일이라면 도총섭께서 친히 사람을 보낼리 없지. 만나보겠소."

그 밤에 만난 유인석의 사자는 뜻밖의 말을 하였다.

"을사조약의 오적을 처단하고 일본인들을 이 땅에서 몰아내는 의군을 일으키라는 도총섭의 격문을 받아보셨는지요."

"배견(拜見)하였습니다만."

"그 일이 탄로 났소. 격문을 받은 인사들의 명단이 왜적에게 전해졌다는 소문이요."

"그런 일이?"

"우리 중에 간자가 있었던 거요. 다행히 왜적에게 직접 전해지지는 않은 모양인데, 일진회가 그 문서를 잡고 흥정을 걸어왔다고 하오."

일진회는 송병준과 이용구를 중심으로 한 친일단체로 동학의 한 갈래가 변절한 결과이기도 하였다. 선생은 일찍부터 동학에 관계했던 터라 가입을 권유받고 관망하고 있었다.

232

"도총섭께서는 믿을 만한 사람으로 선생을 지목했소. 그 명단이 왜적에게 전해지면 이 땅의 지사들은 몰살을 당할 터, 도총섭께서는 특별히 선생에게 이 문제의 해결을 부탁하시었소."

선생은 깊이 한숨을 내쉬었다. 팔도의군도총섭 유인석의 격문을 받은 이는 각 지역의 유력자들로, 일본을 증오하는 세력을 망라했다고 보아도 좋았다.

한데 그 명단이 왜적에게 들어간다면…… 생각하기도 싫은 사태가 벌어질 것이었다.

"알겠소. 구(龜)가 일을 맡았다고 전해 주시오."

선생은 직접 나서지 않으면 해결을 보지 못할 일이라고 생각하며 말문을 바꾸어 사자로 온 이를 지목하여 물었다.

"헌데 공의 얼굴이 무척 낯익은데 혹시……"

"눈치 채셨군요. 저, 걸(傑)입니다."

의암 유인석의 사자로 온 인물은 전날 당산마을 싸움 때에 대한제국 원수부의 병사들이 변복한 의군을 이끌던 이참위였다.

"대한제국의 군사권이 저들에게 넘어가고 친위대가 허수아비 군대가 된 후, 곧바로 사직하고 의암선생의 막하에 들었습니다. 제 할아버님이 화서 이항노선생의 문하에서 의암선생과 동문수학한 사이이셨거든요."

전 참위 이걸(李傑)은 변장을 풀고 명랑하게 말했다.

"선생의 일을 도우라 하셨습니다. 이 나라의 진정한 힘은 선생에게서만 찾을 수 있다 하셨지요."

◇　◆　◇

장단고을은 서울을 수호하는 한수 이북의 관문 중 하나로, 나라에서 중히 여겨 시대에 따라 도호부가 주재했던 곳이다. 왜적은 전국에 경찰 분견소(分遺所)와 분파소(分派所)를 설치할 때 장단을 빠트리지 않아서 군경 합력의 병력 주둔으로 주민들을 괴롭게 하였다.

장단분견소 소속 조선인 순검 하나가 옷이 벗겨진 채로 매타작을 당했다는 소식을 접한 분견대장 오카(岡)경부는 야밤임을 무릅쓰고 병력을 출동시켰다.

"순검 강경복의 부친은 우리 일에 적극 협조하는 장단고을의 유지이다. 일본제국에 우호적인 인사의 자제가 수치를 당했다는데 방관할 수 없다. 전력을 다해 폭도들을 잡아라."

오카가 내세우는 명분은 그럴 듯했지만 실은 약탈부대의 출동이었다.

일본인들의 입장에서 보면 조선 땅은 보물덩어리였다. 마을마다 성황당이 있고 골짜기마다 산당이 있어 신을 모셨는데, 그림이나 목각, 석물로 표현한 신의 형상이 제각기 달라 자체로 예술품이었다.

특히 산당은 마을 공동으로 제례를 지낼 뿐 방치되어 있기 일쑤라 둘둘 말아 챙기기만 하면 한 재산을 마련할 수 있어 일본인 약탈부대가 가장 좋아했다.

대낮에 벌이는 약탈보다는 밤의 행사가 은밀하고 소득이 컸다. 적당히 총을 쏘아 분위기를 만든 후, 마을의 고가나 신당을 털어 돈이 될 만한 물건들을 싹쓸이 한 후에 불을 질러 흔적을 없애는 게 일본군 약탈대의 수법이었다. 오카가 어둠을 무릅쓰고 수하의 군인과 경찰을 출동시킨 것은 그런 이유 때문이었다.

오카경부는 장단에 부임한 이래 수십 차례의 출동으로 한 재산 넉넉히 만들어 두었다. 허나 사람의 욕심에 끝이 있던가. 이런 좋은 건수에 참가를 마다하면 선조의 위패를 모신 신사의 칠복신이 벌을 주실 것이라고 오카는 약탈대를 출동시킬 명분을 삼았다.

그날 밤 오카부대가 노린 곳은 보봉산(寶鳳山) 기슭의 화장사(華藏寺)였다. 각종 불보살상과 탱화(幀畵)가 많기로 소문난 곳이라 진작부터 노리고 있었는데 이번에 기회와 명분이 아울러 주어진 것이었다.

'그 절은 대웅전(大雄殿)의 후불탱화(後佛幀畵)가 유명하다지. 본국에 가져가서 고향마을의 신사에 걸어놓으면…… 여차하면 팔아서 돈을 만들어도……'

오카가 욕심을 품고 사건이 벌어진 대원마을에 도착했을 때는 마을 뒤 보봉산 마루에 밝은 기운이 물들어 오는 새벽녘이었다.

대원마을에서 화장사는 지척이었다. 오카는 마을을 수색하는 일을 뒤로 미루고 화장사로 병력을 직행시켰다. 밤이 새기

전에 일을 벌여 재물을 챙긴 후 절을 불태울 속셈이었다.

발가벗겨져 매를 맞은 조선인 순검의 아버지에게 신고를 받고 병력을 출동시킨 터라 명분이 좋았다. 절 안에 숨어 반항하는 폭도들을 소탕했다고 보고서 한 장 쓰면 만사가 해결되고 오히려 포상을 받을 쉬운 일이었다.

화장사로 향하는 산기슭은 골짜기를 따라 길이 나있었다. 오카부대는 달리듯 빠르게 전진했다. 때때로 산속 수풀지대를 향해 총을 쏘도록 했는데, 그로써 폭도와의 전투는 완성된 셈이었다.

그런데 어느 순간, 총소리에 변화가 생겼다. 출동부대의 기본화기 무라다총의 사격음과는 다른 화승총의 발사음이 보봉산 골짜기에 메아리를 만들었다.

뜻밖의 기습에 대처하지 못한 오카부대는 대혼란을 겪다가 제각기 엄폐물을 찾아 몸을 숨겼다.

"우리는 하늘을 대신하여 도를 행하는 활빈당 나리들이시다. 살고 싶으면 무릎을 꿇어라!"

활빈당을 자처하는 습격군의 대장이 호통쳤다. 그의 일본어는 오카의 그것보다 유창했고 풍채는 당당했다. 요소를 짚어 잠복하고 있던 습격군은 몸을 숨기려는 일본인들을 기다렸다가 몽둥이찜질을 안겼고, 팔다리뼈가 부러지거나 머리통이 터진 일본인들은 저승사자를 만난 듯 낭패를 보고 굴비두름 엮듯이 묶였다.

"이놈들을 발가벗겨서 매우 쳐라!"

명령이 떨어지자, 활빈당을 자처한 습격군은 일본인 군경의 옷을 모두 벗겼다. 그리고 미리 준비한 듯싶은 회초리로 본때 있게 매를 때렸다.

"남의 나라 땅을 짓밟은 것도 모자라서 화적질을 해? 이놈들아, 우리가 바로 남는 곳의 재물을 덜어 모자란 곳을 채워주는 일을 하는 활빈당 나리들이시다!"

활빈당을 자처하는 습격군은 병졸들의 속옷까지 몽땅 벗겨 싹쓸이해갔다. 보봉산 산마루 위로 해가 떠올라 천지를 밝힐 때까지 오카부대의 군경들은 벌거벗은 몸을 떨며 한데 묶여 있었다.

오카부대의 패잔병을 구한 사람은 조선인 순사 강경복과 그의 부친 강지운이었다. 대원 마을의 이정(里正) 강지운은 급히 달려온 면임(面任) 김유연과 함께 오카부대를 극진히 대접하며 하소연을 했다.

"제 못난 자식 놈을 살리러 오신 귀한 분들에게 낭패를 보게 해드렸으니 이 일을 어쩐답니까? 의원을 불렀으니 치료를 받으시고 분견대에서 사람이 올 때까지 몸조리를 하세요. 그리고 우리 마을의 원한을 풀어주세요. 글쎄, 그 폭도들이 귀하고 천하고 가릴 것 없이 재물이란 재물은 싹쓸이를 해갔지 뭡니까? 불까지 질러서 민가를 태우고 갔으니, 천하에 몹쓸 놈들입니다요."

오카는 조선말을 할 줄 안다 하여 특채된 상인 출신 경찰이었다. 한때는 대륙낭인을 자처하기도 했던 자인지라 머리가 잘 돌아가서 임기응변에 능했다. 강지운의 하소를 듣는 동안 패전의 책임에서 빠져나갈 구실을 찾았다.

"어르신의 도움은 상부에 보고하여 포상을 받도록 할 것이오. 그런데 놈들은 누구며, 왜 어르신의 자제를 욕보였던 거요?"

"그놈들이 글쎄, 조선 전역을 누비며 화적질을 해먹고 사는 임꺽정이 패거리들이지 뭡니까? 아들 녀석이 일본국의 벼슬을 했다고 저리 매를 놓고 재물을 털어갔으니 제발 이 원한을 풀어 주십시오."

"조선인으로 순사 특채의 은전을 입은 사람이 한둘이 아닌데, 어르신의 자제만을 특별히 지명하여 욕을 보인 이유가 뭐요?"

"일진회에 가입했다고 더욱 매를 놓았습죠. 나라 팔아먹는 단체에 머리 숙이고 들어간 국적이라고 저리 반죽음을 만들어 놓았지 뭡니까?"

아들 경복의 등짝에 선명한 매 맞은 자국을 보이며 침을 튀기는 강지운의 열변에 오카경부는 납득했다는 듯이 머리를 끄덕였다. 일진회는 우호단체이니 적극 도우라는 명령이 전국의 분견대에 내려져 있었던 것이다.

'일진회를 돕기 위해 출동했지만 뜻밖에 강한 적을 맞아 불리한 싸움이 되었다 하자. 다행히 죽은 사람은 없으니 입만 잘 맞추면 망신은 피할 수 있다. 마을 유지의 자제가 일진회원이었고, 그를 구하고 적을 쫓았다 하면 견책 받을 일은 없으리라.'

생각을 굳힌 오카는 강지운의 아들 경복을 앞세우고 마을을 떠났다. 임꺽정이 수백 년 전의 사람임을 알지 못한 오카는 적 괴의 이름을 그렇게 쓸 작정이었다.

옷과 무기를 모두 빼앗긴 오카부대는 조선인 촌노들의 복색을 한 채 야밤을 틈타서 귀대했는데, 절반 이상의 대원이 다리를 절룩거렸다.

◇　◈　◇

"송병준이 경복을 불렀다 합니다. 장단은 서울이 지척이라 소문이 나서 일진회 지방총장인 그로서도 모르는 척할 수 없었을 것입니다."

송병준은 을사조약이 체결되기 전부터 이용구와 함께 일본에 외교권 이양을 주장하는 '보호청원선언서'를 발표해서 지탄받고 있던 인물이었다. 갑신정변의 실패로 일본에 망명한 김옥균을 암살하려고 도일했다가 감화를 받고 문하가 되었다는 설이 있는데, 출세의 방편으로 김옥균의 명성을 빌렸다는 소문이었다.

러일전쟁에 때에 일본군 병참감 오다니 기쿠조(大谷喜久藏) 소장의 통역으로 귀국한 송병준은 일본군을 등에 업고 출세일로를 달렸다.

1906년 시점의 송병준은 일진회 지방총장과 회장대리를 겸임하고, 기관지 국민신보의 2대 사장으로 취임하여 조선 정계의 거두로 행세했다. 자연히 장단고을의 소동과 일진회원인 강경복의 일을 알게 되어, 간섭을 하고 나셨던 것이다.

선생이 보고를 받고 있던 그 시각, 경복은 송병준을 따라 일진회의 고문 우치다 료헤이(內田良平)를 만나고 있었다. 그가 가져온 정보가 엄청난 것이어서 혼자 처리하기 힘들다고 느낀 송병준이 우치다의 두뇌를 빌릴 셈으로 방문을 청한 결과였다.

일찍이 천우협을 자처하여 녹두장군의 동학군을 파국으로 몰아간 우치다는 그 무렵 일진회를 동원하여 한일연방(韓日聯邦)을 주장하고 고종 폐위 공작을 벌리고 있었다. 경복이 가져온 정보가 조선 조야를 압박할 수 있는 중대한 것이라는 송병준의 말을 심각하게 받아들인 이유였다.

"조선 조정이 통감부 몰래 폭도들과 내통하고 있다는 건 아시지요."

"그렇다고 들었소이다."

"황제가 팔도의군도총섭이라는 첩지를 내린 자가 의암 유인석입니다. 을미년의 소동 때에 제천·충주 일대의 폭도들을 지휘하여 관군을 압박했던 위험인물인데, 그가 조정의 밀명을 빙자하여 전국의 불량선인들에게 격문을 돌렸습니다."

송병준의 말에 우치다가 약간 비아냥거리는 어조로 반문을 했다.

"대단한 힘이 되겠소? 민병이란 명분뿐이고 자리다툼에 여념이 없던데."

우치다가 비아냥거리는 이유는 동학농민운동 때의 경험을 되새긴 결과였다. 송병준은 우치다의 그런 모습을 경박하게 보고 속으로 혀를 찼다. 우치다가 조선 파병의 명분을 만들라는 도야마의 명을 제대로 이행한 자신의 공로를 높여 자랑삼곤 한 탓에, 녹두장군을 부추겨 난리를 유발한 천우협의 존재가 세상에 알려졌던 것이다.

"일한합병을 목전에 두고 있는 시점 아닙니까? 이 중차대한 시기에 적의 목을 쥘 명부가 우리에게 있다면, 더구나 조선 조정의 유력자들이 그 명부에 있는 경우라면 제법 도움이 되지 않겠습니까?"

송병준의 말에 우치다는 자세를 고쳐 앉았다. 일한합병은 자신에게 주어진 도야마의 명령이었고, 남자로서 해볼 만한 일이라고 생각해 왔기 때문이었다. 한 나라를 집어 삼키는 일에 막후 주역이 된다면 그보다 더한 인생이 어디 있으랴.

"이 젊은 순사의 정보에 의하면, 황해도의 김구가 서울에 들어왔답니다. 그가 누구를 만나고 무슨 일을 하는지, 은밀히 살필 인원과 자금이 필요합니다."

김구(金龜)라는 이름이 겐요샤 본부로부터 요시찰 인물 일호로 지목되어 온 건 수년 전이었다. 등장부터가 요란했던 김구는 조선황제의 정식 사면을 받은 이후 특별한 활동을 하지 않고 학당을 경영할 뿐이라는 보고가 있었다.

하지만 본부의 관점은 의외의 것이었다. 조선 조야를 좌지우지할 만큼 큰 세력을 가진 자로 막후 세력의 거두라는 것이었다.

"알겠소. 내 통감부에 알려 즉각 체포하도록 하리다."

우치다가 장담을 하자 송병준이 고개를 저었다.

"아직 모르시겠습니까? 그 명부를 가진 자가 우리 중에 있다는 말입니다."

"무슨 뜻이요?"

"우리 중의 누군가가 그 명부를 입수한 후 저울질을 하고 있다는 뜻입니다."

우치다가 표정을 굳혔다. 드러내놓고 공격하는 일개 사단의 병력보다 숨어서 공작하는 일개 간자가 더 위험할 수 있다는 것은 우치다 자신이 천우협의 일원으로 조선 땅에 난리를 일으킨 경험이 있었던 터라 가장 잘 알고 있었다.

송병준은 스스로 경복의 심문을 맡았다. 젊은 시절의 그는 다양한 분야에서 활동하여 실력을 쌓았고, 그 경력 중에는 한때 순검이 되었던 기록도 있었다.

"김구가 서울로 왔다는 것은 어떻게 알았나?"

"저를 발가벗겨서 매질한 패거리의 두목이 김구였습니다."

"김구가 화적패에 들어 두목 노릇을 했다? 그걸 어떻게 증명하지?"

"그들이 말하는 바를 들었습니다. '우리의 두령이 김구다. 네 죄를 범한 사람의 이름쯤은 알아두는 게 좋을 게다'하는 것이 그들의 입버릇이라고 하더군요."

송병준은 쓴웃음을 지었다. 장단분견소의 소장 오카경부라는 자의 보고서에서 '적의 괴수는 임꺽정' 운운하는 어이없는 말을 본 뒤끝이라 경복의 말 역시 허풍이라고 짐작한 때문이었다.

"유인석의 격문 명단이 유출되었다는 사실도 그들이 말했나?"

"아닙니다. 실은 저희 아버님께서……"

경복이 목소리를 낮추어 말을 했다. 그가 털어놓는 이야기는 제법 줄거리가 정연했다.

"아버님은 폭도들의 통주(統主)입니다. 협박에 못 이겨 그 마을의 통주를 맡은 후 서울을 오가는 폭도들에게 숙소를 마련해 주곤 하였는데, 반년 전에 유인석의 격문을 전하려고 지나갔던 자를 며칠 전에 다시 재우게 되었습니다."

통주란 오가연통제의 직책 중 하나로 다섯 집을 묶은 대표를 말함이었다. 조선조의 관제 중 최하위로 이정(里正)의 아래였다. 약간의 논밭을 지닌 이들이 맡기 마련이었는데 폭도들이 그러한 조직을 갖고 있다는 소식을 들은 바 있었지만 실체를 접하기는 처음이었다.

"저는 순검으로 특채된 후 나라의 은혜를 갚고자 벼르고 있다가 동료와 함께 그 자를 잡았습니다."

순검 경복은 유인석의 연락책을 잡은 후 격문을 압수하고 주재소로 압송하던 도중에 뜻밖의 말을 들었다고 하였다.

"우리가 조금 고통을 가했더니 그가 말했습니다. '해서의군의 총수 김구의 명령을 받고 유인석의 격문을 받은 사람들의 명단을 훔친 간자를 추적하기 위해 서울로 가는 길이다'라고요."

엉성하기는 하지만 사실이 아니랄 수도 없는 이야기였다. 송병준은 경복의 다음 말을 기다렸다.

"분견소까지 호송하던 도중에 매복하고 있던 폭도들에게 잡혀 흠씬 매를 맞았습니다. 동료가 도망쳐서 오카경부에게 도움을 청한 덕택에 살아나기는 하였지만 붙잡았던 폭도와 압수했던 격문을 모두 빼앗기고 말았습니다."

결국 해서의 김구가 서울로 왔고 그 목적은 유인석의 격문을 받은 사람들의 명부를 되찾기 위해서라는 정보를 얻었지만 증거는 전혀 없다는 이야기였다.

"실제로 오카경부의 분견대가 폭도들의 습격을 받고 망신을 당했다하니 근거 없는 정보는 아닐 것입니다. 우치다선생이 주도하여 간자를 처벌해 주십시오."

송병준은 간자의 정체가 누군지 짐작하고 있다는 투로 말했다. 우치다는 그가 적수를 제거하기 위해 잔꾀를 부리고 있다고 풀었다.

"알겠소. 내 알아볼 테니 공도 힘을 써보시오."

송병준이 혐의를 두는 곳은 이용구였다. 송병준과 이용구는 동료인 듯싶지만 서로 견제하는 사이로 우치다는 두 사람을 나누어 조종하고 있었다.

"아무튼 재미있는 자들이야. 세 사람이 모이면 다섯 개의 분파를 만드는 능력을 가진 자들…… 나라가 결단이 나든 말든 출세 길만 쫓는 무리들……"

우치다가 비웃음의 빛을 띠고 혼잣소리를 하였다. 얼핏 송병준의 얼굴 표정이 변하는 게 보였지만 개의치 않았다. 조선인들 따위, 적당히 어르고 적당히 뺨을 때리면 알아서 기는 민족 아닌가.

◇ ◆ ◇

강경복의 상황은 속속 선생에게 전해졌다.

"경복이 우치다의 소개로 이용구를 만났습니다. 얻을 것이 있을 듯합니다."

이용구는 송병준과 한패가 되어 일한합병을 주창하고 있는 자로 일진회의 거두였다. 일찍이 동학농민전쟁에 참가하여 일군을 이끈 접주였는데, 동학의 3대 교주 손병희의 명령을 받고 비밀결사 대동회(大同會)의 결성을 주도했다.

나름 민족운동가를 자처하여 대동회를 이끌던 이용구는 어느 순간 친일 집단 진보회로 바꾸어 동학의 명예에 타격을 주었다. 일본과 러시아가 전쟁을 할 때에는 주차군 참모장 사이또(齊藤)중좌에게 협력하여 진보회의 회원들을 철도건설과 군수품 운반에 동원하기도 하였다.

송병준 못지않은 모사꾼으로 음모에 능한 이용구는 그 무렵 진보회를 일진회와 합병시킨 후 동학의 분파 시천교를 출발시키고, 천우협의 일원인 일본인 승려 다께다 한시(武田範之)를 고문으로 맞아 통감부의 신임을 얻는 방편으로 삼았다.

그는 농민전쟁 때에 동학군의 접주를 맡아 한몫을 했던 터라 동학군 해서 총수 김구와도 인연이 있어 경복이 갖고 온 안건이 불안한 듯 떫은 안색으로 자리에 나타났다.

"송병준이 나를 의심하고 있다고 우치다 고문이 말하더군. 나도 유인석 도총섭의 격문을 받은 사람이기는 한데, 요란을

245

떠는 이유가 뭐요?"

을미의병운동 초기에 동학군의 여당을 이끌고 유인석의 막하에 들었던 이용구였다. 시세에 맞춤한 처신으로 출세지향이 되기 전의 이용구는 스스로 의기남아를 칭할 만했던 민족세력의 일꾼이었다.

"저는 모릅니다. 높으신 어른들이 하시는 일인데 일개 순검이 무얼 알겠습니까? 다만 저희 아버님 같은 조직의 말단까지 세세히 명단이 만들어져 있다는 소문만 들었을 뿐입니다."

"춘부장이 장단고을의 마을 이정이시고 그들 조직의 통주라고 하였지? 아닌 게 아니라 큰일이겠군."

조선 조정의 오가연통제는 원래 세금을 쥐어짜기 위한 조직이었다. 특히 군포의 공동 책임을 목적으로 하였는데, 오가(五家) 중의 한 집이라도 결원이 생기면 나머지 네 집이 책임지는 형식이었다. 통주는 오가의 대표로 대단한 직책이 아니었지만 울력 등의 관민합력의 일을 해야 할 때 편리함이 있어 나라에서 장려했다.

"우리 일진회도 아직 못한 일을 해내고 있었군. 대단한 사람들이야."

전국을 무대로 조직을 확산시키고 있는 일진회의 13도 총지부장으로서 이용구는 말단에 갈수록 충성도가 낮아지는 조직의 폐단을 체험한 바 있었다.

폭도들의 세포였던 자들의 약점을 잡고 부릴 수 있다면……
위로는 중앙 정계의 요인들로부터 아래로는 말단 면임과 이정에 통주까지…….

이용구는 군침을 삼키며 물었다.

"대체 어느 인물이 그 같은 조직을 만들 수 있었을까?"

격문의 명부를 잃었다는 팔도의군도총섭 의암 유인석은 전형적인 선비로 조직을 만들 만한 형편이 아니었다. 격문에 이르기를 '나라에서 선비를 기름은 이 한때를 위함이라'하였지만 실상 선비들처럼 나약한 부류도 없었다. 을미의병운동 때의 경험을 생각해보면, 무술이랍시고 활쏘기를 익힌 게 고작인 선비들은 진막 안에서 자리다툼이나 하면 딱 맞은 부류들이었다.

"활빈당입니다. 그들 중의 대표로 해서의 김구가 서울로 왔습니다."

이용구는 정신이 번쩍 뜨이는 것을 느꼈다. 의병운동이라는 것은 의기만 넘치도록 많을 뿐 용기가 없는 선비들의 말품팔이 장난이라고 비웃고 있던 이용구였지만 활빈당은 달랐다.

보이지도 않고 실체도 있는 듯 없는 듯 했지만 분명 존재하는 거대한 힘, 활빈당을 이용구만큼 실감하고 있는 사람도 드물 것이었다. 실제로 일진회의 성원 중에 활빈당과 부딪쳐 사상자가 난 예가 부지기수였던 것이다.

"그래서 송병준이 우치다를 부추겨 내게……."

이용구는 송병준이 뜨거운 솥을 넘긴 것이다 싶었다. 동학농민전쟁 때에 해서의병의 일지대를 이끌고 해주성을 공격했던 김구는 치하포에서 일본군 중위를 죽인 이후 조선의 지사들 중에서 가장 사나운 인물로 손꼽히고 있었다.

247

"그 김창수가 김구로 개명했다지? 당시에도 한 인물 하겠다 싶더니 활빈당의 총수가 되었군그래."

이용구가 탄식하는 이유는 또 있었다.

"해서의 팔봉접주 김창수를 보호하고 그의 말을 내 말과 같이 따르라!"

농민전쟁 말에 동학의 모든 지도자들에게 내려진 해월신사의 명령이었고, 그 명령은 지금도 유효했다.

"해주성 싸움 직후 그를 해코지했던 이동엽 접주는 쥐도 새도 모르게 죽었지. 나도 동학의 한 사람, 그를 만나 보아야겠군."

활빈당은 무섭다. 더구나 김구라면…….

이용구는 입술을 깨물었다. 도처에서 친일을 하는 자들이 죽어나가고 있었는데, 그 배후가 활빈당이라는 소문이었기 때문이었다.

◇　◆　◇

"이용구가 경복을 통해 면담을 청해 왔습니다."

"송병준은?"

"아직 소식이 없습니다. 관망하고 있는 듯합니다."

"그에게 명부가 있었군. 그를 먼저 만나야겠네. 송병준에게 김구가 만나고 싶다고 첩지를 보내게."

집사로부터 방문객의 명함을 받아 든 송병준은 올 것이 왔다고 생각했다. 일본국을 좌지우지하는 우익의 거두조차 두려워한다는 살성(殺星) 김구의 이름이 명함에 커다랗게 박혀 있었다.

송병준은 고향 선배의 방문을 받은 말배처럼 단정하게 차려입고 선생을 맞았다.

"동료인 이용구에게서 선생의 이야기는 듣고 있었소. 백주에 일본국 육군 중위를 처단하고 황제의 사면장을 받은 전무후무한 사건의 장본인이라고."

수인사를 나누며 선생의 인품을 살핀 송병준은 과연 명불허전이라고 마음속 깊이 탄복하며 말을 이었다.

"선생과 같은 풍도의 인물을 이전에도 만난 적이 있소. 그것도 두 차례나."

송병준은 선생보다 반 배분 이상 연상인 인물이었다. 허나 그는 윗사람을 받들 듯 공손한 언사로 선생을 대했다.

"한 분은 어릴 때에 목숨을 구해 준 이요. 우락부락 범상치 않은 인상의 노스님이셨지. 시정잡배들에게 두들겨 맞고 사경을 헤매던 막배를 구한 후, 귀천이 없는 시대를 열기 위해 살라 하셨소."

송병준은 천민출신이었다. 성(姓)을 갖지 못하고 태어난 북변(北邊) 출신의 파락호로 시장 바닥을 구르며 성장했다.

"그 스님이 약간의 무술을 가르쳐주고 세도 민씨 집안에 자리를 마련해 주었소. 사람의 길을 열어 주신 그 분은 끝내 제자로 인정해주지 않고 떠나셨소."

우락부락한 인상의 노스님이라면?

선생은 순간, 송병준의 인생에 스승의 그늘이 드리워 있음을 느꼈다. 스승의 안배에 이 사람이 있었다면…….

선생은 다음 말을 기다렸다.

"두 번째 만난 높은 풍도의 인물은 고균선생이요. 무과 급제 후 출세 길을 찾던 차에 그를 만날 기회를 잡은 거요."

송병준이 고균(古筠) 김옥균(金玉均)을 암살하러 도일했다가 오히려 감화를 받고 문하가 되었다는 이야기는 선생도 들은 바가 있었다. 선생과 먼 친척이기도 한 김옥균은 갑신정변의 실패 후 일본으로 망명하여 고국의 개화파를 원격 조종했다. 2년 전 홍종우에게 암살되기까지 김옥균은 조선 조정 수구파의 심복지환(心腹之患)이었다.

"고균에게 칼을 들이댔소. 가볍게 팔을 잡아 꺾어 빼앗더군. 순식간에 제압당한 내게 '민대감이 보냈나?'라고 물었소."

갑신정변 때에 고균에게 일가가 몰살당한 집안은 한두 집이 아니었다. 고균은 혁명가를 자처했을 만큼 열정적인 인생을 살았으므로 그에게 원한을 품고 자객을 보낸 집안은 열손가락을 넘길 정도였다.

"칼에 새겨진 명문을 보고 내게 의뢰한 집안의 내력을 짐작한 거요. 표정이 어두워지더니 칼을 돌려주었소. 의뢰한 집안을 대신하여 원수를 갚으라 하였소. 생사일여, 삶과 죽음의 경계를 초월한 그를, 나는 해칠 수 없었소."

인생의 고비마다 만났던 은인을 새기던 송병준은 그리운 듯이 말을 이었다. 다시는 볼 수 없으리라 여겼던 큰 산의 세 번째가 눈앞에 있는 것이다.

"거대한 산을 앞에 둔 듯 겁이 났소. 오금이 떨려서 아무것도 할 수 없었소. 오히려 내가 죽고 온 셈. 간신히 정신을 추슬러서 꽁지를 빼고 달아났을 뿐이오."

"……"

"나는 고균에게 두 가지 큰 빚을 졌소. 하나는 목숨. 하나는 그의 일본인을 대하는 처세관."

고균은 일본인 관료들을 믿지 않았다. 사람과 사람의 만남에 있어서 고균은 좋은 동료요, 친구였지만 관직 명색을 지닌 자들은 필요에 의해 사귈 뿐 곁을 주지 않았다. 갑신정변 때에 지원을 약속했던 일본인 외교관들에게 철저히 배신을 당한 경험 때문이었다. 그때에 정변을 부추겼던 일본 군인들과 외교관들은 사태가 불리하게 돌아가자 썰물처럼 빠져 달아났고, 고균의 동지들은 떼죽음을 당해야 했다.

"선생은 어릴 때의 스님과 고균선생에 이어 세 번째로 만난 내 목숨 줄을 잡은 사람이오. 조금 더 공격적인 고균이랄까?"

송병준이 손뼉을 쳤다. 홀연 주위에 약간의 수런거림이 일고 곧 조용해졌다. 선생은 말없이 송병준의 행동을 지켜보기만 했다.

"사면 벽과 바닥 구들 아래, 천장 서까래 위에 자객들을 배치했소. 선생이 들어선 즉시 공격을 지시했으면 내가 이겼을 거요. 활빈당의 집중 공격을 받아 사흘을 연명하기 힘들겠지만,

선생과 함께 한 목숨이라면 손해가 아니지."

선생도 진작 살기를 느끼고 있었다. 송병준의 태도를 보기 위해 지켜보고 있었을 뿐. 설령 그들이 공격했다 해도 대처할 방법을 준비해둔 상태였다.

"헌데 못했소. 죽음이 두려워서가 아니라 고균의 의지를 잇기 위해서요."

선생은 마음속으로 냉소를 지었다. 죽음 앞에 냉정할 수 있는 거물이 몇이나 되던가. 선생은 송병준의 입에서 시선을 떼지 않았다.

"그가 내게 말을 남긴 것은 아니지만 그가 아쉬워하는 것이 무엇인지는 알 수 있었소. 내 행동을 방관하던 고균의 표정은 '조선이라는 나라는 정변 정도로는 바뀔 수 없는 중병을 치르고 있으니 차라리 죽여 무덤으로 보내고 새로운 아이를 낳는 게 나을 것'이라고 말하고 있었소."

그 순간 선생은 스승이 송병준을 안배한 이유를 깨달았다. 스승은 이 혼란한 시기에 사석으로 쓸 장기알을 마련해둔 것이었다.

혼돈의 시기에는 파멸을 이끌 인물이 필요한 법, 스승은 송병준을 그러한 역에 적격으로 보셨음일 것이다.

"나는 조만간 조선조의 역사에 가장 큰 역적으로 남을 일을 하게 될 거요. 황제를 폐위시킬 작정이니까."

선생의 잠깐 눈빛이 흔들렸다.

황제의 폐위. 망해가는 나라를 새롭게 일으켜 세우는데 한 몸 바치겠다고 결심했거늘, 이 자는 반대되는 길에 서는 데 태연하다. 역시 스승이 낙점한 거물이다 싶었다.

송병준은 신념이 있는 자였다. 비록 잘못된 신념일지라도 의지가 이만하면 그 또한 한 인생이 아니랴.

"방법은 이미 나와 있고, 계책도 세워져서 시기만 기다릴 뿐인데, 그날 이후의 나는 조선인으로 돌아오기 힘들겠지. 어떻소? 아직 내가 조선인일 때 한 차례 대결해 주지 않으시겠소? 조선 제일의 인물에게 패했다는 명예라도 안고 가도록."

말을 마친 송병준이 무기를 꺼냈다. 육모방망이였다. 송병준은 한때 야경꾼 노릇을 한 적이 있었는데, 그때의 호신무기로 신분을 나타내는 증표이기도 하였다.

"스님에게서 배운 무술을 갈고 닦아 무과에 급제했지만 배경이 없는 천민 출신에게 주어진 직위는 도성의 파수꾼 노릇이 전부였소. 그때에 쓰던 무기가 이거요. 상대해 주지 않으려오?"

선생은 송병준의 도발을 받아들였다. 그도 명색이 무인, 게다가 스승의 입김을 받은 자이니 한 차례의 드잡이로 인연을 마감하는 것도 나쁘지 않을 듯싶었다.

일순의 공방, 움직임이 있었는가 싶더니 어느새 승패가 갈려 있었다. 순식간에 육모방망이는 송병준의 손을 떠나 천장을 향해 날았다. 그리고 방망이에 의해 찢긴 천정에서 우수수 종이 다발이 떨어져 내렸다.

"허허. 이리 차이가 날 줄이야. 스님이 제자로 삼아주지 않으신 이유가 여기에 있었어."

송병준은 길게 탄식하며 종이다발을 주시하고 있는 선생에게 말했다.

"그 종이 뭉치가 문제의 명부이니 가져가시오. 헌데 파장이클 거요. 그거 말이오, 원래 없던 문서를 간부급 몇이 며칠 밤을 새워 만들었다 하오. 보장이 필요했던 게지."

선생은 동행한 이참위에게 눈짓을 했다. 송병준이 어떤 뜻으로 말하는지 짐작이 되어서였다. 대체로 선비들은 파벌을 가르거나 적과 흥정할 때의 신분보장용으로 연판장을 만드는 병폐가 있었다.

이참위가 종이다발을 챙겨 밖으로 나갔고, 유인석 막하 참모들의 노력은 저승차사를 전송하기 위한 소지 노릇이나마 간신히 하게 될 것이었다.

"고맙소. 이제 미련 없이 할 수 있는 일을 할 거요. 할 줄 아는 게 뭐냐고 묻고 싶소? 매국노 짓이요. 익숙한 일이 그것뿐이니 나라를 팔아먹는 짓에 열중할 수밖에. 그런 내가 보잘 것 없이 보인다면 언제든지 오시오."

이 사람은 정상이 아니다. 하지만 이 혼돈의 시기에 또 하나의 역할을 하는 사람이다. 변절자로의 오명을 감수하는 게 어디 쉬운 일인가. 이 사람 역시 썩을 대로 썩은 이 나라가 만들어낸 괴물인 것이다.

한 발짝 잘못 들면 돌이킬 수 없는 진흙탕 속 세상에서 저만큼 확신을 갖고 사는 사람도 드물 터, 돌을 들었다고 던질 수 있을까. 선생은 몇 마디 충고의 말을 남기고 몸을 돌렸다.

"스승께서 당신을 키우신 뜻을 알 만하오. 당신은 스스로 심판을 받도록 하시오."

돌아 나오는 선생의 등 뒤로 송병준의 목멘 소리가 들렸다.

"한 가지만 더 부탁하겠소! 우치다 료헤이, 그 자를 응징해 주시오!"

선생은 잠깐 발걸음을 멈추었다. 무릇 동학도에 속한 사람으로 우치다 료헤이(內田良平)에게 이를 갈지 않는 사람은 없었다. 그를 비롯한 소위 대륙낭인들은 동학의 순수성에 오물을 뿌린 자들이었다. 천우협을 자처한 그들 일당은 폭정을 바로잡기 위한 농민운동이었던 녹두장군의 기의를 정치운동으로 변질시키고, 외국군의 간섭을 불러 나라를 망친 원인의 한가지로 만들었다.

"그 쥐새끼 같은 자에게, 조선에 사람 있음을 알게 해주시오. 명색이 조선 조정의 무과급제자였던 나는 그의 목검을 맞고 사흘을 누워 지내야 했소."

우치다 료헤이는 그 무렵 대륙경영을 표방한 흑룡회를 만들고 일진회의 고문을 맡아 통감부에 협력하고 있었다. 천우협이래 갖은 음모로 조선 조야의 친일세력을 막후 조종하고 있었으므로 선생의 시야 안에 들어 낙점(落點)의 대상이 된 지 오래였다.

"그가 그랬소. '조선인들은 적당히 어르고 적당히 괴롭히면 스스로 종복이 되는 자들이다'라고."

선생은 잠깐 고개를 돌려서 오욕의 길에 발을 내딛고만 매국

노의 비애를 읽었다. 송병준이 우치다에게 얽매이고 만 이면에
는 정파를 달리한 정객 하나를 감추어 주었던 죄과를 사면 받
는다는 조건도 있었기 때문에 무작정 비난만 할 수는 없었던
것이다.

"알겠소. 이 김구가 맡으리다."

장부 김구가 잡배 송병준에게 베푼 유일한 호의였다.

그 해, 정미년^{丁未年}

"탕!"

또 한 명의 일본군이 죽었다. 도대체 이 산의 어디에 이렇게 많은 저격수가 숨어 있었을까. 가는 곳마다 매복이 있고 명사수가 숨어서 한 사람, 한 사람씩 목숨을 앗아 갔다.

"쫓아라! 한 놈만 잡아 죽이면 꽁지를 빼고 달아날 것이다!"

처음 적을 만나 사격을 받고 몇 명의 병사를 잃은 직후 앞뒤 가리지 않고 추적을 명령한 게 이 사태의 시작이었다. 호기롭게 추격을 시작하기는 했지만 적을 따라잡지 못한 채로 곳곳에서 저격수의 사격을 받았던 것이다.

"진정하셔야 합니다. 상대는 조선 제일의 무골 김구이고, 그의 부하들은 일반 폭도들과 질이 틀린 활빈당입니다."

향도로 데려온 조선인 강경복의 충고는 우치다의 분노만 부채질할 뿐이었다.

조선인 폭도들 따위, 백 명이 있으면 어떻고, 천 명이 있으면 어떠랴 싶어 장단분견대의 일개 소대만 빌려서 달려왔다. 그런데 적은 생각한 것보다도 강적이었다.

"보봉산은 남으로 장단부터 북으로 개성까지 산세가 웅장한 큰 산으로 폭도가 숨기 좋은 지형이 많습니다. 이 병력으로는 어렵습니다."

경복의 충고를 뒤늦게 받아들여서 개성의 주차군 분견대에 전보를 보내두었지만 원군이 올 때까지 버틸까 의문이었다. 도대체가 보이지 않는 적이라서 싸울 수가 없었던 것이다.

"후퇴하셔야 합니다. 전멸을 면치 못할 것입니다."

경복이 한 번 더 우치다의 자존심을 건드렸다.

대일본제국군더러 후퇴를 하라니! 더구나 이 우치다 료헤이가 직접 나선 전투에서!

짝!

말도 안 되는 소리를 지껄여 대고 있는 경복의 뺨을 본때 있게 때려 화풀이를 한 우치다는 다시 진격명령을 내렸다.

"쫓아라! 적은 소수다! 한 놈만 잡으면 우수수 무너진다!"

우금치전투 때의 신명나던 기억이 떠올랐다. 동학군의 지휘부를 부추겨 정예 1만을 호구에 몰아넣고 도륙을 할 때 우치다 료헤이의 인생은 정점에 있었다.

"다시 한 번 말씀드립니다. 지금 후퇴하면 적어도 지는 싸움은 아닙니다."

경복의 충고는 우치다의 분노에 더 큰 불을 질렀다. 후퇴하라고? 조선에 온 후 단 한 차례도 패한 적이 없는 내 검이 드디어 임자를 만나 녹슨 때를 벗길 수 있게 되었는데 피하라고?

어림없는 소리다. 적은 장단분견소의 일개 지대에게도 패해 달아났다지 않던가. 소장인 오카경부가 전날의 전투에서 당한 부상을 이유로 함께 출동하지 못한 게 꺼림칙하기는 하였지만, 무사답지도 못한 조무래기의 조력 따위는 처음부터 바라지도 않았다.

"폭도들의 숫자는 백 명이 넘은 듯싶었는데, 우리 분견대의 스무 명을 못 당하고 개 쫓기듯 도망을 쳤습니다. 산세가 험해 전과를 확인할 수는 없었지만, 아마 절반 이상은 저승행을 하였을 것입니다."

장단분견대의 오카경부는 그렇게 전과를 자랑했다. 한 눈에 봐도 말상이라 그 말을 전부 믿지는 않았지만, 적어도 전사자가 없는 전투를 치르고 온 듯은 싶었다.

그런 보잘것없는 인간에게도 쫓겨 간 오합지졸 따위, 백이 있으면 어떻고 천이 있으면 어떠랴. 우리 용맹한 일본군 1개 소대면 1만군도 두렵지 않다. 더구나 이 우치다 료헤이가 친히 지휘를 하는 데야 무슨 어려움이 있으랴.

"경시할 만한 적이 아닙니다. 지금이라도 후퇴를 하면 패한 싸움은 아닙니다."

저격을 당해 손해가 더할 때마다 경복은 자존심을 건드리는 충고를 거듭했다. 그러나 우치다는 공격 명령을 거두지 않았다.

"화력을 한 곳에 모아 총탄이 날아온 방향을 향해 집중사격을 한다. 화망을 만들어 연속 사격을 하면 맞는 탄환이 있을 것이다!"

우치다의 선택이 옳았는지 적의 저격수가 사격을 멈추었다. 우치다는 필시 한 발쯤 명중탄이 있었으리라 생각하고 다시 돌격명령을 내렸다.

"공격하라! 적은 뒷심이 무른 오합지졸들이다!"

우치다의 명령이 떨어지자 남은 병력 전부가 함성을 올리며 저격수가 있었던 것으로 짐작되는 방향으로 돌격했다. 좌우에 봉우리가 솟아 있는 사이의 골짜기 길이어서 오르기가 수월했다.

절반쯤이나 올라갔을까. 홀연 일발의 총성이 울렸다.

탕!

총소리가 메아리를 만들고 오카경부를 대신해서 분견대를 지휘하던 하라 경부보가 펄쩍 뛴 후 굴러 쓰러졌다. 하라의 이마에는 총알이 박혀 있었다.

"이, 이런……!"

우치다의 얼굴이 일그러짐과 동시에 일제사격이 이어졌다. 상대는 삼면에 매복을 두고 일본군을 몰이 사냥했다. 일본군은 몸을 돌려 달아나기 시작했고, 그들의 등 뒤로 총탄의 비가 쏟아졌다.

우치다는 도망치기 시작한 병사들의 뒤를 따르며 언젠가 이런 성황을 본 적이 있다고 생각했다. 적과 일본군의 입장이 뒤바뀌었을 뿐, 호구로 몰린 적을 이 잡듯이 죽이는 살상전이 재현되고 있었다.

'그때의 동학군처럼 적이 마련한 호구에 뛰어들었어!'

뒤늦게 자신의 실수를 깨달은 우치다 앞을 조선군 친위대 정복 차림의 건장한 군인이 막아섰다.

"대한제국 원수부 친위대 참위 이걸. 명을 받고 그대를 기다리고 있었소."

우치다는 맥이 탁 풀렸다. 졌다. 그것도 반항을 해볼 염두도 내볼 수 없이 철저하게.

"그대의 검이 대단하다고 하더군. 조선의 무과급제자로서 그대와 검을 겨루어보겠소."

이걸의 말에는 거침이 없었다. 우치다는 피할 여지가 없다고 보고 검을 빼들었다.

'나를 함정에 빠트린 이가 김구인가?'

그렇게 묻고 싶었지만 입이 떨어지지 않았다. 우치다는 각오를 하고 대적 자세를 취했다.

주위의 자연은 조용했다. 우치다가 장단분견대에서 끌고 나왔던 일개 소대급의 일본군은 모두 죽거나 도망을 치고 없었고, 오로지 조선인 순검 경복이 곁에 남아 떨고 있을 뿐이었다.

우치다는 남아있는 유일한 병력인 경복을 돌아보며 평소에 자신이 조선인들에게 해주던 말을 떠올렸다.

"사무라이는 전쟁터에서 죽을 각오를 가진 사람들이다. 일본의 무사는 조선의 문자귀신들과는 근본부터 틀리다. 적어도 이 우치다 료헤이의 문하라면 항상 그러한 마음 자세를 갖고 있어야 한다."

그 장담이 이렇게 돌아왔다는 말이지. 도망을 친 건 일본인들이고 향도로 데려 왔던 조선인이 남아 있을 뿐인 패장이 되어 적의 칼날 앞에 섰다 이거로군.

 보봉산(寶鳳山) 기슭의 화장사(華藏寺)가 활빈당의 소굴이라는 정보부터가 함정이었을 것이다. 김구를 비롯한 수뇌급 몇이 은밀히 모이곤 한다는 소식을 접하고 사실 유무를 자세히 살피지 않은 채 공명심이 동해 출동했으니, 자만심이 부른 참패로 당연히 겪을 수모인 셈이다.

 "나는 한때 사카모토 료마를 배출한 북진일도류(北辰一刀流)의 지바 도장에서 검술을 배웠다. 내 검은 보여 주기 위해 나무 막대기나 흔들어 대는 사이비가 아니다. 너희 조선인들 따위, 열을 데려와도 내 한 칼을 당하지 못한다."

 사카모도 료마는 도사번 출신의 탈번 낭인으로 막부를 무너뜨리고 새 시대를 연 지사의 하나였다. 새로운 시대가 오기 직전에 죽은 그의 삶이 워낙 극적이었으므로 우치다를 비롯한 대륙낭인들은 우상으로 삼았고, 그를 존경하여 조선 선비들의 허식뿐인 삶을 비웃을 때 예로 들기를 즐겼다.

 "사카모도선생은, '인생은 길지 않다. 남자로서 50년을 살면 모자라지 않은 것, 오로지 목표를 갖고 나가면 그 세월로 충분하다. 죽음을 두려워하지 말라' 하셨다. 우리는 그렇게 배웠고, 그렇게 살아왔다. 너희 조선인들이 일본 무사의 마음 자세를 알기나 하겠느냐?"

 조선 땅에 온 후, 우치다는 그렇게 조선 선비들의 나약함을 비웃곤 하였다.

"우금치전투에서도 기관총으로 드르륵! 쏘니 조선인들은 꽁지를 빼고 달아났지. 녹두장군인가 하는 친구가 앞장을 서서 달아났어. 그 친구 호기만 높았을 뿐 남자는 아니더군. 전쟁터에서 죽지 못하고 감옥에서 교수형으로 죽었지."

녹두장군 전봉준은 동지의 배신으로 붙잡혔지만 당당하게 농민군의 의지를 주장하고 가셨다. 우치다는 제 공로를 내세우기 위해 녹두장군의 의기를 무시하곤 하였다.

"너 따위가 어찌 그분의 진정을 알겠느냐!"

우치다의 말이 끝나자마자 호통 일갈과 함께 이걸의 칼이 떨어졌다. 머리통에 일검을 맞은 우치다는 원숭이 울음소리 같은 비명을 남기고 길게 쓰러졌다.

단 일합의 승부였다. 대한제국 원수부 전 참위 이걸은 칼등으로 일본국 조선통감부 촉탁 우치다 료헤이의 머리를 때려 쓰러뜨린 것이다.

"윗분이 죽이지 말라 하였으니 명줄은 붙여 두겠다. 하지만 너의 허튼소리는 용서할 수 없다."

냉랭히 한소리 내지른 이걸이 경복을 보고 말했다.

"저 자의 옷을 벗기고 나무에 묶어라!"

경복은 이걸의 명령을 충실히 따랐다.

개성분견대의 일본군은 장단분견대의 병력이 전멸을 당한 후에야 전장에 도착했다. 통감부 촉탁 우치다 료헤이가 벌거벗겨져서 나무에 묶여 있었는데, 그의 곁에 묶여 있는 조선인 순검 강경복은 겉옷이 입혀져 있어서 그나마 볼품이 나았다.

◇　◆　◇

변절자에게는 변절자로서의 고충이 있다는 걸 깨달은 서울행이었다. 선생은 모처럼 찾은 명부를 불태우도록 지시했다. 그로써 유인석 막하에서 조바심을 치고 있는 몇몇 인물들은 한숨을 덜 것이었다.

썩은 선비들에게는 애당초 기대도 하지 않았지만 배신까지 당할 줄이야 하고 분해했던 기분이 싹 가셨다. 양다리를 걸치고 저울질하기 능사인 그들의 처세 따위, 나름의 생존을 위한 몸부림으로 보면 되는 것이다.

그들은 이로써 전전긍긍하여 처신에 조심할 것이고, 목줄을 잡고 있으면 그것으로 족하다 하는 것이 선생의 생각인 듯싶었다.

해가 바뀐 정미년 7월, 팔도의군도총섭 유인석 막하의 간자를 색출하는 일을 해결하고 우치다 료헤이를 벌한 후 해서로 귀향했던 선생은 아끼던 제자들과의 인사를 나눌 새도 없이 급거 서울로 돌아왔다. 통감부에 심은 활빈당원 강경복으로부터 급보가 날아들었던 것이다.

왜적이 남한대토벌작전을 시작한다 합니다. 전국의 의병
들을 뿌리 뽑겠다 하였습니다.

경복은 장단 보봉산 전투 이후 우치다의 신임을 얻어 통감
부 경무청에 속한 문관으로 있었다. 위인이 신실하여 맡은 바
임무에 실수가 없었는데, 직함도 경부보로 올라 정보를 얻는데
도움이 되었다.

보고에 의하면 조선의 폭도 집단은 농민군 시절보다 조
금도 나아지지 않고 있다. 정미년 들어 각처에서 봉기가
있다지만 두려울 게 없다. 대토벌작전의 계획이 세워져
있고 이미 성과도 얻고 있다. 우리 일본군은 적이 모이
기를 기다리고 있을 뿐 두려워서 몸을 사리는 것이 아
니다.

경복이 전해 온 문서는 통감부 최고위층과 주차군사령부의
통신 내용을 기록한 것이었다.

홍성여단 보병12여단을 증원하여 기존의 13사단과 협력,
전국의 주요 도시를 점령하고, 서울 주위 요소를 포위하
여 소요를 사전 예방하고 대토벌작전의 동력으로 삼음.

일본은 대한제국의 군대를 해산할 계획을 세우고 있었다. 주
차대사령부의 일본군 참모들은 일이 순조롭지 못할 것을 예상

하여 이후의 소동에 대처할 작전을 세웠고, 경복은 이를 손에 넣은 즉시 선생에게 전해 왔다.

선생은 유인석의 특사로 지원을 왔다가 눌러앉은 전 참위 이걸과 의논하여 전국의 활빈당원들에게 총동원령을 내렸다.

◇　◆　◇

정미년(1907)의 조선 땅은 벌집을 들쑤셔 놓은 듯 끓어오르고 있었다. 네덜란드 헤이그에서 개최되는 만국평화회의에서 고종 황제가 파견한 세 밀사가 을사조약의 무효와 한국의 독립에 대한 열강의 지원을 요청하던 중 일본의 방해에 부딪쳐 논제에조차 올리지 못하고 부사(副使) 이준이 분사한 사건이 7월 14일에 있었다. 이를 문제 삼은 일본의 겁박에 황제가 양위를 선언한 게 같은 달 19일의 일이었다.

역시 같은 달 24일에 일본은 신협약 7조를 만들어 허수아비 황제 순종을 협박한 끝에 재가를 얻는데 성공하는데, 그 내용이 얄궂어 조선 조야의 노염을 샀다. 신협약은 대한제국의 법령제정권과 관리임명권, 행정권을 빼앗아 국가라는 틀을 유지하지 못하게 하는데 목적이 있었던 것이다.

신협약에 의해 관리를 임명하는 권리마저 빼앗긴 대한제국의 백성들은 다시 한 번 울분을 끓여야 했다.

군대해산!

같은 달 말에 내려진 황제의 조칙은 더욱 충격적인 내용을 담고 있어서 가뜩이나 들끓고 있던 반일 여론에 큰불을 놓았다.

　조령(詔令)을 내리기를, "짐(朕)이 생각하건대 국사가 다난한 때를 만났으므로 쓸데없는 비용을 극히 절약해서 이용후생(利用厚生)의 일에 응용함이 오늘의 급선무이다. 가만히 생각하면 현재 우리 군대는 용병(傭兵)으로 조직되었으므로 상하가 일치하여 나라의 완전한 방위를 하기에는 부족하다. 짐은 이제부터 군사 제도를 쇄신할 생각 아래 사관(士官)을 양성하는 데에 전력하고 뒷날에 징병법(徵兵法)을 발포(發布)하여 공고한 병력을 구비하려고 한다. 짐은 이제 유사(有司)에게 명하여 황실을 호위하는 데에 필요한 사람들을 뽑아두고 그밖에는 일시 해산시킨다. 짐은 너희들 장수와 군졸의 오랫동안 쌓인 노고를 생각하여 특히 계급에 따라 은금(恩金)을 나누어주니 너희들 장교(將校), 하사(下士), 군졸들은 짐의 뜻을 잘 본받아 각기 자기 업무에 나아가 허물이 없도록 꾀하라."하였다.
　또 조령을 내리기를, "군대를 해산할 때 인심이 동요되지 않도록 예방하고 혹시 칙령을 어기고 폭동을 일으킨 자는 진압할 것을 통감(統監)에게 의뢰하라."하였다.

　전 해에 이미 주차군사령부를 강화하여 육군대장을 사령관으로 하는 1개사단 이상의 병력을 추가 배치한 일본군은 총칼로 도성을 포위한 후 허수아비 새 황제에게 군대 해산 명령을 내리게 했다.

이미 친위대를 잃어 많이 약해졌다지만 시위·진위대의 1만여 병력은 대한제국이 가진 그 나마의 방패막이였다. 때문에 그마저 무장해제를 당하면 나라가 끝장난다는 것은 불을 보듯 명확한 사실이었다.

정미년 8월 1일, 시위대 해산식에 불참한 심상보병 제1연대 제1대대장 참령 박승환은 유서를 남기고 권총으로 머리를 쏘아 자결했다.

軍不能守國　臣不能盡忠　萬死無惜
군불능수국　신불능진충　만사무석

구인으로서 나라를 지키지 못하고 신하로서 충성을 다
하지 못하니 만 번 죽어도 아까울 것이 없다.

박승환은 고종황제의 폐위 음모를 접하고 휘하 병력을 동원한 역습을 준비했던 인물이었다. 왜적의 감시로 거사가 여의치 못해 분함을 참지 못하던 차에 군대해산의 명령이 내려지자 스스로 목숨을 끊었던 것이다.

"군인은 국가를 위해 경비함이 임무이다. 이제 외구(外寇)가 가득 차 있는데 군대를 해산한다 하니 이는 성상의 뜻이 아니요, 적신(賊臣)들이 황명을 위조한 것이다. 내가 죽을지언정 따를 수 없다."

270

박승환의 자결과 그가 남긴 유언은 그를 존경하여 부모처럼 따르던 수하 병력에게 봉기의 명령으로 전달되었다.

　한국군은 즉각 무기를 들었다. 시위대의 병력은 무기고를 열어 도성을 포위하고 있던 일본군을 상대로 시가전을 벌였다.

　그러한 급박한 상황 속에 서울에 온 선생은 경복이 보내온 문서들을 검토하여 활빈당을 지휘했다.

　“적의 계획이 성공하면 한국군은 몰살을 당합니다. 그들을 살릴 계획을 세워야 합니다.”

　망국으로 치닫고 있는 대한제국에게 시위대와 진위대는 적과 대등하게 싸울 수 있는 유일한 전력이었다. 때문에 그같이 의견을 모으고 그들을 살릴 방법을 강구하던 차였다. 선생의 곁에는 전 참위 이걸이 있었는데, 그의 군사 방면 지식과 인맥은 맞춤한 듯 도움이 되었다.

　“적들의 계책이 아주 악랄한데 어떻게 대처해야 할까?”

　“제 예전 동료사관들이 시위대에 있습니다. 의논하여 방책을 세워보겠습니다.”

　“정면 대결은 필패일세. 저들은 한국군과는 전혀 다른 성질의 훈련을 받은 자들이네. 저들에게 군대는 벼슬이 아니고 생활이야. 게다가 무기마저 월등하니, 준비가 안 된 한국군으로서는 싸움이 될 수 없어. 생명을 살리는 일에 선순위를 두게. 시위대와 진위대의 젊은이들은 우리에게 남은 그 나마의 희망일세.”

　선생은 직할 활빈당원을 붙여 이걸을 돕도록 하였다. 그들은 전국의 활빈당원 중에서 가려 뽑은 정예로 전날 보봉산 전투에서 이걸을 도와 저격수로 활략한 바 있었다.

시위 제2연대 1대대 소속 참위 남상덕(南相悳)은 이걸의 전날 동료였다. 그는 이걸의 연락을 받은 후 마음 자세를 굳혀 답변을 보냈다.

"불을 지르는 데는 불쏘시개가 필요하네. 내게 그 역할을 맡겨주게."

시위대의 목표는 궁궐이었다. 대궐을 점령한 후 간적들을 처단하고 임금을 구할 생각이었다.

그들의 계획은 군대를 요소에 배치해 둔 일본군에 의해 초반부터 좌절되었다. 일본군은 남대문 근처에 기관총과 대포까지 갖춘 여단급 병력을 배치하여 압도적인 화력으로 시위대를 몰아붙였다.

"이걸, 이 친구야. 내가 먼저 지옥에 가 있겠네. 뒤를 부탁함세."

남상덕은 그렇게 중얼거리며 군도를 잡았다. 도저히 대적이 안 되는 일본군의 화력에 의해 궁지에 몰려 있던 2연대 병력은 남상덕에 의해 분기했다. 남상덕은 군도를 빼어들고 일본군을 향해 달려들었고, 적의 기관총탄을 맞아 벌집이 된 채로 죽어갔다.

"돌격하라! 원수를 갚자!"

동료의 죽음을 본 군관 이충순(李忠淳) 또한 불구덩이를 향해 돌격했다. 그리고 왜적의 총탄 세례를 받고 피투성이가 되어 쓰러졌다.

이어지는 군관들의 희생은 시위대의 분발을 불렀다. 시위대는 함성과 함께 일제히 돌격했고, 전황은 일시 호전되는 듯 보였다.

"이때다! 탈출하라! 후일을 기약하여 목숨을 보전하라!"

누군가 지휘를 맡아 명령을 내리고 있었다. 시위대는 도성 밖을 향해 탈출을 시도했다.

홀연 적의 기관총이 침묵했다. 어디선가 총탄이 날아와 기관총수의 머리통에 구멍을 뚫어 놓았던 것이다. 대포 역시 같은 방식으로 포수를 잃고 무용지물이 되었다. 시위대의 잔존 병력은 구사일생의 기회를 잡았다.

"이쪽이오! 여기에 도성 밖으로 나갈 길이 있어!"

누군가 길을 안내하는 사람이 있었다. 성벽에 가로막혀 바깥 세상과 격리된 도성이었지만 백성들이 왕래할 수 있는 길은 있기 마련이었다. 도성 안 저자거리에 나무를 팔러오는 나무꾼들의 통로가 시위대를 살리는 구명줄이 되었다.

도움은 도성 밖에서도 계속되었다. 시위대 참위의 복장을 한 장교의 지휘 하에 일단의 젊은이들이 길을 안내하여 남은 병력을 구했다. 그들의 사격술은 신기하리만치 정확하여, 요소마다 배치되어 사격을 해오던 일본군의 기관총은 사수를 잃고 침묵했다.

대한제국군 시위대는 봉기 하루 만에 패퇴했지만, 많은 수의 인명이 살아남아 조선 땅 전역으로 흩어졌다. 이제 그들은 일본군이 계획하고 있는 조선의병 대토벌작전을 막을 선봉이 될 것이었다.

"긴 싸움이 될 것입니다. 저분들은 적과 대등하게 싸울 수 있는 귀중한 전력입니다. 단 한 사람이라도 많은 인명을 구하십시오. 오늘 이후 우리의 임무는 의병전의 인명 손실을 최소화하는 것으로 하고, 모든 민족 세력을 암중에서 돕는 데 전력을 다하기로 합니다."

선생은 시위대의 남대문전투가 끝난 직후 그렇게 전국의 활빈당원들에게 당부했다.

◇　◆　◇

헤이그에서 고종황제의 밀사 이준이 분사하였다는 소식을 접한 지 한 달 후 박사의 편지가 왔다. 미국인 선교사가 귀국하였다가 돌아오는 배편에 보낸 박사의 편지는 울분으로 가득 채워 있었다.

급거 달려갔을 때는 상황이 최악으로 변해 있었네. 이준 공의 차디찬 시신을 대하고 통곡하는 게 전부였던 망국의 망명객을 용서해 주게.
이준 공의 유지를 받들어 일본인들의 만행을 널리 알리고 여론을 우리에게 돌리려고 노력하고 있네. 허나 그것도 여의치가 않은 것이, 일본의 위상은 전날과는 비할 수 없이 높아져 있다네.
그들은 을사늑약이 황제의 뜻이 아니었다는 이준 공 일

행의 주장을 사신으로서의 자격을 지니지 못한 자들의 사견이라고 트집을 잡았네. 무대에조차 서지 못하게 하였다니, 어찌 분하지 않았겠는가.

박사와 이준은 독립협회에서 활동을 하였던 동지들이었다. 헤이그에서 조선 사절이 수치를 당하고 있다는 소식을 접하고 달려간 박사는 한 발짝 늦어 이준의 시신을 만났을 뿐이었다.

선생 역시 반 배분 이상의 선배인 이준과 친분이 있었다. 한수 이북, 그것도 가장 인재가 척박한 북청 출신의 걸출한 선비 일성(一醒) 이준(李儁)은 시국을 푸는 방법에 남다른 식견이 있어 조선 조야에 명성이 높았다.

"한국혼(韓國魂)이 필요한 때입니다. 저들의 야욕을 꺾을 수 있는 방법은 저들보다 높은 민족의식으로 무장하고 무기를 드는 방법뿐입니다. 남녀노소 귀천을 가리지 않고 적에게 대항할 때, 적의 침략 야욕을 꺾을 수 있습니다. 약한 자에게는 군림하려 들고 강한 자에게는 납작 엎드리기 잘하는 섬나라 민족 따위에게 수치를 당할 수는 없습니다."

그렇게 열변을 토하던 이준 공이 분사를 했다? 선생은 헤이그의 비극을 진작 접하고 있었지만 박사의 편지를 읽어 다시 한 번 확인한 후 입술을 잘근 깨물었다.

이 원한을, 이 원한을 어떻게 풀어야 할지…….

박사의 편지는 끝을 맺기 힘들어 하고 있었다. 선생의 감정 역시 다르지 않았다.

나라의 형편은 파국의 길로 치닫고 있었다. 박사가 배편에 보낸 편지를 선생이 받기까지 걸린 한 달 동안 대한제국은 차례로 국권을 빼앗기고 빈사지경이 되어 헐떡거렸다.

선생은 나라가 누란의 위기에 있는 이때야말로 자신에게 주어진 운명에 최선을 다해야 할 때라고 생각했다. 때문에 활빈당원들에게 발해지는 명령은 매사에 신중을 기한 것이 되어야 했다.

"활빈당은 전력을 다해 의병들을 돕기로 합니다. 우리는 선봉에 나설 만한 입장이 아니니, 그들이 돌아와야 할 때 돌아올 방법과 장소를 마련해 두는 후견의 일에 열중해야 합니다. 형편이 갈수록 어려워지고 있느니 만큼, 우리는 우리가 할 수 있는 일에 최선을 다하기로 하십시다."

◇ ◆ ◇

폐위된 황제 고종의 밀지를 받고 봉기한 제천의병 도창의대장 이강년은 정미년 8월 10일 원주 주둔 진위대의 병력과 연합하여 충주성을 목표로 북상하던 중에 일본군 1개 소대와 조우하여 그를 전멸시켰다. 이에 고무된 이강년부대는 충주성을 공격하다가 실패한 후 왜적 아다찌(足達)지대의 추적에 쫓겼다.

아다찌지대는 대대 단위 병력에 독자적인 작전을 수행할 수 있도록 포병과 기관총중대가 증강된 독립지대였다. 왜적의 기관총은 의병들이 가진 구식 총기들의 천적이었으므로 연일 계속된 전투로 가뜩이나 병력의 손실이 컸던 이강년부대는 고전을 면치 못했다.

그런데 홀연 들린 총성 일 발이 고전 중이던 이강년부대를 구했다. 요소를 점하고 불을 뿜어 오던 일본군 기관총대의 후미에서 총탄의 비가 쏟아졌고, 뒤이어 일단의 젊은이들이 아다찌지대의 본진을 향해 쇄도했다.

해산된 대한제국군 참위의 제복을 입은 대장의 지휘를 받고 있는 젊은이들은 저마다 사격에 능했다. 잠깐 사이에 왜적의 기관총대를 침묵시키는가 하더니, 일본군 보병부대 특유의 돌격전에서도 전혀 밀리지 않았다.

한바탕의 드잡이 끝에 일본군은 줄행랑을 놓기 시작했다. 지리멸렬(支離滅裂), 산산이 흩어져 도망치는 아다찌지대의 등 뒤로 이강년부대는 마음껏 사격술을 연마했다.

뜻밖의 적을 만나 패배를 맛본 아다찌지대는 병력을 증강시켜 다시 추적을 시작했다. 그러나 이강년부대는 한 차례의 승리로 정병이 되어 있었다. 싸우는 방법마저 달라진 이강년부대는 일본군이 점령지에 남긴 수비군을 습격하여 전멸시키는가 하면 보급로를 차단하고 군수물자의 수송을 방해했다. 유격전의 요령을 터득한 이강년부대는 곳곳에서 일본군을 괴롭혔다.

아다찌지대는 이강년부대의 기발한 공세에 속수무책으로 당하기만 하였다. 쫓아가면 도망치고 후퇴하면 추격해 오는 이강년부대에게 밀려 전전긍긍하던 아다찌부대는 작전을 바꿔 마을을 불태우고 양민을 학살하기 시작했다.

이른바 초토화작전이었는데, 그 첫 번째 목표가 된 제천읍은 많은 수의 민가가 불타고 미처 피하지 못한 주민들은 학살당했다. 남한대토벌작전 내내 악명을 떨쳤던 일본군의 초토화작전은 그렇게 제천의병 이강년부대의 본거지 민가들을 불태우는 것으로 시작된 것이다.

정미년 10월, 지평·횡성지역의 의병들이 관동창의대를 결성하고 문경의 유학자 이인영을 대장으로 추대했다.

이인영부대는 2천여 명의 병력으로 원주와 충주를 점령한 후 서울 진공을 서둘렀다. 군대 해산 이후 최대의 병력이 모인 이인영부대는 관동창의대장 이인영의 이름으로 전국의 의병들에게 격문을 보내 서울 진공을 돕기를 설득하고 12월까지 양주에 집결하도록 하였다.

양주에 모인 각처의 의병들은 해산 군인 출신 의병장 허위의 제안으로 이인영을 13도창의대장으로 추대하고 각 도별 단위 부대장을 선임하여 서울 진공을 결의했다. 정미년 마지막 달의 시점에서 전국 의병의 총궐기와 서울 공략은 결전의 시간만 남겨둔 것으로 보였다.

12월 초, 선생은 13도창의대장 이인영과 대좌하여 설전을 벌였다.

"새로 황위에 오른 분은 '군대를 해산할 때 인심이 동요되지 않도록 예방하고, 혹시 칙령을 어겨 폭동을 일으킨 자는 진압할 것을 통감(統監)에게 의뢰하라'하였습니다. 스스로 임금이기를 포기하였는데 무엇 때문에 지키려 하십니까?"

"면암선생을 잊었소? 목숨은 가볍지만 나라를 위하는 길은 중하다 하지 않으셨소?"

면암 최익현은 한 해 전에 순국하신 분이었다. 조선 조정의 참판을 지낸 74세의 노신이 의병을 이끌고 봉기했다가 패전한 후 대마도의 감옥에서 순국하신 일은 나라 안의 선비들에게 귀감이 되었던 터였다.

"뜻이 그러하시다니 전력을 다해 돕겠습니다."

나라의 개념에 나라님이 최우선이던 시절이었다. 선생은 늙은 선비의 꽉 막힌 사고방식에 혀를 찼지만 막하 활빈당을 동원하여 이인영부대의 배후를 지켰다. 적세를 탐지하는 정탐과 지름길을 안내하는 향도를 맡았고, 전투 중에는 적의 중화기를 침묵시키는 저격수를 맡았다.

특히 이걸이 지휘하는 활빈당원들은 유격전에 능해 이인영부대에 속한 해산 군인들과 연계한 싸움에 성과가 컸다.

"전면에 나서는 것을 삼가십시오. 싸움은 우리가 하되 전과는 의병들에게 돌리십시오."

선생은 전투에 임할 때마다 활빈당의 젊은이들에게 그렇게 다짐의 말을 하였다. 콧대 높은 선비 출신이 대부분인 의병장들의 체면을 세워주지 않으면 걷잡을 수 없는 사태가 오고, 그 피해는 백성들에게 돌아갈 것이기 때문이었다.

정미년 12월, 의기충천하여 양주에 모인 13도창의대의 총대장 이인영은 강력한 적을 맞아 고전한 끝에 병력을 물렸다. 왜적은 주차군사령부를 경성위수사령부로 개편하고 병력을 증강시켜 공격에 나섰다. 의기는 높았지만 무기가 빈약했던 의병은 기병과 포병, 공병대까지 동원된 일본군을 막기에는 역부족이었다.

이인영은 명망 높은 선비로서 창의대장으로 추대되었으나 진정한 군인은 아니었다. 그해 말에 들어 이인영은 눈에 띄게 혼란을 겪고 있었는데, 전달되는 소식마다 의기를 꺾을 만한 것들뿐이었던 것이 주된 이유였다.

"적의 병력이 대폭 증강되었습니다. 왜적의 제13사단이 경성위수사령부로 개편되고 연대급의 새로운 병력이 토벌대로 편성되어 우리 군을 노려 진격해 오고 있습니다."

"이강년부대가 장호원에서 적의 양발호송대를 기습하여 수급 여덟을 취했는데 아군의 희생은 곱절을 넘었다 합니다. 적의 반격으로 민가가 불탄 것은 물론이고, 이강년부대가 주둔했던 마을과 인근 마을까지 살아있는 것이 없을 지경으로 짓밟아 놓았다 합니다."

"홍천의 민긍호부대에 강원도 선유사 홍우철이 다녀갔다 합니다. 민긍호가 움직이지 않는 뜻이 의심스럽습니다."

"적의 초토화작전으로 마을들이 불타고 있습니다. 적은 남녀노소 가릴 것 없이 생명을 끊어놓고 숫자를 세어 전과를 삼습니다."

초토화작전은 의병들을 가장 괴롭게 만드는 일본군의 작전이
었다. 의병들은 농촌마을에 기반을 두고 있었고, 왜적들은 주
요 의병장수의 출신지를 가려 마을을 불태우고 가족들을 인질
로 잡아 협박을 해오곤 하였다.

설상가상, 정미년의 마지막 달 말경 이인영에게 부친의 부음
이 전해졌다. 이인영은 낙향을 결심하고 동료 장수들에게 작별
을 고했다.

"선생은 충과 효가 상충(相沖)될 때 크기를 저울질하라고 배
우셨습니까?"

여러 장수들이 설득했지만 이인영은 막무가내로 귀향을 고집
했다.

"난들 충효의 우선이 어느 곳에 있는지 왜 모르겠소. 삼년상
을 마친 후 돌아와 백의종군하겠소."

정미년의 마지막 달도 저물어 그믐이 임박할 무렵 이인영이
그렇게 떠났고 허위가 자리를 메웠다. 이인영 막하의 군사장이
었던 허위는 이강년, 이인영, 유인석, 박정빈 등 각처의 의병장
들과의 연명으로 13도 의병 재궐기를 호소하는 통문을 보낸 후
서울 진공을 시도했다.

"어찌 그런 결정을 하셨습니까?"

해가 바뀐 무신년(戊申年)의 첫 달, 선생은 이인영의 시묘살이
여막을 찾아 그렇게 물었다. 선생은 스승 고능선 선생의 인연

으로 이인영과 사승이 이어져 있었는데, 이인영은 화서학파의 학맥을 이은 동문 선배로써 선생을 맞았다.

"희생이 컸소. 단 한 차례의 싸움에 넷 중 하나가 죽거나 다쳤소."

이인영이 지휘권을 갖고 있는 동안 13도 연합의병은 일본군과 여러 차례 합전을 가졌다. 선생과 활빈당이 측면에서 도왔음에도 불구하고 연합의병은 지평 삼산리 구둔치(九屯峙)전투에서 대패를 하고 진용을 물렸다.

"나는 일개 서생이오. 진작 그릇이 아님을 깨달아 물러났어야 했소."

대장이 빠져나간 연합의병의 서울진공은 더욱 어려워졌다. 허위가 지휘하는 연합의병은 압도적인 화력의 일본군에 의해 타격을 입고 후퇴를 하였다.

"대장은 무리의 상징입니다. 한 차례 싸움을 핑계로 물러나신 이유가 그것뿐입니까? 전날 면암선생의 일을 들어 의기를 논하던 일을 잊으셨습니까?"

이인영의 표정이 일그러졌다. 마음을 돌릴 것을 호소하려 다녀간 의병장들에게서도 같은 말을 들었던 것이다.

"면암이 좋은 일은 다 하고 가셨지. 나도 면암의 운구행렬을 따르며 통곡을 했소. 허나 면암이 적의 간담을 서늘하게 만들고 가신 선비의 표상이라면, 고루한 선비가 하나쯤 남음도 조상 전래의 가르침이 올바른 것이었음을 알리는 실례가 되지 않겠소?"

이인영의 목소리는 높지 않았으나 걸리는 데가 없었다. 스스로 납득한 끝의 행동이었다고 자부하고 있었기 때문이었다.

"죽지 못해 냄새나 풍기고 다니는 영감이 그런 말을 하였다고? 그럼 나는 전장에서 죽어 나라의 은혜에 보답하는 선비 노릇을 해야겠군."

같은 해의 같은 달 말경, 호남의병의 총수 기삼연(奇參衍)을 만나 전한 이인영의 소식은 그렇게 돌아왔다.
을미의병운동 때에 선유사 신기선(申箕善)에게 설득되어 힘을 보전한 호남은 정미년의 국난을 당해 쟁쟁한 의병장들로 호남창의회맹소를 결성하고 가장 격렬하게 투쟁했다.

"일족 중에 몸을 사리는 이가 나왔다는 건 스스로 폐족을 선언한 셈, 달게 죽을 테니 곁말일랑 흘리지 마오."

호남의 명문 기씨(奇氏) 집안의 유력자 중 한 사람이 정미년의 봉기 때에 은둔을 핑계로 나서지 않음을 부끄러워한 말이었다.
전날 당산마을의 전투 때에 선생과 협력하여 왜군을 친 종질 기우연은 지난해의 12월 말 법성포 순사주재소를 습격한 전투에 선봉에 섰다가 전사했다. 일족 중 한두 사람이 은둔을 선언했다한들 부끄러울 일도 아니었지만, 호남선비의 의기는 원래 그러했다.

기삼연은 1908년 2월 2일 음력 설날을 맞아 조상을 뵈러 귀향했다가 왜병에게 붙들려 순국했다. 그때 쯤 왜적의 남한초토화작전은 호남초토화작전으로 강화되어 호남 전역의 마을을 불태우고 장정이라면 보는 대로 사살하거나 체포했다.

활빈당을 지휘하여 유격전을 벌리던 선생은 친우 기우연에 이어 선배 기삼연까지 흉탄에 목숨을 잃었다는 보고를 받고 분함으로 치를 떨었다.

"경성의 위수사령부에서 남부수비관구사령관 와타나베 소장에게 조선 남쪽 인구의 절반을 줄일 각오로 작전을 벌리라 명령이 내려졌다합니다. 무고한 양민일지라도 조금이라도 반항의 기미가 보이면 총으로 쏘고 칼로 베고 있습니다."

마을을 불태우고 주민의 목을 자르는 왜적에 대항하여 호남의 젊은이들은 대거 의병으로 나섰다. 조상 전래의 활을 들거나 화승총을 들었지만 중과부적으로 무기와 훈련이 적에 비해 태부족인 의병들은 도처에서 죽어갔다.

왜적이 1차 작전을 종료한 것으로 선포한 1909년 10월의 시점에서 의병 측은 17779명이 전사하고, 376명이 부상을 당했으며, 2139명이 포로가 되었다.

정미년의 대일 투쟁 중에 희생된 의병은 부상자나 포로에 비해 사망자가 지나치게 많았다. 선생은 그 이유를 왜적의 전투방법이 학살 위주였던 데 있다고 해석하고 분노해마지 않았다.

"호남의 활빈당은 의병과 함께 싸운다. 싸움의 목적은 한 사람이라도 많은 의병을 구해 전장을 벗어나는 것으로 한다!"

선생은 활빈당의 백주 노출을 각오하고 그 같이 명령을 내렸다.

명령일하, 선생의 수하 이걸이 지휘하는 일단의 활빈당은 의병들에게 유격전을 가르쳐 왜적을 괴롭혔다. 공격해오면 도망치고 멈추면 습격하는 싸움이 주야를 가리지 않고 계속되었다. 의병들과 일본군은 끈기의 겨룸을 시작했다.

허나 역시 전국을 역전시키기에는 역부족이었다. 왜적은 나날이 세력을 더해갔고, 이미 대세를 잃은 싸움이라 목숨을 부지하여 도망치도록 돕는 게 고작이었다. 남한초토화작전 이후 의병세력이 만주·연해주 등지로 이동하여 본격적인 항일무장투쟁을 준비하게 된 이면에는 활빈당의 숨은 활략이 있었다.

그러한 혼돈 속의 시기에 선생은 두 장의 귀중한 서신을 접했다. 만주의 김오산과 도쿄의 교오(京)가 보내온 소식으로 안중근의 1908년 이후 행적과 관계가 있는 정보들이었다.

> 고국의 대지에 불이 붙었다는 소식을 접했습니다. 우리도 두만강 넘기를 자주 하여 몇 곳의 일본군 수비대 기지를 불살랐습니다.
> 불일내에 의부가 대륙행을 할 것으로 보입니다. 자세한 일정이 알려지면 소식을 전하겠습니다.

오산은 당쇠와 함께 안중근의 일을 돕고 있었고, 교오는 이토(伊藤博文)의 양녀 행세를 여전히 하며 선생을 위해 정보를 보내주고 있었다.

그 무렵 안중근은 만주로 건너가 있었다.

아! 안중근!

男兒有志出洋外　事不入謨難處身
남아유지출양외　　사불입모난처신

望須同胞警流血　莫作世間無義神
망수동포경유혈　　막작세간무의신

사나이 뜻을 품고 나라 밖에 나왔다가
큰일을 못 이루니 몸 두기 어려워라
바라건대 동포들아 죽기를 맹세하고
세상에 의리 없는 귀신은 되지 말게.

　삼백 명 동지들과 더불어 두만강을 건넜다가 실패를 본 후 이처럼 푸념을 남겼습니다. 아버님이나 의암선생님이 보셨다면 또 헛총을 쏘고 있느냐고 불호령을 내리셨을 것입니다.

　작별 후 2년, 남아(男兒)를 내세우고 의리를 곁들여 맹세를 되풀이할 수밖에 없는 나날의 연속이었습니다. 뜻을 세웠으나 행동이 따르지 않는 결심이어서 가는 곳마다 헛총을 쏘아대기 일쑤였고. 억지 명분이나마 받들지 못하면 잠을 이루지 못했습니다. 의리 없는 귀신이 될 것을 두려워했던 것입니다.

"적들은 우리 의병들을 사로잡으면 남김없이 참혹하게 죽이고 있소, 우리들도 적을 죽일 목적으로 이곳에 와서 풍찬노숙(風餐露宿)해 가며 그렇게 애써서 사로잡았는데, 놈들을 몽땅 놓아 보낸다면, 우리들이 무엇을 목적하는 것이오."

"그렇지 않습니다. 적들이 그같이 폭행하는 것은 하늘과 사람들이 다 함께 노하는 일인데, 이제 우리들마저 야만의 행동을 해야 한다면 무엇으로 적과 구별되겠습니까. 일본의 인구를 모두 죽인 후에 국권을 회복하겠다는 것이라면 적의 행태와 다를 바가 없을 터인데, 우리가 무엇으로 정의를 논하겠습니까. 우리는 약하고 저들은 강하니, 악전(惡戰)하여 대의를 잃을 수는 없습니다. 충성된 행동과 의로운 거사로 적의 포악한 정략을 성토하여 세계에 널리 알린 후에야 한을 풀고 국권을 회복할 수 있을 것이니, 그것이 이른바 약한 것으로 강한 것을 물리치고 어진 것으로써 악한 것을 대적한다는 것입니다."

명분마저 잃으면 화적패가 된다고 생각하여 포로로 잡은 적을 놓아준 후 동지들과 이와 같은 대화를 나누었습니다. 적의 간악함이야 이천만 동포 누구라고 모르겠습니까마는, 실력으로 당하지 못하니 정신으로나마 이기고자 함이었는데, 함께 강을 건너 싸웠던 동지들은 이해해주지 않았습니다.

"우리가 일찍이 공을 대장으로 모신 이유는 의기를 높이 산 탓이거니와. 이제 그 의로움의 정체를 깨쳤으니 이만 작별하고자 하오. 남의 땅까지 흘러들어와 총을 잡은 이유는 고국에서의 한이 깊었던 때문인데. 이제 적에게 당한 만큼 돌리지 못하면 어느 때에 한을 풀리오? 공은 공의 길을 가시고 우리는 우리 길을 가기로 하오. 우리는 하나라도 많은 적을 죽여 원수를 갚고자 하오.”

　장교들이 그 같이 말하고 길을 나누자 많은 이들이 따르고 삼백 의병은 흩어졌습니다. 제 행동을 송양지인(宋襄之仁)으로 꾸짖은 동지들이 어떤 분함을 가졌는지 잘 알고 있어 자책감이 없지 않았던 차라 마음으로나마 깊이 순종하였습니다.

　허나 구(龜)형님은 아실 것입니다. 우리의 싸움은 이란격석(以卵擊石)으로 애당초 정당한 투전이 이루어질 수 없는 것이었습니다. 적은 우리의 이천만 동포를 볼모로 잡고 하나가 당하면 열을 죽이는데 어찌 보잘것없는 자들을 죽여 적에게 만행을 합리화할 명분을 줄 수 있겠습니까?

　팔도의군도총섭 의암 유인석선생의 명을 받고 강원도의 의병들에게 사격술을 가르쳐주러 갔던 것은 형과 헤어진 직후로 2년 전의 일입니다. 도총섭께서 내린 대한의군 참모중장의 명함을 들고 동지들의 선봉에 섰을 때는 자못 의기가 양양했는데, 강원도 의병 반년 남짓에 모든 것이 꺾여버렸습니다.

　왜적은 하나를 죽이면 열이 왔고, 그 열이 백 사람의 동포를 죽였습니다. 마을과 논밭을 불태워 황무지로 만드는 왜적들의 작전은 비난을 받아 마땅한 추악한 짓이었지만, 정작 괴롭힘을 당하는 사람들은 우리의 가족인 백성들이었으니 우리가 무슨 일을 할 수 있었겠습니까. 식량과 무기가 태부족인 의병들이 기댈 곳은 백성들뿐인데 적들의 그 같은 작전은 더없는 곤란을 불렀고, 우리와 백성들의 사이를 유리되게 만드는 효과를 낳았습니다.

"당신들은 머뭇거리지 말고 어서 가시오. 어제 아랫마을에 일본병정이 와서 죄 없는 양민을 다섯 사람이나 묶어 가 의병들에게 밥을 주었다는 구실로 쏘아 죽이고 갔소. 여기도 때때로 와서 뒤지는 것이니까, 꾸짖지 마시고 어서 가시오."

몇 남지 않은 동지들과 기갈을 면할 음식을 구하러 마을에 들렀을 때 돌아온 반응은 그렇게 차가운 것이었습니다. 2년의 세월을 격하여 나는 조금 더 의로운 척 할 수밖에 없는 처지에 몰려 있었고, 백성들은 그만큼 먼 곳으로 물러나 있었던 것입니다.

남아 있는 동지들을 설득하여 단지회(斷指會)를 만들었습니다. 목숨을 초개같이 여기고 의를 태산같이 여기는 동지 열한 명이 동의하여 왼손 넷째 손가락 한 마디를 끊어 결의를 다졌습니다.

잘린 손가락을 들어 혈서를 쓰면서 선부와 의암 도총섭, 구(龜) 형님을 생각했습니다. 왜 저는 넉넉함으로 적을 급박하게 만들 수 없는 것일까 싶어 통분을 금치 못했고, 잘린 손가락 자리에서 나오는 피보다 더 많은 피눈물을 흘렸습니다. 손가락을 잘라 결의를 다져야 했을 만큼 저는 흐트러져 있었고, 육체에 고통을 준 후에야 의분을 끓일 수 있었을 만큼 의지가 흐려져 있었던 것입니다.

'해서 신천의 총 잘 쏘는 청년'은 구형님이 불러준 별명입니다.

당시 불문에 있던 형님은 살생은 가려서 해야 한다고 부처님 가운데 토막 같은 말씀을 주었고, 저는 "돌중이 되더니 부처님 흉내가 그럴 듯하다."고 웃어버렸습니다. 하지만 웃지만은 못할 것이 그날 이후 헛총을 쏘는 버릇이 생겨버린 것입니다. 제 총탄 일발이 하나의 생명을 끊어 놓을 것이라는 생각이 머릿속을 떠나지 않아 '해서 신천의 총 잘 쏘는 청년'은 어느새 '해서 제일의 헛총 잘 쏘는 청년'으로 변신해 있었던 것입니다.

대륙으로 떠나올 결심을 한 것도 그 때문이었습니다. 명색이 적을 죽이겠다고 총을 잡은 의병인데, 헛총을 쏘지 않으면 동포가 죽는다는 이율배반적인 현실에서 조금이라도 자유스러운 전장을 찾아 나선 결과였던 것입니다.

허나 이국살이 삼 년에도 나는 달라지지 못했습니다. 대의로 달래고 놓아준 왜적들의 잔병 포로가 대군을 끌고 나타나 동료들을 죽였고, 이국의 백성들 역시 적의 보복을 두려워하여 우리를 경원시하는 것은 마찬가지였으며, 정작 사건을 만든 나는 자괴감에 시달린 끝에 손가락 한 마디나마 끊어놓아 의지를 되살리려고 발버둥을 치고 있었습니다.

대의와 현실이 상충될 때 구형님은 어떻게 해결하셨습니까? 형님의 치하포 일전은 많은 사람들의 입에 오르내려 경과를 익히 알고 있습니다만, 언젠가 형님이 말한 "대등 이상의 적이었기 때문에 거리낌이 없다."는 말을 실증할 기회를 못 잡은 내 오만 탓에 이런 곤경에 몰린 것은 아닐까 싶은데, 한 생명을 죽여 다시 태어났다는 구형님의 진정을 듣고 싶은 마음은 어쩔 수가 없습니다.

다행히 형님은 제게 대등 이상의 적을 지적해 주셨습니다. 최근에 김오산 동지가 곁을 떠나겠다 하기에 추궁을 하였더니 적괴 이토(伊藤博文)가 이곳에 온다는 소식을 접하고 그를 처단하러 간다 하였습니다.

　형님과 이토의 사이에 구원(舊怨)이 있었다는 이야기를 하였는데, 이토는 이천만 동포 누구라도 처단하고 싶은 적의 괴수입니다. 우리 임금을 폐위시켜 분사토록 하고 삼천리강토를 집어 삼켜 백성들의 삶을 근본부터 무너뜨린 왜적의 괴수를 처벌하는데 누구라고 앞장서고 싶지 않겠습니까? 하니 이 안중근이 총을 잡은들 명분이 형님에 덜하지 않을 터, 이제야말로 의로운 총을 들어 헛된 총알을 만들지 않을 각오입니다.

　연해주 일대는 아우가 2년여의 세월 동안 왜적과 싸우며 지리를 익힌 곳입니다. 적을 알고 나를 알고 전장의 이로움을 알기를 나만큼 잘하는 이도 드물 터, 이제 진정 죽을 곳을 찾았으니 이 일전을 헛되이 만들지 않겠습니다. 그간 구형님이 보낸 사람들의 도움이 암중에 컸다는 것을 아우가 이미 알고 있고, 이제부터의 싸움 역시 혼자 힘으로는 어려울 것이라는 사실을 알고 있는 만큼, 형님 수하 사람들의 도움을 마다하지 않겠습니다.

　이번의 출전에서는 형님이 불러준 '해서 신천의 총 잘 쏘는 청년'의 명함이 제대로 빛을 볼 수 있도록 참된 총알을 날릴 각오이오니, 이 아우 일생일대의 의로운 싸움에 박수를 보내 주십시오.

대한제국(大韓帝國) 융희(隆熙) 3년 모월 모일
대한국인 안중근

◇　◆　◇

만철(滿鐵)이 일만여객연락운수(日滿旅客連絡運輸)를 시작하여 국제노선을 연 것은 1910년 4월이었다. 러일전쟁의 전리품으로 획득한 만주의 철도 노선을 러시아 소유 동청철도(東淸鐵道)와 시베리아 횡단철도로 연계하여 본격 유럽노선을 열기 석 달 전이었다.

　원래 동청철도는 1896년 3월 청국과 러시아가 합동으로 설립한 것이었다. 하얼빈을 중심으로 동쪽으로는 보부라니차나야를 기점으로 하고, 서쪽으로는 러시아 국경 부근의 만주리(滿州里)까지 중국 동북부 전역을 망라하는 1500km의 광대한 노선이었다.

　1909년 10월 21일, 이토는 여순을 출발한 열차에 올라 요양, 봉천, 무순을 거쳐 25일 오후 7시 장춘에 도착했다. 여순에서 장춘까지의 동청철도 남만선(南滿線) 620km는 러시아와의 전쟁에서 승리한 일본이 전리품으로 획득한 노선이었다. 러시아 정부는 이토를 위하여 특별열차를 장춘까지 보냈는데, 장춘 이북의 하얼빈까지의 노선이 러시아 관내의 책임이기 때문이었다. 이토는 장춘에서의 환영회에 참석한 후 장춘역을 오후 11시에 출발하여 하얼빈으로 향했다.

　블라디보스토크에 머물던 안중근이 이토의 일정을 안 것은 며칠 전의 일이었다. 오산이 한통의 전보를 들고 왔던 것이다.

　　화물이 26일에 하얼빈에 도착한다 하니 장사를 잘하여 이문을 남기시오.

블라디보스토크에서 하얼빈은 780km의 거리로 급행열차로
도 21시간이 걸린다. 중근이 동지 우덕순, 유동하 등을 대동하
고 급거 하얼빈으로 달려간 것은 10월 22일의 일이었다.

이토는 25일 밤 11시에 장춘을 출발하여 러시아 대장성대신
코코프제프가 기다리는 하얼빈으로 향할 예정이었다. 이 소식은
신문에 발표되기 며칠 전에 오산을 통해 중근에게 전해졌다.

장춘역을 밤 11시에 출발한 특별열차가 하얼빈에 도착하기까
지에는 10시간 정도가 걸린다. 중근은 이를 계산하여 준비를
갖추었다.

◇ ◆ ◇

열차가 출발한 지 세 시간이 지난 시점에 이토는 수행원의 하
나인 만철 총재 나카무라 고레키미(中村是公)와 담소 중이었다.

"못 보던 젊은이를 거느렸더군. 서생이오?"

"호위입니다. 얼마 전 불령선인들의 저격을 받았는데 그때 도
움 받은 경찰들 중의 하나로 사격술이 좋아 곁에 두었습니다."

"불러 보시오. 내 사람을 조금 볼 줄 아니."

"신분이 확실한 자입니다. 만철의 간부 중에 친척이 있었습
니다."

나카무라에 의해 이토의 앞에 선 젊은이는 허리를 굽혀 인
사를 올린 후 명함을 내밀었다. 순간 이토의 얼굴에 난감해 하
는 빛이 떠올랐다. 명함의 뒷면에서 다음과 같은 문장을 보았

기 때문이었다.

> 대한의군(大韓義軍)의 공격이 시작되었습니다. 당신은 이
> 미 한 차례 죽었습니다.

젊은이를 보는 이토의 눈빛이 달라진 것을 확인한 나카무라
가 물었다.

"무슨 일입니까?"

손만 뻗으면 닿을 곳에 적이 있는데도 이토의 어조는 담담했
고 태도는 침착했다.

"별 일 아니오. 아무튼 대단한 친구를 수하로 두셨군. 당신
은 사람 보는 눈을 조금 더 높여야겠소."

젊은이가 얼핏 미소를 보이며 한 마디를 남겼다.

"저희 선생님이 각하와 면식이 있었다 하셨습니다. 약속을
이행하겠다고 전하라 하셨습니다."

이토가 고개를 끄덕였고 나카무라가 황급히 물었다.

"연고가 있는 가문의 사람이었습니까?"

이토는 동문서답으로 답변에 대신하며 호탕하게 웃었다.

"선전포고라. 그 친구, 인간 이토의 크기를 시험하고 있군 그래."

열차 안의 경비는 더할 수 없이 삼엄했다. 이토와 면담한 젊
은이는 명함을 전하라 하던 선생의 얼굴을 떠올렸다.

"그도 한 나라를 대표하는 인물이니, 거사의 실패를 걱정할

만한 사태는 생기지 않을 거요."

열차는 내쳐 달려 하얼빈으로 향하고 있었다. 열차 안은 일
본군의 호위헌병들로 터질 듯했지만, 젊은이는 유유히 자리를
지키며 눈을 붙였다.
이제 날이 밝으면 볼 만한 일이 많을 것이니, 맑은 눈으로 지
켜봐 주리라 작정한 끝의 여유였다.

◇　◆　◇

10월 26일. 여명이 밝아오자, 하얼빈역이 보이는 곳은 어디든
일본군과 러시아군 경비병들이 배치되었다.
날이 완전히 밝으면서 하얼빈 거류 일본인들을 중심으로 환
영 인파가 몰려들기 시작했다. 하얼빈역으로 가는 제법 넓은
길이 수많은 사람들로 들어찼다.
그 길에서 얼마 떨어지지 않은 곳에는 러일전쟁 때의 공병창
이 방치되어 있었다. 이토를 태운 열차가 하얼빈역에 도착할 무
렵, 두 사람의 무사가 공병창 근처에서 대치하고 있었다.
"길을 열어주시오. 지금 나는 당신과 싸우고 있을 때가 아니오."
"싸워서 이기고 지나가시오. 내게는 당신을 붙잡아 두어야
할 이유가 있소."
대적 자세를 취하고 설전을 벌리고 있는 두 남자는 오산과
미우라였다. 두 사람은 300년 전 조상 때부터 적수였던 사이

로, 10년만의 재회를 무기(武技)의 우열로 가름하고 있었다.

두 호적수가 다시 만난 것은 시대가 만든 우연이었지만 운명적인 필연이기도 하였다. 10여 년 전 세토내해(瀨戶內海)의 한 무인도에서 드잡이판을 벌인 이후 두 사람은 서로 상대를 호적수로 인정해 왔고, 언젠가 재회가 있을 것을 의심치 않았다. 이제 오산은 선생의 명을 받들어 안중근의 거사를 도우러 왔고, 이토의 측근인 미우라는 그를 막을 임무를 띠고 급거 달려온 길이었다.

그날의 대결은 오산 일가와 미우라 일가가 맞부딪힌 세 번째 싸움이었다. 경기 오산 김삼척 일가의 선조는 300년 전 조선봉명사 송운선사를 호종하여 임진란의 마무리 임무를 수행하던 중에 미우라 가의 선조를 만나 대결을 가졌고, 피차 필생의 적수임을 실감하여 후손에게 가전 무예를 전승토록 하였다.

그러한 비사의 주인공인 두 사람은 조력자와 총기를 물리고 검과 검의 대결을 펼쳤다. 두 사람 모두 이 한 싸움을 위해 닦아온 모든 것을 칼끝에 실어 상대에게 경의를 표했는데, 서로 적수임을 인정한 끝의 대결인지라 칼이 나가기 전에 마음의 먼저 에움하려 들었다.

칼과 칼이 부딪쳐 불꽃을 일으켰다. 단 한 차례의 교전이었지만 영원인 양 긴 공방이 내재된 싸움이었다. 심중에 칼끝을 실어 주고받기 수천 회, 다시 한참의 긴박한 시간을 보낸 후 미우라가 입을 열었다.

"구름을 베는 연습을 하였지. 물위의 달을 벤 검객이 전설로 전해지지만, 그 정도로는 당신을 이기지 못할 것 같아서 말이오."

"그래, 구름을 베었소?"

"베었지. 헌데 베고 보니 내 망집이었어. 구름을 베어서라도 이기고자 하는 욕망이 지배하고 있었으니, 검도의 참 경지를 알 리 없지."

미우라의 칼끝이 바르르 떨렸고, 오산의 칼이 반응하여 쇳소리를 울렸다. 칼은 서로 상대를 노려 대결을 계속하는데, 정작 두 사람의 대화는 검담을 나누듯 한가했다.

"야규 세키슈우사이 무네요시(柳生石舟斎宗厳)는 병기로서의 면목을 잃을 때 검(劍)은 도(道)가 된다 하였지. 당신이 전혀 적으로 보이지 않으니 제대로 길을 좇아온 것 같기는 한데……."

미우라는 검의 대종(大宗) 세키슈우사이의 이야기를 들어 성취를 논하고 있었다. 오산은 문득 선생에게 들었던 말을 떠올려 대구를 찾았다.

"극의를 물으시지만 나조차도 모르는데 무엇을 알릴 수 있겠소. 다만 스승께서 주신 가르침을 전할 뿐이오.

스승은 '의식하면 알 수 없게 된다. 바라면 충실할 뿐이다'하셨소. 또한 '나로 남으려는 욕심 때문에 있음이 성립된다'라고 하시며, '나를 버릴 때 나로 남으려는 욕심이 사라지고 나다운 나가 된다' 하셨소.

나다운 나가 어떤 나겠소? 욕심을 버릴 것이 아니라 욕심에 열중하여 충실을 기하는 게 아니겠소? 이미 열중하고 있는 일이 어찌 욕심이겠소? 스승께서는 사는 이치가 모두 한 가지라고 하셨는데, 무술의 길 역시 나다운 나를 찾는 길이 아닐까 싶소만."

오산은 문득 이번 싸움이 망집에 충실한 자와 망집을 버린 자의 싸움이 아닌가 싶었다. 자신은 자신의 길을 찾아 살아왔고, 상대도 상대의 길을 찾아 살아왔기에 이 만큼의 경지에 이르렀을 것이다. 이제 두 사람이 다시 만나 일생일대의 싸움을 마감하는 것은, 서로의 길에 매진하는 데 하나의 걸림일 뿐이라 싶었다.

미우라의 검이 원을 그리며 날아들었다.

참 곱게 그리는 원이로구나.

오산은 문득 구름을 보았다고 생각했다. 미우라는 구름을 벨 수 있느냐고 묻고 있었다. 오산은 적수의 칼이 아름다운 구름을 그려낸 데 감사했다.

미우라가 만든 구름이 오산을 향해 다가왔고, 오산의 칼이 빛을 뿌려 길을 열려 하였다. 맺힌 데가 있으면 풀어야 한다. 오산은 칼이 원하는 길을 갈 수 있도록 풀어주려 하였다.

찰나의 차이였다. 오산의 검은 미우라가 만든 구름을 베었다.

미우라가 허허롭게 웃었다. 여기까지인가. 오산이 칼을 내려놓았고, 미우라의 칼도 적의를 잃고 낮게 드리워졌다. 구름은 사라졌다.

"망집을 자른 후에 진아(眞我)를 찾았다고 생각했거늘……."

"의식은 의식하지 아니함만 못하다고 선생님은 말씀하시었소. 나는 그렇게 배웠고, 배운 대로 흉내를 냈을 뿐이오."

두 사람은 그렇게 말하지 않았지만, 두 사람의 칼은 승패를 가름할 줄 알았다.

열차가 하얼빈 역에 들어선 것은 오전 9시 무렵이었다. 그로부터 30분쯤 지났을 때, 러시아제국의 대장상 코코프체프의 마중을 받은 일본국 추밀원 의장 이토는 열병식을 위해 열차에서 내렸다.

이토는 러시아의 의장단을 사열하고, 환영 나온 군중 쪽으로 발길을 돌렸다.

누군가가 군중 쪽에서 뛰쳐나왔다. 권총을 든 안중근이었다. 이토를 호위하던 군인들이 다급히 앞을 막았다. 하지만 한발 앞서서 안중근의 권총이 불을 토했다.

탕! 탕! 탕!

세 발의 총탄은 정확히 이토의 몸에 명중했다.

안중근은 다시 세 발을 쏘아 이토 주위에 있던 자들 셋을 더 쓰러뜨렸다. 혹시라도 이토를 잘못 보았을 경우를 대비한 사격이었다. 이토의 비서관과 만철의 이사, 하얼빈 총영사가 총탄에 맞고 쓰러졌다.

총격이 끝난 후에야 러시아 군인들이 안중근을 덮쳤다. 안중근은 러시아 군인들에게 체포된 후에도 연신 "대한나라 만세!"

를 러시아어로 외쳤다.

"꼬레아 우라! 꼬레아 우라!"

오산은 고개를 번쩍 쳐들었다.

역사 쪽에서 울린 몇 발의 총성이 맑은 하늘을 세차게 두들겼다. 비명과 고함소리가 뒤이어서 들렸다.

아마도 당쇠 아우가 이끄는 동지들이 적괴 이토를 암중에 호종하던 낭인 집단을 처단하는 소리였을지 모른다. 혹은 중근 공이 이토를 처벌하는 총소리일지도 몰랐다.

오산은 마음이 다급했지만 서두르지 않았다. 거사 현장에는 부경주가 있었다. 하늘마저 저리 맑으니 정의는 반드시 승리할 것이다.

'중근 공, 부디…….'

◇　◆　◇

선생은 사사키를 만났을 때, 오산에게 들은 하얼빈역의 상황을 이야기해주었다. 사사키는 담담히 칼을 빼들었다.

"그렇게 된 일이었군요. 이제 우리의 일을 마감하십시다."

선생도 마다하지 않았다. 조선 전통의 검 환도가 칼집을 벗어나 예를 차렸다.

사사키가 칼춤을 추기 시작했다. 전날 당산마을의 싸움에서부터 인연을 맺어온 사사키는 일본국 정재계를 재단(裁斷)하는 막후 집단 총수의 후계자로 낙점된 후 선생의 호적수로 부상해 있었다.

선생은 귀한 손을 맞듯이 겸손하게 적을 대했다. 사사키의 칼이 검화(劍花)를 그렸고, 선생의 칼이 색깔을 덧칠했다.

"춤을 추어라. 보는 이가 흥겨워 함께 하고 싶도록 봄바람처럼 부드럽게 춤을 추고, 물처럼 연하여 막힘없는 사람이 되어라."

스승의 호랑이같이 엄한 얼굴이 떠올랐다. 안부를 여쭙지 못한 지 여러 해이니 이제쯤 신선이 되셔서 어느 산야엔가 몸을 눕히고 계시리라. 산짐승의 한 끼 식사로 보살행을 하셨을 지도……

선생은 스승의 제자로 부끄럽지 않게 살겠노라 결심하며 칼춤에 열중했다.

문득 많은 사람이 가셨다는 생각이 들었다. 문예의 스승이셨던 후조선생도 가셨고, 일생의 은인이셨던 안태훈 진사도 가셨고, 대동계의 큰 어른 기삼연선생이 일본군에게 잡혀 순국하신 일도 있었다. 그리고 이제 믿음직했던 아우 중근도 그 길을 가고 있고, 자신의 청년기도 가고 있었다.

물길을 찾아 흐르던 칼날에 걸리는 것이 느껴졌다. 선생은 길을 열어 물을 흐르게 했다.

'무언가 내 춤을 막은 게로군. 부드러움이 막히면 안 되는데.'

물은 그릇을 채울 뿐 형태를 갖지 않는다. 선생은 물이 되고 싶었다. 평범한 백면서생으로 물처럼 살고 싶었다.

하지만 시국은 선생에게 그 같은 호사를 허락하지 않았다.

샌님은 원고 읽기를 마친 후 하늘을 올려다보았다.

역사의 이면세계에서 있었던 흑역사를 기록한 책을 숱하게 본 그였다. 하지만 자신의 글과 관계된 또 다른 역사가 존재했고, 긴 시간 동안 묻혀 있었다는 사실에 충격이 큰 듯했다.

하기는 종이귀신인 내가 읽어보아도, 한 영웅의 젊은 시절을 기록한 그 글은 일반적으로 인정되고 있는 역사에서 많이 벗어나 있었다.

"난 말이야. 값없이 살아온 거 같아."

샌님이 문득 중얼거렸다. 책만 파고 살아온 인생에 대한 후회였을까? 종이귀신인 내게는 듣기 즐거운 말이 아니었지만, 면박을 줄 분위기가 아니어서 용서하기로 하였다.

─나는 종이 귀신, 글자 위에서 춤을 춘다.

그렇게 푸념을 하고 보니 샌님의 기분을 알 것도 같았다. 책장에 가득한 수만 권의 책만 해도, 국권을 되찾겠다고 형극의 길로 뛰어들어 민족혼을 지켜내신 선열들께서 흘린 애국혈(愛國

血)의 결과였으니까.

    자책감, 혹은 자괴감으로 우울한 나날을 한 달쯤 보냈을 때 김강오 옹의 손녀딸 김초롱 씨가 예고 없이 방문하여 슬픈 소식을 전했다.

"할아버님께서 돌아가셨습니다. 유품을 정리하다가 발견한 게 있어 전하고자 왔습니다."

    김강오 옹이 중환자실에서 연명치료를 하고 계시다는 소식은 진작 접하고 있었다. 시간을 만들어 다녀올까 싶었던 차였는데 뒤로 미루며 머뭇거리기를 잘하는 샌님의 버릇이 앉아서 부음을 받들게 된 결과를 낳은 것이다.

"가족회의 결과 이 책들을 부탁드리기로 하였습니다. 우리 손(孫)들이 할아버님의 선택을 받지 못한 것 같아 섭섭하기는 하지만, 유언장에 말씀이 없으셨으니 생전의 할아버님 뜻을 따르기로 의견을 모았습니다."

    세필 붓글씨가 가득한 옛날 책으로 전날 우리가 보았던 글의 원문이었다.

"저에게 남기신다는 말씀도 없으셨을 터인데……."

"할아버님이 애써 번역하신 글을 보셨지 않습니까. 우리 가족 중에는 그만큼의 가호를 누린 사람이 없어요. 할아버님이 누구를 선택했는지 그로써 자명합니다. 가족 중에 옛글의 독해법을 배운 사람이 없는 것도 감안한 결정이기도 합니다."

    책 속에는 한문과 한글 고체를 뒤섞은 암호문 같은 글씨들이 나열되어 있었다. 현대적으로 말하면 일지, 혹은 메모장이 었을까 싶은 기록들은 그 중 일부가 정리되어 우리에게 전해졌고, 우리가 속을 끓인 이유가 되었던 것이다.

"독해가 끝나면 저희에게도 한 부 복사해 주세요. 우리 가족은 그로써 만족할 것입니다."

그렇게 얻은 김강오 옹의 유품은 선대 김오산 공이 남긴 백범선생 호종기의 전부였다.

다섯 권의 공책 중 세 권은 김오산 공의 친필 기록이었고, 나머지 두 권은 김강오 옹의 번안 작품이었다. 말년에야 번안을 시작하신 듯, 우리가 이미 본 부분 외의 나머지는 징검다리를 건너뛰듯 부분적인 기록의 연속이었다.

"어려우시면 연락주세요. 할아버님께 약간 배운 게 있으니까. 아냐, 제가 매일 올게요. 요즘 쉬고 있으니 딱 좋아요. 아시겠지요?"

김초롱 씨는 혼자서 결정하여 명령의 말을 남기고 갔고, 우리는 공책을 펼쳐 옛글 독해의 시간을 가졌다. 이미 김강오 옹이 초를 잡아놓아 대강의 뜻을 알 수 있었는데, 그 일부에 전날 이야기의 마무리로 보이는 부분이 있어 주의를 끌었다.

◇　◆　◇

명근 일행이 다녀갔다. 종형 중근의 마지막 모습을 전하는데, 목이 메여 차마 듣기에 힘들었다. 하여 중근의 마지막 말을 명근이 전한 대로 옮기기로 한다.

"내가 죽은 뒤에 나의 뼈를 하얼빈 공원 곁에 묻어 두었다가 우리 국권이 회복되거든 고국으로 반장해다오. 나는 천국에 가서도 또한 마땅히 우리나라의 회복을 위해 힘쓸 것이다. 너희들은 돌아가서 동포들에게 각각 모두 나라의 책임을 지고 국민의 의무를 다하여 마음을 같이 하고 힘을 합하여 공로를 세우고 업을 이루도록 일러다오. 대한 독립의 소리가 천국에 들려오면 나는 마땅히 춤을 추며 만세를 부를 것이다."

위와 같이 가족에게 남겼고 동포들에게는 다음과 같이 유언을 남겼다고 하였다.

余가 韓國獨立을 恢復하고 東洋平和를 維持하기 爲하여 三年間 海外에서 風餐露宿하다가 竟히 其目的을 到達치 못하고 此地에서 死하노니 惟我二千萬兄弟姉妹는 各者奮發하야 學問을 勉勤하고 實業을 振興하여 我의 遺志를 繼하야 自主獨立을 恢復하면 死者無憾이라.

중근의 마지막 면회자인 정근·공근 두 아우가 명근에게 전한 바에 의하면 중근은 끝까지 적을 꾸짖었다 하였다.

"내가 박문(伊藤博文)을 쏘아 죽인 것은 한일 양국의 전쟁 결과요. 이 자리에 선 것은 전쟁에 패배하여 포로가 된 때문이다. 나는 개인 자격으로 이 일을 행한 것이 아니요, 한국의군 참모중장의 자격으로 조국의 독립과 동양 평화를 위해서 한 일이니 만국공법에 의하여 처리하도록 하라."

법정에서 중근이 한 말이라 했다. 누가 누구를 살인자라고 부르는가. 그 헛총을 잘 쏘던 청년을 누가 살인자로 만들었는 가. 나 역시 한때 방황했던 경험이 있어 그의 심사를 알고도 넘친다.

"슬프다! 천하대세를 멀리 걱정하는 청년들이 어찌 팔짱만 끼고 아무 방책도 없이 앉아서 죽기를 기다리는 것이 옳을까 보냐. 그러므로 나는 생각다 못하여, 하얼빈에서 총 한 방으로 만인이 보는 눈앞에서 늙은 도적 이등(伊藤)의 죄악을 성토하여, 뜻 있는 동양 청년들의 정신을 일깨운 것이다."

명근이 다녀 간 후 동지들과 한 자리에 모여 이후의 일을 의논했다. 왜적들이 광분을 시작했기 때문에 의논할 일이 많아 긴급히 전통을 날렸고, 멀리 만주벌의 각 곳에서 동지들이 달려와 주었던 것이다.

"거사가 성공하고 적괴 이토가 쓰러진 후 중근 공은 목이 터져라 '대한독립 만세!'를 불렀습니다. 적에게 붙잡혀 가면서도 의기를 잃지 않아 우리는 모두 통곡을 금치 못했습니다."

단군교의 373대 단군으로 교도들과 함께 거사의 현장에서 중근을 엄호했던 부경주 동지의 말이다. 경주 동지는 환영 인파 속에 숨은 일본군 사복 호위역들을 가로막는 역을 맡아 중근의 거사를 도왔다.

"중근 아우의 이번 거사는 우리나라의 일이 세계에 알려져 국제여론을 돌리게 한 효과도 크지만, 한국 민족의 일본 민족에 대한 경고이기도 합니다. 이제 동지들께서는 적의 반격을 대비하여 더욱 마음자세를 굳혀야 할 것입니다."

동지들의 얼굴 표정이 한층 굳어졌다. 왜적은 이미 반격을 시작하여 조선 조정의 잔명을 끊어놓으려 하고 있었다. 게다가 부역자들의 성화마저 극심하여, 일한합방을 공공연히 떠들고 다니고, 심지어 혈서를 바쳐 적에게 머리를 조아리는 막종들도 있다고 하였다.

"적들이 중도에 열차를 멈추면 어찌하실 생각이셨습니까?"

오산 동지가 물었다. 돌아보면 가장 인연이 길었던 오산 동지는 당쇠 동지와 더불어 활빈당의 비밀 세력을 암중에서 이끌어 왔고, 이번의 거사에서도 한몫을 하였다.

"이걸 동지가 열차 안에 있었소. 만약의 경우 동귀어진을 각오하고 허리에 폭탄을 감은 채로 열차에 올랐지. 이토에게 선전포고문을 전한 이도 이걸 동지였소."

대강을 이야기하자 더는 묻지 않고 고개만 끄덕인다. 서로 실력을 믿는 탓이다. 그게 우리 동지들의 장점이었다.

"다른 동지들도 모두 수고하셨소. 김오산. 김당쇠 두 분 동지를 따른 활빈당의 형제들이 일본인 대륙낭인들을 가로막아 전멸시킨 일부터, 부경주 동지와 단군교의 동지들의 거사 현장에서의 활약까지 중근 아우는 모두 알고 있었소."

그렇게 말한 후 중근 아우의 위패 앞에서 한바탕 곡을 했다. 망국의 백성으로 적장을 베고 죽은 아군 장수의 혼백을 전송하는 방법으로 조상 전래의 "아이고! 아이고!"를 부르짖는 것보다 더한 방책을 찾지 못한 때문이었다.

중근을 회고하던 중에 오산 동지가 단지동맹(斷指同盟) 때의 이야기를 전했다.

"단지(斷指)에 함께 하려는 제게 중근 공은, '앞으로 더한 일을 하시게 될 테니 적에게 표적을 남기지 마오. 앞서 가서 미안하지만 내 길이 이것뿐인 것 같으니 반드시 성취하겠다고 구(龜) 형님께 전해 주시오'라고 말씀하셨습니다."

중근의 결의를 전하는 오산의 목소리는 낮게 잠겨 있었다. 모두 침묵으로 가신 이를 전송하는 가운데, 선생은 차후의 일을 결정하여 명령을 내렸다.

"우리 활빈당은 왜적과의 싸움에 박차를 가하기 위해 의열단에 가세합니다. 왜적과, 왜적에 부역하는 자들에게 천벌을 내리는데 전력을 다하기로 합시다."

중근 아우의 거사는 조선 8도의 젊은이들에게 의혈을 끓게 만들었고, 우리의 할 일도 더 한층 커졌다. 그들 피 끓는 젊은이들에게 독립운동의 길을 열어 주고, 무기의 사용법을 가르쳐 억울한 죽음이 없도록 돕는 것이 우리의 당면 과제였다.

당장 이재명(李在明) 동지가 간적 이완용을 친 것은 중근 아우의 거사 한 달 후이지 않은가. 애석하게도 간적이 치료를 받고 되살아나고 있다 하는데, 이후 우리 의열단이 교훈으로 삼을 일이다.

◇　◈　◇

김강오 옹이 번역한 부분의 나머지를 읽는 사이에 또 하루가 밝아왔다. 문득 샌님이 한 마디 시구를 흘려 분위기를 바꾸었다.

"답설야중거 불수호란행 금일아행적 수작후인정(踏雪野中去 不須胡亂行 今日我行跡 遂作後人程)"

눈 덮인 들판을 걸어갈 때에는, 발걸음을 어지럽게 하지마라
오늘 내가 걸어간 발자국은, 반드시 뒷사람의 이정표가 될 것이니.

언젠가 본 김구선생의 휘호에서 옮긴 시구였다. 서산대사 휴정의 시라고도 하고, 이양연(李亮淵 1771-1853)의 시라고도 하여 출전을 찾아본 후 뜻이 좋아 새겨둔 게 불현듯 소리로 나온 것이었다.

"다음을 번역해봐야겠어. 한 달이 걸릴지 일 년이 걸릴지 몰라도, 이 기록을 모두 옮겨 남기신 뜻이 헛되지 않도록 해야겠어."

샌님이 중얼거려 다짐의 말을 했다. 종이귀신인 내가 보기에
도 귀중한 기록인 김오산 공의 유적(遺籍)을 두고 하는 말이었
다. 원저자인 김오산 공의 뜻을 잇고 싶다는 것인지, 기록의 실
제 주인공인 백범 김구선생의 뜻을 잇고 싶다는 것인지 아리송
하여 물으려는데, 스스로 결론을 내렸다.

"선생이 일지에 쓰셨던 개명의 이유부터 뒷이야기를 밝혀봐
야겠어. 선생이 스스로 쓰신 일지에 이르기를 '구(龜)를 구(九)로
고친 것은 왜(倭)의 민적(民籍)에서 벗어나고자 함이요, 호를 백
범(白凡)으로 고친 것은 감옥에서 여러 해 연구에 의해 우리나
라 하등사회, 곧 백정(白丁) 범부(凡夫)들이라도 애국심이 현재의
나 정도는 되어야 완전한 독립국민이 되겠다는 바람 때문이었
다.'라고 하셨는데, 옥중에서의 일이니만큼 또 다른 사연이 있
을 법하거든."

동창이 훤하여 창문을 열었다. 또 하루의 새로운 해가 반겨
맞았다.

선생이 감옥에서 맞았던 1912년의 해는 어떤 것이었을까?

2년 전인 경술국치의 해 12월에 있었던 안명근의 조선총독
데라우치 마사타케(寺內正毅) 암살 계획에 연루되어 15년 형을
선고받고 복역 중이던 시절인데, 그 암담한 현실 속에서 어떤
희망의 길을 찾으셨기에 이름마저 바꾸셨을까?

샌님의 생각은 아마도 그런저런 의문을 풀고 싶은 욕심일 것
이다. 아울러 종이귀신인 내 욕심이기도 하고.

시련을 당할수록 높이를 낮춘 지도자가 백범 이전에 흔했던

가 싶었다. 당당한 독립국가의 국민으로 자유를 만끽하고 있는 현실이 어찌 우연히 이루어진 일이겠는가.

그러나 현실은 과거의 그 참혹했던 때를 망각의 강으로 흘려보내고 있고, 다시 일어난 왜적은 백범선생과 안중근의사를 폄훼하는 망언을 일삼고 있다.

일개 서생일망정 후손된 우리가 어찌 그 일을 방관하랴. 백범의 이야기를 계속해야 할 이유는 이로써 충분하고, 어쩌면 일개 서생이 선현이 남기신 전적을 대하게 된 우연 역시 반드시 하여야 할 일을 맡게 된 필연이었는지도 모른다.

참고문헌

1) 대한매일신문(현:서울신문) 발행, 백범 김구선생전집(백범일지 원문 영인
   본과 춘원 이광수 번안 국사원판, 백범어록과 임시정부 백범관계 포고문,
   외교문서 등 각종 문헌 수록)

2) 백범일지 돌베게판(도진순 교수 주해본)

3) 백범일지 서문당판(우현민 현대어 역)

4) 안중근의사 자서전(사단법인 안중근의사 숭모회판. 노산 이은상선생 번
   역본)

5) 한국독립운동의 역사(한국독립운동사편찬위원회·독립기념관·한국독립운
   동사연구소)

6) 민족운동총서(사단법인 민족문화협회·민족운동총서 편찬위원회)

7) 미명(未明). 여명(黎明)(이중근 편저. 우정문고)

8) 실록 독립운동사 - 민족의 혼 (이이녕 저. 사단법인 순국선열유족회)

9) 한민족전쟁사(국방군사연구소)

10) 삼국사기. 삼국유사(을유문화사판. 이병도 역)

11) 한국민족종교운동사(사단법인 한국민족종교협의회)

12) 갑오동학혁명사(최현식 저. 신아출판사)

13) 실록 친일파(돌베게. 반민족문제연구소. 임종국 지음)

14) 조선시대 통신사 행렬(국사편찬위원회)

15) 제왕운기(김경수 역주. 도서출판 역락)

16) 부도지(박제상 저/ 김은수 역해)

17) 단군(서울대종교문제연구소)

18) 고조선 역사·고고학적 개요(유 엠 뷰찐 씀. 이항재·이병두 옮김)

19) 동학진본 동경대전·용담유사(사룡출판사)

20) 조선후기도검무예연구(한국학중앙연구원. 곽락견 저)

21) 택견 전수교본(오장환 저. 연안문화사). 택견연구 (이용복. 학민사) 정통
    무술 택견 (송덕기. 서림문화사)

22) 일본서기(성은구 역주. 고려원)

23) 일본정치사상사연구(마루야마 마사오 저. 김석근 역. 도올 김용옥 해제)

24) 오륜서(미야모토 무사시 저. 도서출판 미래의 창). 낭인정신 (도몬 후유지
    저. 이강희 역. 도서출판 사과나무)

25) 소설 도쿠가와 이에야스(德川家康)·야규 무네노리(柳生宗矩)(야마오카
    소하치. 동서문화사)

※ 이상의 책에서 자료를 인용하거나 참고하였습니다.

나는
김구다
치하포 1896, 청년 김구

초판 1쇄 2017년 06월 09일

지은이 이영열
발행인 김재홍
기획 (주)스토리야
교정·교열 김진섭
마케팅 이연실

발행처 도서출판 지식공감
브랜드 문학공감
등록번호 제396-2012-000018호
주소 경기도 고양시 일산동구 견달산로225번길 112
전화 02-3141-2700
팩스 02-322-3089
홈페이지 www.bookdaum.com

가격 13,000원
ISBN 979-11-5622-289-7 03810

CIP제어번호 CIP2017012104
이 도서의 국립중앙도서관 출판예정도서목록(CIP)은 서지정보유통지원시스템 홈페이지(http://seoji.nl.go.kr)와 국가자료공동목록시스템(http://www.nl.go.kr/kolisnet)에서 이용하실 수 있습니다.

문학공감은 도서출판 지식공감의 인문교양 단행본 브랜드입니다.